U0091943

醫妻獨大 2

風文創 1213

踏枝 著

目錄

第十一章

時間轉眼到了臘月，縣城裡多了一樁茶餘飯後的新鮮事。

據說是成華縣的尤家發生了命案，銬走了好些人。

那案子還不是在成華縣審的，而是一眾犯人都被提到府城去了，在府城開審。

因為路安縣距離府城路途遙遠，如今百姓們還不知道具體境況和後續審問結果。

但都驚動知府大人提審了，想也知道這事肯定小不了。

更架不住那尤家是本縣的知縣夫人娘家，所以儘管只聽說了那麼一點消息，也足夠本縣百姓們議論紛紛的了。

這日正是江月要去穆宅給穆攬芳複診的日子，許氏不放心寶畫跟著，畢竟前頭寶畫自個兒都陷在穆家後院脫不開身了，還得江月反過來去安撫她的情緒，因此便讓聯玉陪江月一道去。聯玉會武，又是男子，再遇到這種麻煩事，起碼還有個能回家報信的人。

兩人一大早出的門，路上遇到三三兩兩的行人，聊的都是這樁事。

聽到之後，聯玉還略有些驚訝地挑了挑眉。

江月見了自然心中納罕——明明他自個兒前頭說的，這濯水蓮香已經牽扯到了十數條性命，又牽涉到了兩個縣，所以穆知縣或成華縣的知縣很有可能獨自處理不了，會上報給知府，現下的境況不是跟他預言的一般無二嗎？

江月正要發問，兩人已然到了穆宅，綠珠已經在門口等候，她便暫且按下不表。

後頭聯玉被請到前堂，而江月跟著綠珠去了後院。

幾日未見，穆攬芳就彷彿變了個人，臉上的虛腫消下去不少，日常的衣裙穿在身上都空落落的了。

因她身子還沒好透，便沒有跟著綠珠一道在大門口等候，只在自己的小院門口親自迎接。

「大冷天的，怎麼還親自來迎我？」

穆攬芳親熱地拉上她的手，說：「妳都親自上門來替我複診了，我迎一迎妳又有何妨？」

說完，兩人拉著手進了屋。

剛進屋，江月就看到裡頭放了五個大樟木箱子，占了屋子裡泰半地方。

「我讓人把醫書都拾掇好了，想著妳家鋪子裡地方不大，便用樟木箱子裝好了，樟木防蟲防蛀、驅霉隔潮，回頭也方便妳拿取。」

這哪裡是江月說的隨便幾本醫書，分明是把穆家這些年珍藏的醫書盡數搬過來了！

這個時代的書價格昂貴，尤其穆家的藏書都裝幀精美，這上百本醫書，價格也在百兩之上了。

怕江月要推辭，穆攬芳又接著道：「拿不出現銀酬謝我已經十分慚愧，既然這些醫書對妳有用，妳就儘管收著。若是推辭，那我就讓她們再折騰一番，原樣把書都安置回去。」說著穆攬芳便看向綠珠和翠荷她們。

綠珠和翠荷十分有眼力見兒地把發紅的手掌攤開給江月看，臉上的表情也可憐兮兮的。

江月哪裡還能再推辭？便無奈地笑道：「那我先收下了。不過我醫書看得快，過幾個月看完就能全部歸還，到時候還是得麻煩綠珠和翠荷她們。」

穆攬芳笑了笑沒接話，只把手腕伸到她跟前，讓她把脈。

診脈之後，江月道：「妳體內的餘毒正在慢慢清理，不過畢竟中毒的時日長遠，所以那解藥還得服用一段時間。按著現下的恢復程度，我估摸著得連續吃上半年，才能徹底康復。其間還是得多調養，那些妳府中的大夫和醫女都會，我便不多說什麼了。」

穆攬芳收回手腕，對江月再次道謝，而後又道：「尤家的事妳應該聽說了吧？」

江月點頭。「來的時候聽人說了一些。」

這會兒小院裡也沒有外人，穆攬芳就把那日的情況說與江月聽了。

卻說那日江月和聯玉離開後，屋子裡的尤氏就已經嚇得面無人色了。

十數條性命，每一個都是用了濯水蓮香後血崩而亡，此事既讓人點破了，再強咬牙說不知情，傻子也知道行不通。

因此尤氏立刻膝行到了穆知縣跟前，哀哀戚戚地求他看在哥兒、姐兒的面子上，把事情就此打住，她願意自請到鄉下莊子去，後頭不論是穆知縣要休妻，還是要她「病故」，她都絕無二話。

穆知縣最疼愛長女不假，但對另外一雙親生的兒女也是看得如珠似寶，若把事情鬧大，發落了他們的生母，對兩個孩子肯定有影響，所以一時間他也有些拿不定主意，只讓在場的知情下人都不許亂說亂傳，而後讓人把尤氏和曹嬤嬤等人看管起來。

此後，穆知縣進書房想了一天一夜，出來後便有了決斷。

「我爹說，他那一天一夜把家裡的各種醫書都翻看了一遍，但凡濯水蓮有記載的，都只寫了其無毒，可製香。雖然咱們路安縣和成華縣一帶，只尤氏的母系一族有這濯水蓮香，但天下之大，肯定不止她們一家有這東西，那香也不知道有多少人在使著，甚至不知道有多少人在用這東西害人，畢竟不是人人都像我這麼好運，能碰到妳這樣醫術高超的大夫……」穆攬芳拉著江月的手緊了緊。「所以他動身再去府城述職之前說了，若不把事情鬧大，怎麼能使天下百姓都知道這濯水蓮得小心使用，碰上其他東西能成為毒呢？百姓稱他為父母官，對父母而言，還有什麼比子女性命更重要的東西呢？所以旁的便也不重要了。」

至於什麼是「旁的」，那自然就是指，這命案發生在成華縣，上報給知府，知府審過之後，那也是知府和成華縣知縣的功績。

而穆知縣，最多就是及時上報了一些疑點，功績實在有限。

百姓們議論的，也只有他繼室夫人的娘家鬧出了命案。

換了個一心只想在仕途上升遷的，肯定不會做這種賠本買賣。

左右濯水蓮香又沒在他管轄的範圍內導致命案，如尤氏所言，大事化小，只當家務事處理了，再讓為數不多的知情人，如綠珠在內的幾個下人和江月、聯玉等人把嘴閉上，則根本掀不起什麼風浪。

而眼下把事情鬧大，固然如穆知縣所言，可以挽救許多蒙在鼓裡的百姓的性命，但對他的官聲，只有百害而無一利。那本就無望的升遷，怕是就此真的成了夢幻泡影。

前頭聯玉驚訝的，多半就是這個了。他應也是沒料到，穆知縣會為了無辜百姓，半點不顧及自己的前途。

官場那些事，江月也不懂，便只勸道：「功過是非自有論斷，今日做了好事，來日必有福報。」

這並不是她隨口胡扯的勸慰之言，而是從一個修士的角度出發。天道可比時下的升遷制度公平多了，穆知縣此舉積攢的功德，他日或者下輩子必然會回饋於他。

複診結束，兩人又說了會兒話，穆攬芳知道江月的夫婿還在前院等著她，便也沒留她。

她這邊廂從後院出來，自有下人去前院通知聯玉，兩人在二道門碰了頭。

因那些醫書還得另外裝車，所以二人還等了一會兒，卻沒承想等了這麼會兒的工夫，猛地就聽到一把尖銳的女聲——

「我不走，我不去莊子上！我是知縣夫人，是哥兒跟姐兒的生母！」

江月和聯玉循聲回頭，就看到披頭散髮的尤氏從後院中跑了出來。

別看前頭她說得好聽，願意挪到莊子，不論是休妻，還是讓她「病故」都絕無二話，其實純粹是權宜之計罷了。她想著，事情到了這一步，她自個兒絕對是摘不乾淨了，一旦濯水蓮香的事昭告了天下，則還要搭上她的母親，和她所生的一雙兒女的前途，那還不如眼下先認了栽，先從府上挪出去。

她做的惡事倒是沒釀成不可挽回的後果，至多就是殺人未遂。穆知縣又宅心仁厚，回頭多半不會要她的性命。

只要這件事按下不表，等到來日她所生的一雙兒女長成，誰笑到最後還不一定呢！

然而，今日尤氏聽買通的下人提了一句，說自己的娘家已經出了事，她哪兒還肯挪出去？真挪出去，說不定後半輩子都得交代在莊子上了！

因穆知縣去府城時很匆忙，只留了話讓人把尤氏弄到莊子，沒說立刻要了她的性命，加上尤氏也掌管中饋已久，積威仍在，那些下人便只敢阻攔，而不敢真的對她用粗，這才鬧到了這裡。

跑到了二道門門口，尤氏看到了並肩而立的江月和聯玉。

她雖對穆攬芳的關愛是假，但看著她長大卻是不假，對穆攬芳瞭解甚深。

過去這幾日也足夠她想明白，此番不是栽在了穆攬芳手裡，而是栽在了扮豬吃老虎的江月手裡。

加上那日更是聯玉直接點破了她娘家的事，於是她怒火中燒地嚷道：「好妳個小賤婦，還敢帶著小白臉上我家的門！老娘今日就撕了你們的嘴！讓你們搬弄是非，摻和旁人的家事！」

江月看她瘋瘋癲癲的，自然也懶得同她置氣，更別說尤氏根本碰不到自己一根手指頭，因為剛嚷完那句話，綠珠就氣憤地對著其他下人怒喝——

「你們都是死的嗎？二娘子是大姑娘的貴客，豈容這般唐突？」

綠珠的話那就是穆攬芳的話，下人們這才沒了顧忌，一擁而上，堵嘴的堵嘴、捆人的捆人，把那尤氏從二道門附近給拉走了。

一場短暫的鬧劇結束，綠珠將他們送到門口，自然又是一通致歉，解釋道：「本來是前兩日就要把她挪到莊子去的，只是她推說身子不舒服，這才耽擱到了今日。二娘子放心，今日的事我一會兒就去稟報給我們姑娘，今日就讓她挪出去。下回您再來，必碰不上了。」

江月擺手說不礙事，轉頭卻發現聯玉還在看著穆宅裡頭。

「看什麼呢？」她問。

聯玉面色如常地轉過頭，說：「沒什麼。」

後頭兩人回到梨花巷，許氏和房嬤嬤也從街坊的口中，知道了尤家的案子，就想讓江月把鋪子關了避避風頭。

左右冬日裡也確實沒什麼生意，加上今年是江父故去的第一個年節，祭祀上頭也得多花些心思，江月就順勢應下，並把那五十兩銀票交到許氏跟前，想著有了這筆銀錢，許氏和房嬤嬤她們就不必那麼辛苦了。

許氏卻不肯收，只道：「這是妳自己掙得的，現下妳也是一家之主，儘管自己留著。」

房嬤嬤也幫著道：「就是，姑娘也好些時候沒置辦新的釵環首飾了，年頭上總得穿戴一些新的。」

說到這個，許氏也有些傷懷，加上孕婦情緒起伏比較大，便不自覺地紅了眼眶道：「往年妳爹還在的時候，都是還不到入冬就給妳置辦好新東西了。」

江月沒再推辭，乾脆就開始計劃起這五十兩銀子怎麼花？

首先按著她的習慣，肯定有一半是不能動的，全存在鋪子裡當流動資金，留著平時做生意、過日子，也是為來日開醫館準備。

那麼就剩下二十五兩。

她本人倒是對新衣裳、新首飾的沒什麼興趣，但若是她不給自己買，許氏和房嬤嬤說不定還得動用她們自己手裡的體己銀錢，來給她置辦。

那麼就打一支細銀簪，再買一身新衣裙，也不太昂貴，總價不能超過五兩。

既然她有了新東西，許氏、房嬤嬤、寶畫自然也該一人得一份新年禮物。

另外還有聯玉，前後也幫了她不少忙，還送了她一把匕首，也該問問他有沒有想要的東西。

江月還是第一次在人世間過年節，覺得有些新鮮，所以晚上回了屋，她便沒有第一時間鑽進帳子裡，而是趴在炕桌上寫寫畫畫，等到聯玉從外頭遛達完回來，她便問起來。

「新年禮物？」聯玉似乎沒想到她會問這個，過了半晌才道：「我好像沒有什麼想要的。」

「怎麼會沒有想要的呢？寶畫那樣心思簡單的，我今兒個問她，她還說想吃酒樓那種新年裡售賣的裝匣點心呢！我下午就去預訂了，也虧得現下不算太晚，年前能排得上。你要是有想要的，儘管說，我好去提前訂下，不過價格上頭，最好不要超過五兩啊。」

看聯玉兀自脫外衣，也沒接話茬，江月便接著問：「或者這麼說，你往年一般會收到什麼新年禮物？」

聯玉捲了袖子，去銅盆前洗手。「我往年沒收過什麼新年禮物。」說到這兒，他頓了頓，聲音裡不覺多了幾分笑意。「尤其是價格還必須在五兩之內的。」

聽出他這是說自己摳門呢，江月便笑著說：「那我就隨便送了喔，正好還能更省一些！」說完她又抽了抽鼻子，問道：「什麼味兒？有點像硫磺。」

聯玉背對著她，語氣平常地回答道：「可能是遛達的時候沒注意，沾到了別人家撒在門口驅蟲的藥粉。」

此時時辰不早了，也已經問完他對新年禮物的想法，江月便鑽進自己的小窩裡睡下不提。

翌日起身，江月就聽說城外某個莊子發生了火災。

臘月裡頭天乾物燥的，倒也不算什麼新鮮事。

臘月中旬，江月置辦好了全家人的新年禮物。

給寶畫的，就是前頭提過的城裡最大酒樓出產的點心，兩匣子就花費了二兩銀子。

另外寶畫近來也長高了一些，過去的衣裙有些短了，而且她現在也不是家中的下人，江月便比著自己的新衣裙，給她買了身新的。

房嬤嬤那兒，江月注意到她的手到了冬日就生了凍瘡，十根手指都又紅又腫的，寶畫更說房嬤嬤腳上也生了凍瘡，夜間癢得睡不安生，江月便去買了藥材回來，動手給她做了一些凍瘡膏。

給自家人做東西，又是新年禮物，江月自然不吝惜工本，用的藥材都是頂好的，所以那藥膏不只能緩解凍瘡帶來的痛和癢，更兼具預防和潤膚作用，只要房嬤嬤能堅持塗完，往後冬日裡就不會再生了。

而許氏，因為月分漸大，她從前的衣裙穿著也有些緊了。

孕婦的衣裳，江月就不想去買成衣了，另跟街坊打聽了手藝頂好的針線娘子，給她從裡到外訂製了一套。

不求樣式多好看，但一定要柔軟舒適和透氣。

腰部也做了特殊的處理，往後她月分再大，還能接著往外放。

另外江月還算了算日子，許氏是來年夏天生產，那麼春夏的衣服也得提前預訂。

算下來，也差不多花掉了五兩銀子的分額。

最後就只剩聯玉了，那會兒江月說的隨便買，還能更省錢，但既然是一家子，也不好區別對待。

可江月想了半晌，還真不知道要給他送什麼。

兩人成婚時間也有兩個多月了，從未聽他提過什麼要求，連入冬之後的禦寒衣物，也是許氏和房嬤嬤主動給他做的。

吃喝上頭，除了對那壯陽補腎的杜仲燒豬腰提過異議，旁的也從不講究。

就好像他整個人都無慾無求一般。

但是人哪能沒喜好呢？

江月想來想去，唯一能想到的便只有他近來喜歡在夕食過後出去遛達個把時辰——雖然近來已經不強迫他進補了，不過他說前頭已經養成了習慣。

適當的運動有助於他傷勢的恢復，加上他出去的那段時間，也方便江月進空間接靈泉水或在房間裡沐浴，她便也沒說什麼。

所以江月想來想去，就想著去買一塊純白的兔皮，找那針線娘子訂製個暖手抄。

這日她剛從針線娘子那兒取回暖手抄，從繁華的街道轉到梨花巷，寒風漸大的同時，路上行人也驟減。

江月已經習以為常，只是隨著周圍的行人變少，她總感覺身後好像有一道如影隨形的視線。

她站住了腳，回過頭去，身後卻又沒有任何可疑之人。

江月不確定是不是自己多想，畢竟她搬到縣城的時日尚短，唯一結仇結怨的，似乎也只有那尤氏。

但前兒個聽聞城外發生了火災，燒的恰好就是尤氏遷過去的莊子。

她是真的瘋得不輕，據說從穆家離開的時候，涕泗橫流地又哭又叫，半點不顧體面。

因此城中百姓都說她是接受不了娘家出了事，所以得了瘋病，瘋到去莊子自焚了。

那火勢最後被看守莊子的穆家老僕給撲滅了，只死了尤氏和曹嬤嬤兩人。

而除了她們，江月也實在沒有另外樹敵了。

可她又很相信自己的直覺。

正猶豫著是立刻回家，還是繞到更繁華的地方去，甩開身後之人時，一個身披純白大氅、手拿一把油紙傘的清瘦人影出現在梨花樹旁。

能把一件樣式簡單的大氅穿得這麼出塵雅致的，也只有聯玉了。

江月便呼出一口長氣。

「母親尋妳呢，說眼看著又要下雪，不知道妳去哪兒了，我就出來迎一迎妳。」聯玉一邊上前，一邊見江月神色不對勁，就止住了唇邊的笑，問道：「怎麼了？」

江月便飛快說了似乎是有人跟著自己的事。

聯玉點頭，將手裡的傘遞給她。「妳先進去，我去看看。」

江月點了頭。「那你自己也小心些，若情況不對，就喊我。」

「嗯，我有分寸，妳去吧。」

想著真要有什麼情況，沒有修為又不會武藝的自己也只能成為聯玉的負累，江月便依言往自家鋪子的方向走去。

等到江月離開後，聯玉並不像她似的到處查看，而是很快把視線鎖定在一個角落。

「出來！」

話音落下，那角落裡便走出一個男子。

男子身形格外高大，穿一身並不合身的細布襖子，鼓鼓囊囊的肌肉把襖子撐得像要爆開一般。

此刻男子像個做錯事的孩子一般，耷拉著腦袋，垂著眼睛。「殿……」

聯玉一個眼刀子遞過去。

男子立刻改口解釋道：「公子，是我，熊峰。」

「我猜也是。你來這兒做什麼？」

「公子前頭只給弟兄們傳過一次信，說找到了養傷的地方，暫且不回那邊，弟兄們個個都放心不下，卻實在不知道您的行蹤。若不是前些日子公子用書信打聽成華縣的事情，弟兄們到現在還沒有頭緒呢。」一邊說，熊峰一邊小心翼翼地打量他的臉色，見他沒有面露不豫之色，才接著道：「我在成華縣待了好幾日，沒尋到您。聽人說成華縣尤家跟這路安縣的知縣是姻親，我就想著您是不是不在那成華縣，而是在這兒？所以……」

「所以你怎麼跟到這裡的？」

「也是湊巧嘛，我進城之後去了城中最繁華的集市，遇到那位小娘子，她腰間掛著您日常不離身的匕首，我就跟到了這兒，總算尋到您了！」熊峰說著，又將他從頭到腳一打量，猛地上前兩步，激動之情溢於言表。「您的腿……好了？」

「嗯。」聯玉應了一聲。「我的腿好了，內傷也在漸漸好轉，所以你可以放心離開，我有自保的能力。」

「您這段日子到底經歷了什麼？是不是吃了很多苦？我看您好像還清瘦了一些！還有那位小娘子，和您是什麼關係？您怎麼把那寒冰鐵製成的匕首給她了？明明從前我想跟您借來看看，您都不肯的！那位小娘子的背景您可調查清楚了？」

他又哭又喊的，又喋喋不休，唸得人頭大，聯玉的耐心耗盡，不耐煩地蹙了蹙眉。

熊峰也不是不會察言觀色的，見狀立刻止了話頭，正色道：「對了，還有一樁正事，是軍師讓我給您帶話，說您出來太久了，後頭怕是瞞不住……您看是不是定個日子，咱們一道回去？」

「瞞不住便不用瞞。」聯玉自哂地笑了笑。「左右都知道我是廢人一個了，誰還會在意我的去向？我的傷還得一段時間，你回去吧，讓他看著辦就好。」

「可是……」

聯玉瞇了瞇眼，並沒有發怒，反而聲音裡還多了幾分笑意。「還要我說第二次？」

熊峰打了個哆嗦，連忙道：「不用不用，我這就走！」

將他打發走，聯玉再回到梨花樹下，卻看江月跟寶畫急急地從巷子裡出來。

兩人似乎有些爭執，所以並未第一時間看到他。

江月無奈地低喊。「我讓妳陪我出來尋聯玉，妳拿斧子做甚？」

寶畫理直氣壯地說：「不是姑娘自己說的嗎？賊人綴在妳後頭跟到了這兒，姑爺幫妳去查看，到了這會兒還沒回。姑爺身上會武，他都處理不了，咱倆不會武的，不得帶把斧子？」

「就算真的是賊子宵小，咱們也該立刻去報官啊！光天化日的，怎麼能拿斧子劈人？這要是劈死了，咱家哪夠銀錢賠的？」

寶畫一想也是，但仍然沒把斧子放了，而是試探著問：「那我留點力氣，劈個半死？」

江月又好笑、又好氣，正要說「妳當劈柴呢？還劈一半」，就聽見不遠處傳來「噗哧」一聲輕笑。

聽到響動，江月和寶畫自然都瞧見了他。

寶畫這才肯回去把斧子放了。

江月也迎了上去，將他打量了一遍，見他頭髮和身上的衣物都紋絲不亂，便知道並沒有發生纏鬥。

「你再不回來，我可真攔不住寶畫了。」

聯玉方才心頭還有些煩悶，此時卻只是想笑。「寶畫倒也沒說錯，劈個半死，妳應當能救？」

江月笑著啐了一聲。「你也學她不著調是吧？說說吧，到底為何去了這樣久？」

雖然方才他已把熊峰喊到了一邊說話，周圍商鋪和路上也沒什麼人，但並不能確保無人瞧見，尤其熊峰的身形十分惹人注意，所以聯玉便道：「沒遇到什麼麻煩，就是我從前的一個朋友，經過這附近跑單幫，在集市上看到妳帶著我的匕首了，便跟過來瞧瞧。我跟他聊了幾句，所以耽擱了一些時間。」

聯玉說過他從前就是海北天南替人賣命的，他的朋友當然也是滿天下的跑。

江月也就沒有懷疑，往他身後的方向看了一眼。「你朋友走了？怎麼沒請到家裡坐坐？」

「不大方便。」聯玉說：「下次有機會再說吧。」

江月便也沒有再多問，只催著聯玉去試試自己斥「鉅資」訂製的暖手抄。

等到一家子都先後收到了江月給準備的新年禮物，時間也到了小年前後。

隆冬時節，正是農閒時分，加上又是過年前，因此這日南山村的村口，便聚集著不少村民閒話家常。

閒話的也不是別的，正是宋家的事。

前頭江、宋兩家高調退親，那秦氏更是當眾發下「豪言壯語」，說回頭會尋個比江月更好的兒媳婦。

如今距離江月成婚都過去數月了，要過年了，卻仍不見宋家有什麼動靜，豈不是叫人笑話？

那秦氏也自覺臉上無光，所以近些日子足不出戶的。

今兒是年前最後一次趕集，再不置辦年貨可不趕趟兒了，秦氏不能再當縮頭烏龜，只好出了家門。

還未出村，秦氏就讓人給攔住了，戲謔地打趣問：「這不是秀才親娘嗎？怎麼好些日子不見人？不知道的還當妳家也跟江家二房一般，搬到城裡去了呢！」

說起這個，秦氏也來氣。

前頭江靈曦還好好的，不只說要給她當兒媳婦，還要給她二百兩銀子還聘財呢！可那日，她照著約定好的時間到了江宅，卻久等江靈曦不來。

當時秦氏也並未多想，只當江靈曦被家裡什麼事給絆住了手腳。

只是後頭再去，就叫江家下人發現了，報到了容氏那裡……

那會子江靈曦已經痊癒，江月也透露過，說之前看過堂姊和秦氏私下會面的事，容氏便立刻讓人強制性地把秦氏「請」到了府裡說話。

秦氏前頭對著江河，那是大氣也不敢出，因此對著容氏這官太太，心裡不由得也有些打鼓，轉頭看到江靈曦也在，這才放下心來，笑著上前。

容氏卻並不給她好臉，不留情面地問：「我們家中才遭了賊，損失了好些個財物，宋大娘在我家後巷鬼鬼祟祟、偷偷摸摸的做甚？妳雖然是秀才家的親娘，應也知道天子犯法與庶民同罪，更遑論妳了。若不說出個具體事情來，我可使人把妳送官查辦了。」

秦氏便連忙道：「沒有鬼祟，也沒有偷摸什麼，我是跟大姑娘約好的！」

容氏神色依舊淡淡的，以目光詢問江靈曦。

江靈曦便道：「宋大娘這話說的，都知道我過去一直病著，連床都下不了，又怎麼跟您約好呢？」

眼看著自己真要成為容氏口中的偷雞摸狗之輩了，秦氏也有些急眼，忙道：「明明就是妳……」

這時江靈曦又接著道：「不過宋大娘應也不會空口亂說，或許是我前頭犯癔的時候，真的跟她約定了什麼。」

容氏這才道：「既是這樣，倒真的是一樁誤會了。」說完，容氏就叫下人把秦氏鬆開，臉帶歉意地起身，拉過秦氏請她一道坐下。「我兒前頭犯癔症，說話、做事沒有章法，妳別同她一般見識。」

先是被下人當賊擒住，又是差點鬧得要見官，現下又沒事了，秦氏已經被一連串的變故弄得腦子發懵，便只道：「不會不會，咱們未來也是一家人嘛……」

容氏也不接話茬，只道：「但家中確實遭了賊，丟了不少東西。不知道我兒前頭病得糊塗塗的時候，有沒有給過妳什麼東西？我也不是旁的意思，就是省得回頭上報給官府的時候，把她給妳的東西也當成失竊的財物上報了。」

秦氏當下只覺得，難不成容氏還把自己當賊？便立刻道：「教諭夫人這說的哪兒話？我怎麼會拿大姑娘的東西呢？我真要拿了，您就送我去見官，我絕無二話！」

容氏又詢問了一番。「真的沒有？比如帕子、墜子之類的？」

秦氏拍著大腿急道：「真沒有！若大姑娘真給過我東西，我直接說是大姑娘給的不就成了？何至於這般讓您當賊審？」

容氏和江靈曦對視一眼，兩人臉上的神色都多了一分輕鬆。

後頭容氏客客氣氣地送秦氏出府。「真是對不住，妳看這事鬧的。還是怪靈曦前頭得的那怪病，整個人都病糊塗了，也記不住事了。得虧如今已經全好了，往後便不會再鬧出這樣的誤會了。宋大娘是長輩，莫要同她計較。」

說到江靈曦那怪病，前頭秦氏心裡也是計較過的，畢竟她連江月都看不上，是因覺得江靈曦的家世更好一些，所以才更屬意江靈曦來當自己的兒媳婦，但是誰想要個病懨懨的兒媳婦？只是前頭為數不多的幾次接觸下來，見江靈曦好像沒有什麼病態，她才隱忍不發。

此時聽說江靈曦的怪病已經痊癒，秦氏笑得那叫一個情真意切，連忙保證道：「不計較、不計較！往後我只會把大姑娘當成親閨女！」

容氏笑著說是，又說道：「可惜了，我兒馬上就要說親，往後是夫家的人，不然讓她認妳當個乾娘，也不枉費妳這般喜歡她。」

「什麼？說親?!」方才還笑得齜牙咧嘴的秦氏頓時變了臉色。「大姑娘不是要和我們家玉書——」

「宋大娘才說了不計較我兒前頭犯病時的無狀言行呢，怎麼這會兒又說起來了？再論前事，宋大娘往後就不用登我家的門了！」容氏說著就翻了臉，喊來下人送客。

秦氏被江家的下人推出了門，這才反應過來，這江家哪裡是遭了賊呢？分明是江靈曦病好了，反悔私下裡同她說好的口頭親事，所以才套她的話，想知道前頭有沒有什麼信物落在她手裡！想明白之後，秦氏心裡那叫一個氣憤。

但江河到底是官老爺，秦氏也不敢做什麼，只敢回家等著宋玉書回來後大吐苦水。

她是想叫兒子幫著出出主意，看如何讓江河、容氏認下這門親事。

沒承想，宋玉書卻怒道：「娘怎麼事先不和我說這件事？我雖和二姑娘退了親，但前頭訂過親是板上釘釘的事，哪有跟妹妹訂親、退親之後，又去和她姊姊結親的？這般見異思遷，說出去豈不是讓人恥笑？」

秦氏強自辯道：「恥笑什麼啊？來日你高中，可不會窩在這小小縣城，出了這路安縣，旁人誰還知道這些？兒啊，娘是真為了你好！你想想，這縣城裡頭，哪兒還有比那江靈曦更配得上你的？」

宋玉書的臉黑得堪比鍋底，只道：「娘莫要再說了。師妹前頭得了怪病，這是大家都知道的事，否則何至於師妹都不記得是不是給過妳信物？既是病中的胡言亂語，咱們便無論如何都不該當真。」怕秦氏還要再鬧，宋玉書又道：「而且娘也說了，我往後總還得走科舉路子，您若想毀了我前頭的路，就接著去跟恩師家鬧吧！」

這番話還真的是按住了秦氏的脈門，她也只能吃下這啞巴虧了。

但煮熟的鴨子飛了，誰的心裡能好受？

所以秦氏一連在家裡躺了好幾日，到了這日眼瞅著要錯過趕集，她才從家裡出來。

沒想到還沒出村子，就讓人攔住了一陣調笑。

秦氏當下就沒好氣道：「誰要搬到城裡去？你當城裡是誰都能搬去住的啊？江家二房那不就是仗著她家二老爺死前留下的那點銀錢嗎？沒準兒住過一陣後，連吃飯的錢都沒有了，又灰溜溜地再回到村裡來呢！」

宋玉書此番是陪著秦氏一道出來的，本不準備理會鄉親們的調笑，但眼看著親娘又跟人爭上了，且還帶到了江月，他正要勸說母親快些離開，卻看見大路另一頭緩緩駛來一輛高大的馬車。

村子裡牛車常見，馬車卻不多見，一時間眾人都不由得被吸引了注意，看了過去。

那馬車平穩地停到了村口，先下來一個身形頎長清瘦的少年。

他並沒有看向村口的眾人，而是朝馬車裡頭伸出了手。

未幾，一隻白嫩的手掌搭在他的手上，江月滿臉帶笑地從馬車上下來。

今日正是到了一家子回村裡祭奠江父和江家其他先祖的日子。

回村之前，一家子已經齊齊動手，疊了好幾大袋元寶。

現下江月手頭比之前寬裕了不少，加上天氣實在寒冷，所以便不再雇便宜的牛車，而是多花了幾十個大錢雇了馬車。

時下世人都是相信人死後仍然會有所感的，所以雖然還未過年，但一家子都穿戴一新，想叫江父知道大家在他離開後都過得甚好。

那些紙元寶稍微擠壓就容易變形，所以得分出一半的馬車空間去放，而另外一半，則不夠容納一家五口了。

寶畫說這簡單啊，讓姑爺坐前頭車轅上就是了。

聯玉本人倒是沒意見，但是許氏不大捨得虛弱的女婿吹一路的冷風，就說不然再另外雇一輛？

房嬤嬤則直接多了，一邊說這馬車還是姑娘提前雇的，現下年根不好另外再雇，沒得為了這點小事耽誤了祭祀，一邊把寶畫趕到車轅上，說一家子裡頭就她身子最好，姑娘給她新做的襖裙也厚實，她塊頭也最大，去車轅上和車夫一道坐，大家還能寬坐一些，夫人也能在後頭半躺著。

寶畫就不大高興了，倒不是說真的吹不了風，而是她前頭就嘟囔過，說親娘把許氏和江月排她前頭，她覺得沒有問題，但現在把聯玉也排她前頭，她就不大樂意了。

雖說寶畫年紀也不小了，比原身還大兩歲，但江月把她當妹妹，看她不高興了就說不然自己坐前頭去，自己的身子雖沒寶畫好，但近來也沒有任何病痛，路上正好還能看看雪景，這樣好不好？

寶畫立刻說不好，氣鼓鼓地去跟車夫坐在一起了。

後頭一家子依次上車，寶畫都伸手去扶。唯獨最後上去的聯玉，迎著風咳嗽得整個人都在打寒顫了，她仍是沒伸手，還鼓著臉對聯玉哼了一聲。

被遷怒了，聯玉也實在無辜，他跟寶畫相處了一陣子，知道她心性跟孩子似的，也不同她置氣，只是也生了幾分促狹的心思。

這不，馬車到了，寶畫已經在前頭挪腳凳了，他卻偏偏朝馬車裡頭伸手，這是還要搶寶畫扶家裡人的活計呢！

回頭寶畫放好了腳凳，看到其他人都已經被聯玉扶下了馬車，不知道臉得鼓成什麼樣兒？所以江月先扶著聯玉的手下了馬車，而後拉著他的手把他拉到一邊去，沒讓他孩子氣的促狹舉動得逞。

「大過年的得高高興興的，」因看到村口聚集了不少人，江月便壓低了聲音同他耳語。「你同她作對幹什麼？」

其實聯玉自己也說不上來，這種欺負小孩的事，擱幾個月前，他是絕對沒有興趣的。也不知道是不是因為許氏和房嬤嬤一直也把他當孩子瞧，所以漸漸地還真把他孩子氣的一面給養了出來。他正要笑著回應，卻察覺到有人在盯著自己。

抬眼，他的視線穿過人群，看到了秦氏，也看到了宋玉書。

宋玉書並不是在看他，而是在看著他們說話，忘了撒開、仍交握著的手。

「有趣。」聯玉捏著江月的手緊了緊，也不知道是在回答她的問題，還是在說旁的。

江月用另一手好笑地拍了他一下。

但想到聯玉初來之時，比她這活了兩輩子的醫修還少年老成，如今偶爾這般孩子氣，倒是鮮活了不少，所以江月也沒覺得他這般有哪裡不好。

只是很快地，她也察覺到了那道灼熱的視線，繼而看到了秦氏身邊的宋玉書。

江月回望過來，宋玉書才發現自己已經盯了他們許久，臉倏地一下紅了。

宋玉書連忙垂下眼睛，不敢多看，低聲勸道：「娘，走了。」

秦氏方才還在一眾村民面前言之鑿鑿，說江家二房肯定在城裡活不下去，灰溜溜地回來村裡討生活，沒想到人家確實回來了，可卻是坐的高大馬車，還穿戴一新，看著日子比之前在村裡的時候還好上不少！

迅速被打了臉，秦氏也自覺臉上無光，便趁著那幾個攔住她調笑的人還未反應過來，立刻灰溜溜地拉上宋玉書離開了。

他們母子二人漸漸走遠了，江月還未收回目光，直到手上忽然傳來鈍痛，她「嘶」了一聲，這才回過神來。

「你捏我做什麼？」江月抽回自己的手，發現整個手掌都被聯玉捏得有些發紅。

方才還言笑晏晏的聯玉此時突然冷了臉，也不應話。

這時候許氏和房嬤嬤也先後從馬車上下來，村民們也上前來寒暄，又是詢問他們進城後過得如何、又是給他們塞瓜子和花生的，還有邀請他們到家裡去坐坐的。

怕大夥兒熱情過頭，衝撞到許氏的身孕，江月便也顧不上同聯玉說話，挨到許氏周圍看顧著。

等跟熱情的村民們寒暄完後，一家子便直接去了江父的墳塋。

江家的祖墳就在南山村和望山村中間的一個山頭上，從南山村過去，也不過就是三、四里路。

這段路並不算遠，且為了表示對先人的敬意，一家子並未再搭乘馬車，而是徒步過去，再爬兩、三刻鐘的山，就到了墓碑前。

祖墳內還埋著其他先人，所以得按著輩分挨個兒燒紙錢。燒到後頭，才輪到在祖墳裡頭輩分尚小的江父。

幾大袋元寶經由眾人的手，很快就消失在火舌之下。

後頭許氏還有許多話想單獨和江父說，江月和其他人便先去了一邊等待。

等待的間隙，寶畫挨到了江月身邊，壓低聲音問：「姑娘，咱姑爺是不是生我的氣了？」

江月說：「他沒生妳的氣。」不然前頭也不會伸手搶寶畫扶人的活計，顯然並未把那件事放在心上，只想跟寶畫鬧著玩罷了。

說著話，江月瞥了一眼旁邊的聯玉，他臉上沒有什麼多餘的表情，正負手而立，側對著她們，望著遠處，不知道在想什麼，確實看著好像興致不高的模樣，也難怪寶畫心裡惴惴的，以為是自己真的惹到他了。

「哦，那姑爺應該是在生您的氣。」寶畫知道不是自己惹的事，神情也輕鬆了，跟江月講起悄悄話。「誰讓您方才一直盯著那宋玉書瞧。」

江月確實盯了宋玉書好一陣子，連寶畫都瞧見了，那就更別說聯玉了。

江月第一反應是否定。「不會吧？」

「怎麼不會？妳們總說我傻，沒想到姑娘也有傻乎乎的時候！當著夫婿的面，盯著前未婚夫瞧，哪個男人能受得了這個？」

江月仍然覺得不大可能，她跟聯玉是假成婚呀！但是這話連寶畫也不能告知，所以她便沈吟不語。

寶畫只當她把自己的話聽進去了，接著勸道：「就算我跟姑娘親近，也覺得這事是您做的不對呢！姑娘還是去給姑爺陪個不是吧，即便姑爺再好性兒，當時那麼些人瞧著呢，他也是要面子的。」

這麼一說，江月便覺得確實有道理了。成婚是假，但旁人並不知道這個，只以為他們是真的新婚夫妻。方才她那舉動，確實很傷聯玉的臉面。

江月便往聯玉那兒過去，問道：「忙了半個白日，你累不累？腿疼不疼？」

「還好。」聯玉輕飄飄地瞥了她一眼，一副不想跟她多說話的模樣。

這樣子，看來癥結還真在她身上！

江月不兜圈子了。「我盯著宋玉書是事出有因。」

聯玉並未應聲。

早先去宋家退親，第一次見到宋玉書時，江月就看出他鴻運當頭，身上有大氣運。

後來聽那穿越者提過，宋玉書是這個書中世界的男主角。

雖然江月對那個穿越者說的話一知半解的，但按著她的理解，宋玉書就是這個世界的氣運之子。

但是今日再見，她卻發現宋玉書的氣運居然弱了許多！

她聯想到秦氏早先跟江靈曦說過的話，因為退了親，欠下了許多聘財，所以宋玉書準備先去尋份活計，掙銀錢還上欠自家的聘財，暫且不去考後頭的鄉試。

而等他接著再考，也不會再像前頭似的，能收到江家的接濟。

氣運之子嘛，在物質條件大不如前的時候，大概也能發揮穩定，考取功名。

但中間確實是實打實的耽誤了三年的時間。

也就是說，很有可能這三年時間，對這個世界的發展至關重要。

錯過了這三年，即便是宋玉書這氣運之子，都會受到巨大的影響。

退親之事是秦氏和那個穿越者一手促成的，既退了親，歸還聘財那是天經地義，又不是江月故意去壞了他的氣運，她自然也不會自責。她只是忍不住想，未來三年到底會發生何種劇變？會不會跟她要歷的劫難有關？

而且萬物守恆，此消彼長。

宋玉書消失的那部分氣運，又是去到了何處？

可惜她這方面的能力在此間受到了極大的壓制，也只能觀到宋玉書這樣大氣運之人的，而看不到旁人的氣運。

所以當時見到他的異樣，江月思慮萬千，就不由得多瞧了他幾眼，也有些出神。

觀氣運的能力比她的醫術還玄乎，不好透露太多，所以江月頓了頓，半真半假地說：「其實，我除了醫術外，還會一點粗淺的相術，方才看那宋玉書……好像有些不對勁。」

聯玉聽完卻是笑出了聲。連相術都扯出來了？真要是會相面，他這假妻子不早該發現他身分有異，並不是他說的托生在什麼貧苦家庭，又親人死絕？

見他臉上明晃晃寫著不相信，江月也沒轍，只好低頭道：「我錯了，你別生氣了。」

聯玉轉過臉，就看到她在自己身側低垂著腦袋。因為一整個上午的奔忙，所以她出門前梳得十分齊整的髮髻也有些散開，柔軟的髮絲就隨風飄散到他的前襟上，他下意識地伸手，想將那髮絲繞在指尖。

「夫人，您還好嗎？」許氏最後一個過來，她一手扶腰，一手拿著帕子擦淚，房嬤嬤見了便立刻迎上前關切。

江月的心思也飄到了許氏那裡，唯恐她傷心過度而動了胎氣，加上聯玉久久未有回應，便飛快地抬頭道：「我真錯了，下次會顧及你的面子的。真的下不為例，你別生氣了好不好？」

那髮絲從前襟處離開，聯玉便放下了手。「顧及到我的面子？」

江月一邊扭頭往許氏那邊看去，一邊壓低聲音說：「不然呢？總不至於真是因為我多看宋玉書幾眼，你吃醋了吧？旁人不知道我倆假成婚嘛，我那麼做，你臉上無光，我理解的。」

聯玉若有所思地想著，是啊，方才倒是未曾想過他為何不高興，只是見她對著別的男人出神，便下意識地捏住了她的手，喚她回神，可自己跟眼前的女子本就是假成婚。

沒錯，必然是因為臉面。

既只是一點面子，倒也無所謂，左右他自小也不講究這個，不然也活不到現在。

所以他頷首道：「沒事了，妳去吧。」

「我就知道你沒有那麼小氣。」江月衝著他笑了笑，而後便快步朝許氏走去。

第十二章

許氏的情緒確實激動，雖不至於動了胎氣，但多少有些影響。

江月便找了一塊可以坐的大石頭，鋪上手帕，讓許氏坐下，就地為她按摩起穴位來。

房嬤嬤也在旁邊陪著，寬慰許氏道：「夫人莫要傷懷，如今老爺雖然不在，但有姑娘支撐門庭，更有咱們姑爺也懂事知禮、孝敬您，往後的日子會越來越好的。」

聯玉沒有再插話，只是在許氏的身邊蹲下身，安靜地陪著。

漸漸地，許氏的情緒平復了下來，有些赧然地道：「沒事，我就是和阿月她爹多說了會兒話，想到他不只沒能見到肚子裡這個孩子一面，甚至都不知道這孩子的存在，才一時傷懷，如今已經好了。」

這期間，腳程最快的寶畫已經下山去，找到了車夫。

下山的時候，也不講究什麼對先人的敬意了，還是以許氏的身體為先。

此時雖然已經少了那些元寶，但許氏不大舒服，寶畫想讓她在車廂裡躺得舒服些，便自覺地跟之前一樣，坐到了車轅上，和車夫坐一處。

「本來我想著今日燒完紙錢就立刻回程的，但母親的身體現下不怎麼適合跋涉，不如在老宅歇一晚？」

雖然搬到了城裡，但老宅本也要在年前清掃，今日留一晚，也省得回頭再跑一趟折騰。而且前不久搬遷進城的時候，因為是半日就搬走的，略有些匆忙，只收拾了絕大部分的細軟，日常家具和舊一些的被褥都沒帶，在老宅湊合一晚，倒也不麻煩。

其他人都沒有異議。

許氏道：「不用，我真沒事，現下已經好了。」

正商量著事，眾人就聽見車轅上的寶畫尖聲喊道——

「小心！」

隨之而來的就是馬的嘶鳴和一陣顛簸。

許氏和房嬤嬤都驚叫出聲。

江月還算鎮定，連忙伸手一手扶住車壁，一手拉住許氏，詢問車夫和寶畫發生了何事？

車夫和寶畫卻都沒顧得上答話，只是馬車顛簸得越來越厲害。

「我出去看看。」聯玉說完，就從車廂後飛身而出。

很快地，聯玉便看清了全貌。

原是這山路上不知道何時有一個小孩暈倒了，小孩的衣服顏色淺淡，加上也倒下了好一陣，身上落了不少雪，和銀裝素裹的世界融為了一色，車夫年紀老邁，並未瞧見他，還好寶畫眼尖發現了。

車夫立刻勒緊韁繩，煞住了行進的馬車。

但山路狹窄，雪天也實在路滑，而且馬兒似乎也有些受驚，所以並沒有停下，而是嘶鳴著跑到山間另一條人跡罕至的路。

「有個小孩，驚了馬。」他飛快地解釋了情況，嘗試過用內力停住馬車無果後，又翻身從車頂回到了車尾。

因為動用了不少內力，所以他的臉色頓時變得蒼白，唇邊也滲出了血。

「帶母親走！」拉著許氏的江月立刻做出了決斷。

馬受了驚，但來時她掀簾子查看過路況，附近並沒有什麼懸崖峭壁。

而且租賃馬車的時候，她也特地跟車行申明挑選了經驗最豐富的老師傅。

所以至多就是再顛簸一陣，經驗豐富的車夫便能控住馬，最壞的情況，則是車廂撞到樹或山壁，馬車自然會停下。

車內眾人不會有生命危險，真要有危險，江月有靈泉水，也能保所有人一口生氣，除了許氏。

許氏因為懷有身孕，不能多用靈泉水，需得另外安排。

「阿月！」許氏死死捂著肚子，低低地叫了她一聲，而後看向聯玉，想讓聯玉別聽江月的。

江月根本沒給她爭辯的機會，直接把她推到了聯玉身邊。

兩人自來就有默契，聯玉也不多說什麼，只深深地看了江月一眼，瞬息之間便挾著許氏一道出去。

「阿玉你快……」許氏看著還在往前疾馳的馬車，急得直掉眼淚，想說的自然是讓聯玉再去把江月和其他人救出，卻看聯玉踉蹌了一下，噴出一口鮮血，濺在雪地裡尤為刺眼。一時間，許氏也說不出再讓他去救人的話，只趕緊把他攙扶住。

聯玉輕輕推開她的手，提氣接著上前。

眼看著就要追上的時候，卻看一個身形異常高大的壯漢從路旁衝出。

「公子讓開！」壯漢大喝一聲，三步併作兩步，衝到了那馬兒前，接著又是一聲低喝，腰馬下沈的同時，一手扣住轡頭，一手拉住車轅，一直被那馬兒拖行了數十尺，他身邊盡是堆積起來的雪和泥，恢復了鎮定的車夫才總算控制住馬兒。

馬車緩緩停穩之後，坐在車轅上、親眼目睹了全部過程的寶畫已經連表情都忘記做了，愣了半晌才「哇」的一聲哭出來，手腳並用地爬進車廂裡去看房嬤嬤和江月。

知道她們都未曾受傷，寶畫才放心地在車廂裡頭暈了過去。

這下子是真的不用趕著回城裡了，全都安心回老宅住一宿再說吧！

就發生這麼一個變故的工夫，方才還晴好的天已經徹底陰了下來，鵝毛大雪紛紛揚揚落下。

路上也不是說話的地方，江月就讓聯玉和那個壯漢坐到車轅上，她和房嬤嬤在車廂裡照看許氏和暈過去的寶畫，順帶還有那個生死未卜、也被車夫安置到車廂裡的陌生小孩。

江月從許氏開始依次給眾人把脈，確認大家都沒受傷，只是受了驚，而後才去搭了搭那小孩的脈。那小孩也無事，只是餓暈了，又有些著涼而已。

很快地，馬車載著眾人回到了南山村的江家老宅前。

才剛經歷過一場意外，素來有決斷的房嬤嬤都有些恍神，所以江月便接過了掌家權，開始分配任務。

她讓寶畫帶著同樣受驚的車夫去後院的小廂房安歇，房嬤嬤和許氏把那小孩帶回屋，從之前收進箱籠的細軟裡翻出今晚用的被褥。

等到她們都動起來後，堂屋裡就只剩下江月、聯玉和那個陌生的壯漢。

「多謝壯士搭救。」江月先福了福身，道過了謝。「不知道如何稱呼？」

「我姓熊，單名一個峰。」熊峰大剌剌地笑了笑，不以為意地擺手道：「舉手之勞，不用客氣！」

「聽你方才喊什麼『公子』，你似乎之前跟聯玉相識？」

「什麼聯……」熊峰張了張嘴，但又覺得不對，小心翼翼地看了一眼聯玉的臉色。

聯玉掃了他一眼，一邊用帕子捂著嘴輕咳，一邊道：「我之前跟妳說過的，有個從前認識的朋友恰好來了這兒。」

「那是挺巧的，城裡遇到一回，山上又遇到一回。」世間哪有這麼巧的事呢？反正江月是不信的。不過對方到底是幫了自家的忙，所以她也只是象徵性地點了一句。

熊峰黝黑的臉瞬間漲得通紅，又不住地去看聯玉。

「家裡沒柴了，晚間總要用水，咳咳，你去隔壁借一些柴火來。」聯玉輕描淡寫的一句，熊峰便應聲而去。

等他離開，江月便直接問了。「他是特地跟著你來的吧？」

聯玉說是，然後還不等著說更多，就咳得越發厲害，手中的帕子很快被血染透，連呼吸都不穩起來。

雖然他咳血是家常便飯，但今日情況不同。

江月便讓他坐下，伸手搭上他的脈。「你今日動了不少內力，氣息有些紊亂，咳得也太厲害了些，保險起見，還是扎一針吧？」

聯玉頷首。「回屋去？」

江月一面吹起火摺子點蠟燭，一面說不用。「屋子裡還沒打掃，可能比這兒還冷些。而且扎在鎖骨處的缺盆穴就好，你大氅不用脫，只把領子解開，我再給你擋著點兒，一會兒嬤嬤或寶畫過來也瞧不見。」

治傷方面，聯玉是比誰都信服江月的話的，便依言把大氅的繫帶鬆開，再解開裡頭領口處的繫扣。

外頭徹底暗了下來，風聲嗚咽，燭火搖曳，江月的視線也有些受影響，便沒有冒然直接下針。

他很白，身上也如白玉一般。江月將燭火移得近些，先用手背碰了碰他的鎖骨，確定穴位的位置。

她的手還帶著寒氣，激得聯玉不受控地打了個寒顫。

「抱歉，忍一忍。」江月一邊說著，一邊下針，接著前頭的話題，問道：「他信得過嗎？」

家裡一屋子女眷，前頭她招聯玉入贅，還是因為確定他雖然會武，但受傷嚴重，且他的傷只有自己能治，受制於自己。

那熊峰，雖然出手相救，又是聯玉的舊識，但聯玉之前並未提起過他，想來交情也是泛泛。他那身形，再配合那徒手就能停住馬車的身手，但凡有一點心思不正，都會帶來難以估量的麻煩，所以也不怪江月得仔細問問熊峰的來歷和性情。

銀針入體，翻騰的氣血得以壓制，聯玉也能如常地說話了。

「我從前救過他，所以他就一直想跟著我，當我的奴僕，稱呼上也不肯變。他是信得過的，就是……」他頓了頓，微微蹙眉，似乎是想了半晌，才找到了合適的措辭。「就是跟寶畫有些像。」

這麼一說，江月就懂了。寶畫嘛，直腸子，雖然有時候看著傻乎乎的，做事也有點莽撞，但不用懷疑她會想壞點子，是絕對信得過的。

江月唇邊泛起一點笑意，不錯眼地盯著銀針，感覺到時間差不多了，便一邊把銀針拔出，一邊笑道：「不過會不會太誇張了些？」

寶畫這樣特別的人，難道天地間還會有第二個？

只是很快地江月就笑不出了，因為隨著聯玉的領子敞得更開一些，燭火也穩定了，室內更明亮了一些，她便清楚地看到聯玉鎖骨的盡頭，有一個很大的傷疤，在白玉般的肌膚上極為刺眼——這是被洞穿琵琶骨後才會留下的疤痕。

「你這傷……」她不由得伸手去撫。

聯玉是從不介意讓她看自己身上的傷的，此時卻立刻伸手要掩上衣襟。

就在這時，只聽到一連串的「撲通」響動。

負責去隔壁借柴火的熊峰回來了，看到領子敞開的自家主子，再看看把臉湊在自家主子脖頸附近、正動手動腳，不讓自家主子把衣襟掩上的江月。

他先是一陣發愣，懷裡的一堆柴火掉到了地上，然後猛地回過神來，大步上前，一把抓過聯玉身上半解的大氅，將他死死圍住，圍得聯玉呼吸都為之一滯，而後又轉頭對著江月怒目而視。「小娘子對我們公子做什麼?!」

這一瞬間，江月真有一種錯覺，彷彿自己是個調戲黃花閨女的惡霸。

得！聯玉真沒說錯，這熊峰還真是另一個寶畫！

有了熊峰這一打岔，江月也就沒了追問聯玉傷勢的心思。

因他喊的聲音不小，在後院安置好車夫的寶畫很快過來了。

「你這人方才救了我們不假，可你對我們姑娘大呼小叫的做甚？」不論是原身，還是來到這世界的江月，就沒人這麼衝她大聲嚷嚷過，尤其這還是在自己家，寶畫哪能看得了這個？這也得虧是救了人在先的熊峰，換成旁人，寶畫說不定又抄起什麼武器衝上前了。

「誰讓妳家姑娘掀人衣服？」熊峰說著，又補充道：「而且我也沒有大呼小叫，我只是天生嗓門大！」

寶畫還不知道江月剛剛是給聯玉看傷，看熊峰這麼氣憤，還當被看的是他自己，遂插著腰道：「我家姑娘是醫者，醫者看病哪來那麼些講究？」

醫者面前無男女，即便是皇宮內院，妃嬪也是由男太醫診治，因此熊峰的氣勢一下子弱了下去，看看江月，又看看聯玉，黝黑的臉皮再次漲得通紅。可他仍然覺得有些不對勁，方才眼前的小娘子都快把臉貼到他家公子的鎖骨上了！醫者也不能這麼不講究吧？

所以他仍然強辯道：「那也不能、不能那樣啊……」

眼瞅著兩個人要槓上了，江月和聯玉對了眼神，兩人自有默契，江月將寶畫拉回屋，留了聯玉和熊峰在堂屋。

廂房裡，許氏和房嬤嬤已經拾掇出被褥，其實方才她們也聽到了響動，但想著有聯玉和寶畫在，江月也不可能受委屈，所以便沒有冒然出去看。

江月便解釋了一通來龍去脈。

雖得知是一樁誤會，但寶畫卻越發氣憤。「且不說是咱姑娘心疼姑爺的傷勢，為他施針，只說咱姑娘和姑爺是正經拜了天地的正頭夫妻，夫妻兩個在自家的地界親近一些，哪輪得到他大呼小叫的？方才我還當他是為了自己，以為是姑娘給他看診，讓他覺得被冒犯，才只是解釋而沒罵人。好呀，原是他理虧在先，看我這就去罵死他！」

江月把人攔住，無奈地勸道：「我不是說了嗎？他跟妳一樣心思單純，因聯玉救過他的命，所以格外看重聯玉。前頭他們一直沒聯繫過，想來也不知道我們已經成婚。妳設身處地想一想，如果是咱們暫且分開了一段時間，再遇上的時候，見到聯玉和我舉止親密，妳是什麼反應？」

「那我肯定得跟姑爺拚命啊！」寶畫設想了一番，拳頭都不由得捏緊了，然後想了想又說：「那如果是我，比起姑娘不告訴我就和別人成婚，這樁誤會倒也不算什麼了。尤其姑爺還是入贅，時下男子好像都以此為恥，換成我，怕是得氣瘋了。」

要不聯玉說熊峰和寶畫是很像的人呢？

寶畫話音剛落，她們就聽到堂屋裡傳來一聲打雷般的大喝——

「什麼?!公子您入贅了?!」

這下子，連同寶畫在內，都相信了熊峰剛才說的，他是天生嗓門大了。

畢竟與眼下相比，他前頭質問江月的時候，足以稱得上是輕聲細語了。

堂屋裡，聯玉看了一眼廂房的方向，而後不悅地掃了熊峰一眼。

熊峰自覺地把嗓門壓了下來，但仍然痛心疾首道：「公子是何等人物，怎可入贅別家？是不是這家人脅迫您？還是有什麼難言之隱，所以您才不得不委屈至此？」

聯玉被他氣笑了。「我在你眼裡，就是這般容易被人脅迫的廢物？」

「不不不，熊峰不敢！公子是軍師說的天縱什麼才……可您哪能放棄自己的姓氏入贅呢？」

聯玉長眉微挑，哂笑道：「我的姓氏很尊貴嗎？」

「那可不是？您可是姓——」想到自己嗓門大，說出來必然要讓人聽了去，熊峰立刻止住了嘴。

看他尚且知道有些話不能說，聯玉拾起一分耐心。「我現在姓『聯』。你記好了，莫要說錯。」

「就算改名換姓那也不能……」

聯玉的耐心消失殆盡。「我只是知會你，不是徵求你的意見。若無其他事，你可以離開了。」

前頭在縣城相遇，聯玉讓他走，他雖不願卻也聽命，現下卻是立刻搖頭道：「不，我不走！您就算罰我，我也不走！我哪能明知道您在這兒給人當贅婿，還自己跑回去？不說軍師知道了非得扒我一層皮，我自己都過不了自己那關！」

聯玉不悅地沈了臉，眼神也冷了下來。

熊峰的背後瞬間出了一層細密的冷汗，卻是梗著脖子，半分不肯退讓。

這時，江月那邊聽著堂屋沒了響動，想著他們二人應該說清楚了，便又回來。

寶畫還是對熊峰有些防備，因此也陪著她一道。

兩人進到堂屋，就看到坐在原位面沈如水的聯玉，和站在一旁梗著脖子的熊峰。

仔細觀察的話，還能看到熊峰的眼眶有點發紅。

看到她們回來，熊峰趕緊偏過頭去，用寬大的手掌抹了把臉。

這樣一個身形高大、強壯得跟黑熊似的漢子突然哭起來了，可見他是真的替聯玉委屈壞了。

這會兒別說江月，連寶畫都對他討厭不起來了。

「這都過了午飯的點了，寶畫拿銀錢去跟村人置辦點吃的。這位熊壯士也別站著了，我方才看你徒手逼停馬車，手上應也有傷，讓我給你瞧瞧吧。」

被她這麼一說，熊峰方才覺得手掌上火辣辣的。

攤開來一瞧，兩隻手掌都是血肉模糊，尤其是按住車轅的那隻手，因為當時太過用力，車轅破損的木刺還全部都扎進了肉裡。

「我沒事。這點小傷，不算什麼。」熊峰不以為意地擺擺手。

一來當然是這點傷勢於他而言委實不值一提；二來則是，他仍然對眼前的女子抱有敵意，覺得不知道是她做了什麼，才迫使自家公子成了倒插門女婿。

江月卻見不得這個，畢竟他手上的傷確實是因為自家而受的。還是那句，她不想隨意欠人因果。

她的話不管用，便只轉頭看向聯玉。

聯玉也不去看熊峰，只道：「治一治吧。」

熊峰這才不怎麼情願地一屁股在桌前坐定。

江月先對他的手掌簡單的按壓，確認骨頭和經絡無事後，便知道他倒也沒說錯，傷口只是看著可怖的皮肉傷，並沒有傷筋動骨，確實不算什麼大事。

今日只是回村掃墓、燒紙錢，以為午後就能回程的，所以她身邊也沒帶什麼藥，便先用銀針為他止血，然後用巾帕簡單包紮。

但是另一隻手的傷口裡布滿了木刺，卻是有些麻煩，得仔細挑出來才行。

江月便拉著他寬大的手掌到燭火旁，一邊說：「可能會有些疼，忍一忍。」一邊對著燭火，用銀針一點點地挑起木刺。

足足挑了兩刻鐘，江月才把他傷口裡的木刺給挑完，然後再把他這隻手也包紮上。

等一切弄完，她才發現熊峰一直沒有吭聲，甚至連呼吸都放輕了。

她偏過頭去問他怎麼了？

熊峰不錯眼地看著她，眉眼精緻的少女，旁邊是躍動的燭光，那燭光好似給她的眉眼覆上了一層溫柔的薄紗。

豆大的淚珠突然從熊峰的眼眶裡滾落，他哽咽道：「妳好像我娘啊……」

江月被他說得也有點懵了，但把他想成另一個寶畫，便也很難對他生厭，所以只無奈地笑笑。「我長得很像令堂嗎？」

熊峰用手背擦了擦眼睛，說：「那倒不是，我從來沒見過我娘。有記憶的時候，就在外頭討生活了。」

江月越發無奈了，也不好接話。

聯玉都聽不下去了，沒好氣地道：「沒見過你說什麼像不像的。」

熊峰才剛被他訓完，但此時也不記仇，嘿嘿地笑了笑說：「反正我覺得要是我娘給我看傷口，應該就是這樣的。」

很快地，寶畫從外頭回來了。

還算運道好，村裡平常置辦不到什麼像樣的吃食，想吃頓好的必須進城去，但因為馬上就要過年了，家家戶戶都準備了不少過年的豐盛吃食，所以寶畫沒怎麼費力，就買來了一紙包的鹽以及一些臘肉、臘腸、一隻鹹雞、一袋麵粉並一顆大白菜。

這麼會兒工夫，見不得家裡髒的房嬤嬤已經先把灶房簡單地打掃了一遍。

拿到食材後，江月便和房嬤嬤一道準備午飯。

家裡好一些的碗碟都收到城裡去了，只剩下一些粗瓷大碗，於是午飯也吃得簡單，就是房嬤嬤做的手擀麵，然後麵裡頭放白菜，另外再切了臘肉、臘腸和鹹雞拌著麵一起吃。

麵條出鍋前，江月把房嬤嬤支開，找機會在裡頭擱了一點靈泉水。既是調味，也是防止家裡人因為受驚而生病。

後頭麵條出鍋，寶畫也進來幫忙，一起把幾大碗麵條端到了堂屋。

江月一進去，發現熊峰似乎又在盯著自己瞧，總不至於她端個麵也很像他娘吧？

她以目光詢問聯玉，聯玉只給她使眼色，讓她不必管。

其實熊峰也不是無緣無故亂盯人的，只是想著時下的贅婿頂讓人看不起的，據說有些人家都不讓贅婿上桌吃飯呢！方才他就是在瞧這個，若真的當著他的面不讓他家公子上桌吃飯，他肯定要把這飯桌給掀了！

江月還不知道自己剛躲過被掀飯桌的「劫難」，只想著熊峰身形過於健碩，若都在堂屋一道用飯，實在逼仄，而且他嗓門也確實大，沒得再把許氏嚇到，因此就暫且分桌，讓許氏、房嬤嬤和寶畫在廂房用，後院裡受驚不輕的老車夫也在自己屋裡吃。

等都分配好了，江月就把最大碗的那份麵條放到熊峰面前。

熊峰立著兩個被包起來的大手，笨拙地把麵碗往聯玉那邊推了推。「公子先吃，您吃飽了我再吃。」

方才江月她們進了灶房，熊峰已經把這宅子裡看過了一遭，知道這家人至多也就是在村裡算個富戶。

雖現下知道他家公子沒有受到不讓上桌吃飯的侮辱，但想來這樣條件的人家，可能自家精細糧都不能頓頓吃得上，他家公子怕是也沒吃過幾頓像樣的飯。

這方面不能細想，想多了他又有點想哭。

「不用讓來讓去的，房嬤嬤擀了不少麵，不夠吃再煮就是了。」

聯玉也有些煩躁，對著熊峰說：「吃你的吧！」

在熊峰大口吸麵的時候，江月看向聯玉。「我瞧著這雪一時半刻停不了，晚上應該得在這兒住了，保不齊明日也回不得城裡。車夫到底是外人，就讓他單獨住在後院的小廂房，你和這位熊壯士住一間，我則和母親她們住一間。你夜間注意一些，莫要著了涼，短時間內也莫要再動用內力。」

後頭還真叫江月給說中了，吃過午飯到了下晌，這天陰沈得越發可怖，才剛黃昏便徹底黑了下來，鵝毛大雪紛紛揚揚落下。

一夜過去，外頭的積雪就已經沒到了人的小腿處，別說馬車，就算是人行走，都多有不便。

所幸，滯留在村裡老宅，不是旁的什麼地方，城裡的鋪子也早就關了，貼上了年後再開業的告示。

雖然老宅也缺不少東西，但江家人緣好，而且江月手裡也有銀錢，多住幾日倒也不礙什麼。

也就是這日，那暈倒在山路上的小孩醒了過來。

據他所說，他今年五歲，家裡人都喚他成哥兒。

但他並不知道家住哪裡，也不知道家中姓什麼。

許氏輕聲細語地問他為何會跑到山上，他也說記不清了。

江月再次為他診治，確認過他頭部並未受傷，但五歲大的孩子，記不住事情再正常不過，便也沒覺得有何異常。

她讓許氏不用再問，只道：「等回了城，把他送到官府去，讓官差去給他尋摸家人便是。」

後頭她從廂房出來，打算去給家裡下一個傷患，也就是熊峰看傷。

寶畫跟在她後頭一道過去。「姑娘怎麼說要把那小孩送官府呢？」

「他不知道家住何方，也不知道他家大人姓甚名誰，只知道自己名字裡有個『成』字。不算這十里八鄉那麼些村，光路安縣城裡的人口就有八、九千，他還不一定是路安縣人士，保不齊是其他縣的，我們上哪兒找他家裡人去？」江月說著話，已經拆開熊峰手上的布巾，仔細檢查過後，換上新的給他重新包紮。「從前倒不知道妳這般喜歡小孩，是怕他在府衙裡受委屈嗎？我覺得妳這擔心是多餘的，旁人不知道，妳難道不知道穆知縣有多麼愛民如子嗎？他不會虧待那小孩的。」

寶畫擺手說擔心的不是這個。「他身上衣服的料子很好，按著話本子裡頭的劇情，這種撿到的小孩，肯定是高門大戶的少爺，搞不好還是什麼勛貴侯爵家的公子，甚至是皇帝的兒子呢！咱們給他送回家去，肯定能得不少獎賞！」

一直未曾作聲的熊峰聽到這裡，猛地呼吸一沈，不自覺地看向一旁的聯玉。

因為在村中實在無事，且大雪封路不得外出，聯玉已經無聊地翻出老宅的藏書來看。感受到熊峰投來的熾熱目光，他好似無所察覺般，優哉遊哉地翻過一頁書。

江月只當是自己因為和寶畫說話，分了心，弄疼了熊峰，便越發放輕了手腳，無奈地道：「妳平日裡少看點話本子吧，別回頭又挨房嬤嬤的罵。」

從前在江家當下人的時候，寶畫的月錢並不經她自己的手。

但後頭藥膳坊有了進項，江月也給她和房嬤嬤一人補了一兩銀子的工錢。

房嬤嬤想著寶畫漸大，手裡一點銀子都沒有也不是個事，江月還比她小了兩歲呢，現在儼然是一家人中的主心骨。且這工錢也是江月在給一家子置辦完新年禮物後又特地發的，因此便沒有代寶畫收著，讓她自己管。

這丫頭的手也是真的鬆，得了銀錢後跑出去買了好些個零嘴、點心不算，還買了一堆新鮮話本。

等到房嬤嬤發現的時候，這年還沒過呢，她那一兩銀子已經全部花完了，氣得房嬤嬤要捶她。

還是江月勸著，說「照理這工錢是該按月發的，但眼下家裡的營生剛起步，所以到了這會子才補發，往後營生好了，工錢按月發，您再給她收著」，房嬤嬤這才作罷，只罵了她一頓。

所以寶畫方才沒敢在屋裡提話本引發的猜測，而是悄默聲地跟出來，在外頭才跟江月說這些。

提到自家親娘，寶畫連忙求饒道：「姑娘別告訴我娘，我不說就是了！」

熊峰憋到這會兒已經到了極致，忍不住出聲問道：「若說起來，我們公子也是在山中病倒，被小娘子的家人撿回來的，怎麼不說我家公子是什麼少爺、皇子呢？還敢讓他入贅？」

江月還沒說話呢，寶畫已經噗哧一聲笑了出來，擺手道：「知道你還在給姑爺入贅我們江家這事抱不平，但你別扯了，咱姑爺那是穿上龍袍也……」

聯玉神色微變，轉過頭看她。

寶畫突然覺得後頸涼颼颼的，就沒把話說完，轉而說起旁的。「姑爺那一身傷，又是斷腿、又是內傷的，治的時候一聲痛都沒叫過，平日裡更是吃喝穿用、衣食住行啥也不挑，比我還不講究呢！反觀那小孩，才剛醒了就說這兒疼、那兒疼的，還吵著說要吃糖、吃點心的呢！」

江月雖沒接話，但其實也是這麼想的，便也跟著笑了笑。

熊峰張了張嘴，想說也不一定要怕疼怕痛、講究吃穿的才是好出身啊！但到底還是把話嚥回了肚子裡，只想著這家人不知道才正好，這樣回頭等自家公子養好傷，才好把他直接帶走，省得被黏上了，不得脫身。

大雪一連下了好幾日，到了年二十七的時候，總算停了雪。

寶畫去村口看了一遭，說已經有人在清掃道路上的積雪，估摸著過了中午，就能啟程回城了。

聽說這個消息，江月和聯玉都不約而同地呼出一口長氣。

前頭江月還覺得不過是在老宅住幾日，雖比城裡冷了些，倒也不算難熬。

但誰承想，那撿來的成哥兒在炕上躺了半日後，就已經生龍活虎、活蹦亂跳，一時在家裡的桌椅板凳上爬高爬低，一時吵著要去外頭堆雪人，一時又喊冷喊餓，只要稍有不如意的，他就一屁股坐在地上兩腳亂蹬，甚至滿地打滾，擾得家裡雞飛狗跳、不得安寧。

一家子裡頭，最溫柔、最有耐心的當數許氏，但許氏懷著身孕，其他人自然不會放任那孩子吵著她，便分好了工，每人輪流帶那孩子一陣。

房嬤嬤帶孩子還算有經驗，寶畫和熊峰則是心思單純，還算能跟他玩到一塊兒去。

反觀江月和聯玉，兩人都喜靜，也沒心思陪個陌生小孩玩鬧，就都十分頭疼這個。如今總算能回城了，也就代表這苦難終於要到頭了。

兩人呼完那口氣，視線一碰，又不約而同地笑起來。

「什麼走？誰說要走了？我哪兒也不去，就住在這裡！」成哥兒小旋風似的颼進了屋裡。

他雖只五歲，但經過這幾日，也發現這家裡實際作主的是江月，所以跑到她跟前一邊嚷嚷，一邊又開始故技重施，撲到炕上直打滾——之前他都是在地上打滾的，但是叫江月看見房嬤嬤連夜給他清洗襖子又烘乾，好不費勁，就不慣著他了，直接拿銀針刺他腳底板上的癢穴，讓他笑鬧打滾打了個夠，之後他便不敢再作踐身上的襖子，只敢在炕上打滾。

聯玉本坐在炕上看書，見了他便立刻站起身避到一邊去。

江月正在收拾自己的銀針。「我們都要走，你一個小孩住在這裡算怎麼回事？」

「我不管，反正我不走！我……我頭疼，我還肚子疼！總之我哪兒也去不了！」

「頭疼及肚子疼是吧？頭疼扎腦袋，肚子疼扎肚子。」江月笑咪咪地拿了銀針衝他比劃了一下。

成哥兒被嚇得哆嗦了一下，也不敢再裝病了，只是仍然堅持說不走。

江月和聯玉也懶得管他，反正等東西收拾好了，再把這小東西抓上車送到官府，也就算完了。

誰知道，就在兩人收拾好了東西後，那成哥兒卻突然語出驚人道——

「我不能去城裡，有人要害我的命！」

聽到成哥兒這話，江月倒是停下了手裡的活計。

「誰要害你的性命？你仔細說說。」

把這皮孩子留在家中幾日，雖讓江月覺得頭疼無比，但想著等回城後把他交到官府去，大小也是一樁功德，便才忍到現在。若照著他說的，把他帶回城會讓他送命的話，雖然因果不會記在江月身上，但功德必然是泡湯了。

成哥兒被問了以後，大眼珠子骨碌碌一轉，卻不肯再說了，只道：「總之我就是不能回城。」

看來，他前頭說不記得家中情況也是假的。

江月便慢條斯理地問道：「你既不肯回去，那你是想留在我家？」

成哥兒點頭。「我就留在這兒！那個像熊一樣的大哥哥也留在這兒保護我。」說著他又想了想，再道：「還有那個胖胖的姊姊留下來陪我玩，那個溫柔的姨姨留下來和我說話，那個很會幹活的嬤嬤給我做飯！」

江月被這番理所當然的話氣笑了，合著在這皮孩子眼裡，就她自己和聯玉沒有留下來陪他的必要？也難怪寶畫猜他家境非富即貴，畢竟能養出這種皮孩子的人家，那確實不是一般人。

「可是他們都聽我的呢！不然這樣吧，」江月又把銀針盒子打開。「你既不肯回家，想留下來也行，我最愛給人扎針了，正愁沒有練手的人，你留下讓我每天給你扎幾針，如何？」

成哥兒雖有些怕江月，卻也並不蠢笨。像上次被扎了腳底板，他也只是大笑不止，打滾打了個夠，笑了一刻鐘後，江月把銀針取下，他也就什麼事都沒有了。所以他壯著膽子，挺了挺胸膛說：「扎就扎，我不怕！」

還真是油鹽不進。江月「嘖」了一聲，臉上也多了幾分無奈。

這時候聯玉不緊不慢、帶著慶幸的語氣開口道：「那挺好的，總算有人接我的班了，畢竟我的身子也有些遭不住……」說完又接著輕咳起來。

連著好幾日大風大雪，村裡又不比城裡暖和，所以即便是江月每日都給他施針，他咳血依然跟止不住似的。

好在咳的還是積壓在肺腑的瘀血，對他的身子無礙。

成哥兒是見過江月每日給他施針的，聽了他這話，就瞪大了眼睛，不敢置信道：「你天天咳血，難道就是因為被、被扎針？」

聯玉挑眉看他，說不然呢？

成哥兒打了個寒顫，立刻被嚇得癟著嘴大哭起來。

這幾日一家子在村子裡也置辦了不少東西，要回城都得帶走，所以其他人都在忙，連熊峰都在幫著修繕馬車，只許氏比較清閒，聽到響動便過來。

許氏坐到成哥兒旁邊，用帕子給他擦眼淚，說：「好好的怎麼哭了？」

成哥兒用眼神控訴江月。

江月神色如常，兀自做自己的事。

許氏看看江月，自家女兒再溫柔不過了，怎麼可能欺負小孩呢？是以她只當是成哥兒又調皮了，便溫聲細語地安慰道：「你莫要再淘氣，不是前頭還嚷著要吃糖葫蘆和糕點嗎？等回了城，姨姨都給你買。也不要害怕去衙門，知縣老爺非常和氣，他會幫你找到家人的。」

成哥兒半靠在許氏身上，抽噎了一會兒，止住了眼淚後，對著江月說：「妳別帶我進城，也別拿針扎我，我說，我都說！」

成哥兒是知道家裡情況的，他家中姓謝，在府城做生意。

他是謝家孫輩裡頭唯一的男丁，親娘早逝，自小由祖母帶大。

這謝家的祖籍就在路安縣，年前自然要回來祭祖。

成哥兒從前因為年紀小，並沒有出過遠門，這次他鬧著要一道回祖籍，謝家老太太被他鬧得沒辦法，想著他也大了，作為孫輩裡唯一的男丁，也該給家中先人祭祀，便同意了。

謝家大老爺和二老爺，也就是成哥兒的父親和二叔人都還在外地，準備年前直接從外地回來縣城。

而謝家老太太年事已高，冬日裡又感染了一場風寒，還未痊癒，便不能同行，就讓成哥兒的繼母陶氏和二房媳婦金氏陪著成哥兒回來。

就在幾日前，他們一行人到達縣城外頭，見天色不好，似乎要下大雪，而不巧馬車的車輻又斷了一根，就打算在望山村附近臨時過夜。

因隨行的下人不少，而一般村人的屋子並不會很大，經過一番打聽後，他們租賃下了一間遠離村落的院子。

俗話說在家千日好，出門一日難。

出門在外的日子跟成哥兒想的天差地遠，村裡的屋舍和飯食又實在簡陋，成哥兒就發作了一通，非要直接進城不可，去找他爹和二叔。

陶氏和金氏妯娌二人齊齊上陣，說算著日子謝家大老爺和二老爺還未回城呢，又答應進了城給他買這買那，再拿出行囊中所有的飴糖和點心，才算哄好了他。

成哥兒鬧得累了，雖安穩下來，其實還在氣憤自己的要求沒被滿足，於是就把那些金貴的飴糖和點心餵給了自己的獅子狗。

那小狗是他三歲生辰的時候，他祖母送他的，就算出遠門，他也帶在身邊。

誰知道，那隻叫來福的獅子狗在吃了他給的東西後，直接躺下不動了。

成哥兒嚇傻了，連忙要把這件事告訴奶娘，卻發現素來以他為先的奶娘居然不吭聲，躺在炕上不動。

他以為奶娘是累得睡著了，便趴伏過去推她，卻發現奶娘怎麼叫都叫不醒，好像也死了！

他嚇得不行，立刻從屋子裡尖叫著跑出去。

平時他但凡有些動靜，家裡其他人早就來瞧他了。

可他那時候叫得那麼厲害，卻沒有一個人來瞧他。

他喊得喉嚨都要破了，只覺得黑暗中好像有一雙不懷好意的眼睛盯著他。

他從小院子裡頭跑了出來，也不敢進城——要害他的人肯定知道他此行的目的地是在路安縣，就想著自己找回府城的路，去找在他看來最厲害的祖母。

當然，結果就是他不出意外地迷路了，跑到江家祖墳所在的那個山頭，又冷又餓，暈倒在山道上，讓江月他們撿回來。

「我前頭不說，是怕你們覺得我有麻煩，會不管我。但是我這幾天鬧得這麼厲害，你們都沒說把我趕出去，你們都是好人。但是……我確實不能去城裡。」成哥兒不想哭，努力睜大眼睛，但淚珠子還是不聽話地直往下滾。「來福、奶娘，還有家裡其他人都沒了，下一個可能是我，也可能是我爹、我二叔……我得回府城，但是府城路很遠，我怕那個人還要害我。我祖母說的，走丟了就哪裡也不要去，等著她派人來尋我。我祖母最厲害了，她一定有辦法！」

成哥兒訴說過往的時候，房嬤嬤、寶畫和熊峰也一併過來聽了。

聽說一下子沒了那麼些人，幾人都驚得不輕，尤其是想像力最豐富又看過不少靈異志怪的話本子的寶畫，臉色都被嚇得發白了。

寶畫嚥了一大口口水，帶著顫音詢問道：「一下子死了那麼多人，會不會是鬼……」

房嬤嬤也同樣面色凝重，伸手把她的嘴捂住。「大過年的，說什麼怪力亂神？」

熊峰點頭道：「這種事肯定是人為，或許這謝家太過露富，所以讓人給惦記上了。」

許氏看向江月。「那種事委實可怕，也不知道到底是誰下了毒手？阿月妳看，咱們是按著他說的，把他送回府城，還是先聯絡他爹和二叔？就是也不知道他爹和他二叔回到縣城沒……」

熊峰拍著胸脯說：「那讓我送他回府城去吧！有我在，我倒要看看誰敢害這個小孩！」

大家各抒己見，江月擺手，示意大家都先別出聲。

等大家都安靜下來了，江月才出聲詢問道：「你說的那個毒死小狗的點心和飴糖，你身上應該還有吧？」

富人家的孩子，腰間都會佩戴一個小荷包。

這成哥兒身上也有，那小荷包還鼓鼓囊囊的，卻從未見他打開過，取裡頭的東西。

有一次寶畫跟他鬧著玩，說要看看他那麼寶貝的荷包裡頭放的是什麼，這小孩還發了最大的一次脾氣。

只是他一直以來表現得又皮又無理取鬧，所以一家子便也沒放在心上。

果然，此時聽了江月的詢問，成哥兒猶豫著掏出荷包，裡頭裝的還真的是幾小塊碎成粉末的糕點。

「這個糕點裡頭有葡萄乾，祖母說這個不能給來福吃，吃了會死，我當時就把帶葡萄乾的點心收起來了。」

這被收起來的、帶毒的糕點，如今已然是最重要的罪證。

江月拿著銀針上前，弄出一點粉末到鼻尖嗅了嗅。

許氏等人都不錯眼地看著，既是怕她也被毒物影響，也是好奇到底是何種奇毒，竟能不聲不響地弄出那麼多人命，畢竟謝家這種富貴人家，出門在外肯定是十分小心，說不定吃用的所有東西，都會用銀針試毒。

半晌後，江月面色沈凝地給出了判斷。「是蒙汗藥。」

聽了這判斷，他們不約而同地呼出一口長氣。

熊峰更是爽朗地笑道：「原說神不知、鬼不覺呢！這蒙汗藥就是田間常見的大喇叭花，也叫做山茄子、狗核桃，毒性很低，所以銀針試毒檢查不出來，吃完也只會讓人直接睡死過去，等睡醒了，也就沒事了！」

成哥兒愣愣的，半晌後才反應道：「你的意思是……來福和奶娘他們都沒事？」

熊峰接著說：「沒錯，應該是大雪封了路，你家裡人想著你肯定走不遠，沒想到你能跑到這邊來，所以才沒找過來呢！」

房嬤嬤跟著呼出一口長氣。「哎喲，那敢情好！剛我還奇怪，縱然是大雪封路，但鬧出那麼些人命，望山村和咱們這兒也不算太遠，怎麼一點信兒都沒透過來？原是一樁誤會啊！」

寶畫拍著胸脯道：「還好不是什麼怪力亂神的，沒得嚇得我年都過不安穩。」

許氏也微笑著頷首，說是啊。「那還真不用把這孩子送去官府了，等通了路，去給他家人傳個信兒就成。」

一家子都覺得雨過天晴，卻看江月和聯玉臉上都不見笑，反而都沈吟不語。

熊峰就止住了笑，去問聯玉。「公子，怎麼了？沒驗出什麼毒藥，不是好事嗎？」

聯玉掀了眼皮，看他一眼，說：「蒙汗藥不算劇毒，可這不是同樣可怕嗎？」

他說話習慣言簡意賅，熊峰聽得雲裡霧裡的，只能搔著腦袋，不知道自己接著追問的話，會不會惹得他不悅？

見許氏和房嬤嬤她們也面露不解之色，江月便出言解釋道：「聯玉說得不錯，蒙汗藥不算劇毒，等謝家的人一覺睡醒，可能根本不知道發生了何事，只會覺得連日趕路累過了頭，夜間睡得死了一些。但他們醒來，卻會發現成哥兒不見了，而院子的門鎖都完好，且沒有外人闖入的痕跡，所以他們都只會當是成哥兒貪玩，自己跑了出去。」她頓了頓，接著道：「而成哥兒若不是遇到了我們，則已經成了山路上的凍死骨，所以他或許沒有說錯，是有人要害他的命。而且用的是殺人誅心的法子，等謝家人知道了，悲痛的同時也不會想到他是被人害了，或許都不會去報官追凶，只以為是他頑皮所致，再懲罰一眾疏於照顧的下人，便就此了結了。」

解釋了一大通，江月也有些口渴，便從桌上倒了杯溫水喝著，順帶也留一點時間給其他人消化其中的前因後果。

半晌後，寶畫吶吶地問：「那會不會是湊巧？畢竟成哥兒自己說的，他的糕點、飴糖裡也被下了藥，只是他恰好沒吃而已。會不會其實只是有強盜、賊匪看中謝家富貴，想乘機偷點財物？」

看江月在喝水，聯玉便幫她接著說。「這也不用猜來猜去，左右再過幾個時辰，路就通了。熊峰腳程快，到時動身去望山村一趟，探聽一下消息就知道了。」

熊峰正是好奇得要死的時候，當即擺手道：「還等什麼通路？我這便過去，公子等著聽我的消息就是！」說完他就立刻出去了。

第十三章

南山村距離望山村有十里左右的路程，雪天路滑，常人行走至少也需要半個時辰。但熊峰身形高大，一步抵得上常人兩步，且他也會武，所以不到一個時辰，他就趕了回來，還打聽完了消息。

「望山村一派祥和，根本就沒有什麼命案、劫財案的傳聞。只說是前幾日有一家姓『謝』的富戶路過那處，租了個小院子過夜，沒承想那家人的公子自己溜出去玩，弄丟了。下大雪的那幾日，謝家人村前村後找了好幾日都無果，最後留了幾個下人在那小院守著，其他人已經進城去了，說是那小公子前頭就鬧著要進城，說不定已經跑城裡去了，所以打算再進城去找找……」熊峰氣喘吁吁地說完後，接了寶畫遞過來的水，咕嚕地喝了一大碗，順過氣了，才有些背心發寒地道：「這就是軍師……不是，我是說兵書上說的，兵不見血刃的法子了吧？」

江月沒再出聲了，其實她還是覺得這件事有哪裡透著古怪。

具體來說的話，就是那背後之人害人的法子雖然陰損，卻不是萬無一失。

那人怎麼就那麼確定，成哥兒跑出來後一定會沒命？

畢竟照著熊峰打聽的消息來看，那農家小院固然離江家祖墳所在的山頭最近，但距離望山村也不遠。如果成哥兒走的不是上山的路，而是去村子裡求援呢？

而且江家祖墳所在的山頭雖然平時沒什麼人去，但也不算人跡罕至，成哥兒上山之後，被救的機會很小，卻不代表沒有。

為何不在藥翻其他人之後，直接結果了成哥兒，再把他的屍首扔到荒野？是做不出這麼直接狠辣的事，還是因為怕做得越多會錯得越多，留下可疑痕跡，抑或是還有旁的什麼原因？

這層疑慮她沒有說出口，畢竟這事的前情已經把家裡除了聯玉以外的人嚇得不輕。而且說出來也不管什麼用，不如等見到了謝家人，她再提一提，讓謝家人自己去查。

她偏過臉，看著乖乖地依偎在許氏懷裡、不吵不鬧的成哥兒。

別說，這皮孩子不鬧事的時候，還確實不怎麼討人厭。

她也不說話，只是偏過臉再看了聯玉一眼。

聯玉若有所感地偏過臉和她對視。

從他的眼神中，江月便知道他也覺得此事仍有些古怪。

這時候也到了中午時分，一家子簡單地吃過午飯，便坐上了回城的馬車。

馬車緩緩駛回縣城，還沒進城門，就看到城門口張貼了許多尋人啟事。

啟事上畫了成哥兒的小像，也寫明了謝家現在所在的具體住處，另外還寫明了有十兩黃金的酬金！

十兩黃金，那就是一百兩銀子。

這皮孩子倒還挺值錢的。

成哥兒確實是自家從山道上救的，為此還差點出了意外，這部分酬金那是理所當然要拿的。

江月讓車夫先把車趕到謝宅附近，而後準備自己把成哥兒送回去，領那酬金。

因想著把成哥兒送回去後，少不得還得提點謝家人一番，要滯留片刻，因此江月就讓車夫不必等自己，先帶著許氏和其他人回梨花巷去。

在許氏和房嬤嬤、寶畫不怎麼放心的目光中，聯玉跟著她一起下了車。

有他陪著，倒確實能省不少心，江月便也沒有說什麼。

兩人都不牽成哥兒的手——這皮孩子前頭固然有故意裝皮、試探江家人的成分在，但本身也確實閒不住，在馬車上東摸摸、西摸摸的，手黑得不像話！兩人就一左一右，只把他夾在中間走。

三人剛走到謝宅所在的街口，就看到那闊氣的大宅子門口已經聚集了不少人，吵吵嚷嚷，跟菜市口似的。

這些人皆人手一張尋人啟事，都是來提供消息的，甚至有些人還牽著個跟成哥兒年紀相仿的小孩過來。

謝家的烏木大門緊閉，只一個文書先生坐在一張小桌前，負責登記資料。

另外還有幾個下人在一旁大喊道：「別吵，都別吵！一個個來！」

江月他們來得晚，根本擠不進去。

甚至還有人嫌江月礙事，看她清瘦纖細的好欺負，要伸手推她。

眼看著那人就要碰到江月，聯玉及時伸手捏住對方的手腕，把那人給推到了人群外頭。

那人氣性也大，一邊嘴裡不乾不淨的，一邊就捋起袖子要上來打架。

就在這時，兩匹油光水滑的棗騮馬拉著一輛富貴高大的烏木馬車從街口緩緩駛來。

謝家的烏木大門立刻從裡頭打開，府裡的其他下人們魚貫而出，隔出一條路來。

就在馬車出現沒多久，負責維持秩序的下人立即恭聲喊道：「老太太來了！」

馬車停穩之後，先下來兩個婆子放腳凳，隨後便下來一個身穿寶藍色綾錦襖子、滿頭銀絲的老太太。

等她站穩，下人奉上一人高的虎頭木枴杖。

老太太拄著枴杖，緩慢地走了兩步，不怒自威的目光掃過全場。

一時間，本來嘈雜無比的周遭，頓時靜得落針可聞。

江月來此世界至今，接觸過最顯赫的當然就是穆知縣家了。

但跟這謝家一比，穆家還真的跟「氣派」這個詞不沾邊了。

「這謝家不是生意人家嗎？怎麼這般氣派？」

江月偏過臉想跟聯玉說話，卻發現他不見了，只成哥兒在那邊一蹦一蹦的。

「那個哥哥說他不大舒服，說去旁邊等妳。」說完成哥兒就眉飛色舞地道：「我聽到我祖母的枴杖聲了！一定是我祖母來了對不對？」說完他就揚聲喚了幾聲「祖母」。

若在方才，這幾聲呼喊肯定被鼎沸的人聲給淹沒了。

但擱到眼下，卻是再清晰不過。

拄著枴杖的老太太頓時站住了腳，驚喜道：「是成哥兒的聲音！」

謝家的下人也很有眼力見兒地過來，往兩旁撥開人群。

成哥兒一下子就躥了過去，還不忘扯上江月的袖子，帶著她一起上前。

到了謝家老太太跟前，成哥兒抱上了她的腿，帶著哭腔道：「祖母，成哥兒好想您啊！」

「哎，祖母的心肝啊！」謝家老太太身上的威嚴消下去泰半，既激動又高興，卻是忽然腳下踉蹌，身子一歪就倒了下去。

一旁的江月和其他下人一起伸手將老太太托住。

在謝家下人慌了心神，還未反應過來的時候，江月已經搭上她的脈，說不礙事。「老太太情緒激動，加上舟車勞頓，所以暈過去了而已。」

眾人一起扶著老夫人進了府。

侍立在謝老夫人身側的一個嬤嬤詢問道：「小娘子是……」

「她是救我的人，而且她很會……」成哥兒頓了頓，把到了嘴邊的「她很會扎人」給嚥了下去。「很會治病！我前頭感染了風寒，都沒吃藥，一下子就被她治好了！」

後頭謝府的大夫也過來了，給出的診斷結果同江月一般無二。

又過了一刻多鐘，謝老夫人眼皮顫抖，口中還在念叨著「成哥兒」。

成哥兒乖乖地守在他祖母床前，立刻拉住她的手，應道：「我在呢，我回來了！」

很快地，謝家老夫人醒轉，看著成哥兒呼出一口長氣，說：「不是作夢就好。」

她雖然才暈倒，卻是堅持立時起身，一頭銀絲攏得一根不亂，而後拄著柺杖從內室出去了。

花廳裡，江月正在品茶。

方才謝家老夫人暈倒，場面頗有些混亂。

但很快地，下人們就各司其職，請大夫的請大夫、待客的待客。

她被引著到了花廳，也不曾被怠慢，下人們依次呈上燃著紅蘿炭的炭盆和上好的茶水、點心。

一盞茶還未吃完，謝家老夫人便出來了。

「小娘子，老身這廂有禮了。」臉色仍不算太好的謝家老夫人進了花廳之後，便對著江月行謝禮。

江月連忙起身，讓謝家老夫人不必客氣。

兩人再次落坐。

謝家老夫人給了身邊的嬤嬤一個眼神。

很快地，十兩黃金便裝在托盤裡呈送上來。

謝老夫人見狀，不悅地蹙了蹙眉，而後對著江月歉然笑道：「家中下人不懂事，我讓他們兌成銀票，小娘子再寬坐，稍待片刻。」

這是看江月打扮得普通，又是孤身前來，怕她揣著鼓鼓囊囊的一兜子黃金出門，會招來覬覦。換成銀票，則確實輕便得多。

江月在心中暗讚一聲，眼前的老夫人不只通身的氣度讓人不敢小覷，心思也委實玲瓏。

左右她也要跟老夫人提一提蒙汗藥的事，便說等一等也無妨。

隨後謝老夫人又問起江月是如何尋到成哥兒的。

方才在屋裡的時候，她已經簡單地詢問過成哥兒，但成哥兒固然早慧，到底也只是個五歲的孩子，且遇到江月等人的時候，他已經暈死過去，所以只說自己醒來的時候，就已經到了江家的宅子裡。

江月既不誇大其辭，也不準備大事化小，就把當日的情況如實相告。

聽完，謝家老夫人的臉色沈了沈，又致謝道：「得虧妳家人警醒，若換成個粗心大意的，我家成哥兒怕是真的要喪命於馬蹄之下了。」

就在這時，謝家其他主子也陸續從外頭回來了。

打頭的是兩個身披鶴氅的男子，年歲相當，看著都不到三旬，便是謝家大老爺和二老爺了。

後頭回來的，是兩個婦人，也是二十幾歲的年紀，便是大房繼室陶氏，和二夫人金氏了。

四人都是風塵僕僕，尤其是謝家大老爺和二老爺，估計是前頭日夜兼程從外地趕了回來，而後便開始四處尋人，所以連鬍碴都沒空刮，瞧著頗有些狼狽。

他們雖然都得了消息，知道成哥兒已讓人送回家裡，但並沒有因此就敢態度輕慢，進來後依次給老夫人問了安、見了禮，便低著頭垂手而立，大氣都不敢出。

「你們好啊，很好，好樣兒的！」當著江月這外人的面，謝家老夫人並未發作，只是肅著臉，以威嚴的目光掃視過他們幾人，最後視線停留在陶氏和金氏兩個兒媳婦身上，語氣平常地說了這麼一句。

也就是這麼幾個字，嚇得謝家兩房主子個個都面無人色，立刻都跪了下去。

「都起來！」謝老夫人用枴杖拄地。「當著外人的面，成何體統！」

兩房人也不敢爭辯，又乖乖照辦，立刻從地上起來。

謝老夫人此時又身形晃動，江月就坐在她旁邊，便再次伸手去扶，順帶給她搭了個脈。

「您別動怒，雖說您前頭確實無恙，但若是情緒再波動，恐有偏枯之症。」

偏枯，也叫大厥、薄厥，最通俗的稱呼便是卒中了，算是年長者裡頭十分高發的病症之一。

聞言，謝家兩房人都齊齊變了臉色。

謝大老爺此時才說了進門後的第一句話。「如今府中只有跟著成哥兒回來的王大夫，王大夫擅長的是兒科，現下母親身體不豫，是不是去請善仁堂的大夫來為您調理身體？」

謝老夫人拍了拍江月的手背以示感謝，轉頭道：「不必，這江小娘子須臾之間就能診脈斷症，有她在就好。」

診脈斷症雖是每個大夫都必須掌握的技能，但大多都需要一個略顯漫長的過程。

甚至講究一些的大夫，還會要求四周環境安靜，不能有半點兒讓他分心的動靜。

是以懂行的人光從這個，便能知道江月的醫術不差。

謝大老爺應是，而後便不再多言。

老夫人既發了話讓她來診治，這也就代表自家年前還能再來一筆進項，江月自然也不推辭。

為老夫人詳細地診過脈後，江月便要了紙筆，開了一個調養身體的方子。

謝老夫人也不提讓府裡的兒科大夫來掌掌眼，直接就讓身邊的嬤嬤去按著抓藥。

江月又上前給老夫人推拿了半晌，確認她的情緒已經平復，加上謝家人也已到齊，便開口道：「您老莫動怒，其實今遭成哥兒走失，並非純粹是家人的疏忽，而是有人刻意為之。」說著她便道出那蒙汗藥一事來。

謝老夫人雖威嚴，但對江月一直很和顏悅色，此時聽說一家子都是讓人藥翻了，才讓成哥兒走丟，她沒再看向兒子、兒媳，而是蹙著眉若有所思。

她思考事情的時候，屋子裡就越發安靜了。

過了半晌，謝老夫人拍了拍江月的手背，說：「妳有心了，這事我明白了，後頭會查。時辰也不早了，留下用個飯可好？」

若換成其他人，江月肯定會腹誹這是真明白還是假明白？別跟前頭家裡其他人似的，只以為是盜匪作亂。但對著精神矍鑠、眼神清朗的謝老夫人，江月便不會有這種想法。

因想著聯玉還在外頭等她，江月便推辭道：「家人還在等我，今日便先回去了。」

卒中可不是小事，需要悉心調養，因此江月和謝老夫人說好，翌日再來為她診脈，便起身告辭。

謝老夫人力有不逮，便沒有相送，只讓兩個兒媳婦送江月出去。

先前陶氏和金氏一直一言不發，江月便下意識地以為她們妯娌二人都是寡言少語的性子。

但從謝家老夫人跟前離開後，陶氏和金氏卻不約而同地呼出一口長氣，然後就打開了話匣子。

陶氏雖是家中長房媳婦，但因為是續娶的，所以比金氏還小幾歲，如今才剛滿二十，有著圓眼睛、圓臉，長得十分可愛討喜。她拉上江月的手，對著江月千恩萬謝。「若成哥兒真有個三長兩短，我可真是沒活路了！多虧小娘子仗義相助，我真的特別特別感謝妳！」說著就要把手腕上的金鐲子捋到江月手上。

江月忙道不可。「酬金我已經拿到了，大夫人莫要再客氣。」

鵝蛋臉、桃花眼的金氏也連忙拉住自家嫂子，倒不是不捨得給個金鐲子，而是提醒道：「這鐲子是年前母親特地讓人給妳打的。」

陶氏連忙住了手，感激地看了金氏一眼。「還好妳提醒我，不然回頭讓母親知道了，又得吃通掛落。」說著又伸手去摸頭上的金釵。

金氏越發無奈了。「那也是母親給的！嫂子別找了，咱們回來祭祖，妳又是咱家的長房媳婦，從頭到腳的首飾都是母親使人打的。」

陶氏這才悻悻地放了手，眨巴著水靈的眼睛跟江月致歉。

金氏無奈地看她一眼，然後也親切地拉過江月的手，說：「小娘子莫同我大嫂計較，她雖然看著比妳年長幾歲，但心性還不成熟。」

江月忍不住彎唇笑了笑，說真的不礙事，她反正本也沒準備再要陶氏的首飾。

兩人一左一右地把江月往外送，因謝家宅子實在闊大，比穆家的宅子還大不少，是以說了會兒話，也不過才到二道門。

金氏怕小嫂子再惹出笑話，便由她開口和江月攀談。「我們很少回縣城，從前便也不知道縣城中還有江小娘子這樣的妙人。不知道妳師從哪位大夫？如今在哪家醫館坐診？往後尋小娘子，也方便些。」

「家父從前在京中做藥材生意，為我請過先生，但更多的還是自己摸索，所以若是兩位夫人信不過我，其實也可以讓府中大夫檢驗我開的方子，我是無礙的。」

金氏忙道：「我不是那個意思，小娘子千萬莫要誤會！母親都信得過妳，哪輪得到我來置喙？只是我倆身上也有些不好，也吃了不少藥但都不見好，而且有些事也不方便和男大夫說，想請小娘子也為我們二人看看，這才多提了一句。」

「那我為您二位診診脈？」

陶氏先把手腕遞送到江月眼前，江月剛把手搭上，就聽到後頭傳來腳步聲，原來是謝老夫人身邊的嬤嬤過來了。

嬤嬤並沒有擺譜，只是笑著解釋道：「老夫人見兩位夫人久未回來，便使老奴來瞧瞧。」

其實倒也不怪謝家老夫人催得緊，而是她做事素來雷厲風行，這會兒已經開始查起那蒙汗藥來了，陶氏和金氏作為受害者，自然也要被問話。

陶氏連忙把手收回，金氏也不敢再和江月攀談，腳步也比之前快了不少，很快就將她送到了門口。

江月請她們止步，不必相送。

陶氏和金氏連忙對她福了福身，見了個禮，便腳步匆匆地跟著那嬷嬷回去了。

此時前頭把謝宅圍得水泄不通的城中百姓聽說謝家的小公子已經尋回，早都散了，江月便很順利地出來，而後在臨街的一個茶水攤上找到了聯玉。

「才說你不舒服，怎麼等人也不找個暖和的地方？或是直接回家休息。」江月說著，語氣中不由得多了一絲嗔怪。

聯玉情緒不高，沒有像往常似的打趣回去，而是神色淡淡地道：「無事，這裡能看到謝家門口，不至於跟妳錯過。」

他這樣子可能是真的有些不舒服了，江月便也沒再久留，摸了幾文錢結了帳，而後拉上他的手腕，順帶給他把個脈，便和他一道往家走。

聯玉的脈象她是日日都在診的，也不過分開個把時辰，所以這次他的脈象依然沒什麼不對。

但他本就一身的內傷，平時他面上不顯，也不過是靠著強大的意志力強行忍耐罷了，能忍耐也並不代表他真的感覺不到疼痛，所以江月也沒有見怪。

想著他特地跟來，應也是對謝家有些好奇，所以不等他發問，江月就把謝家的情況講給他聽。「那位老夫人好威嚴，不苟言笑，真的是好氣派，謝家在她的治理下，委實是井井有條，規矩嚴謹，上到主人家，下到奴僕，都進退有度。」想到活潑的陶氏，江月忍不住彎了彎唇。「應該說，在老夫人面前都進退有度。不過既然謝家能養出性子跳脫的夫人，想來老夫人素日裡對待家中的小輩應也不算嚴苛，家中的氛圍非常不錯。」

說著話，兩人都快回到梨花巷了，聽了一路的聯玉才開口問道：「謝家……可有什麼怪異之處？」

「蒙汗藥的事嗎？我看老夫人的意思，是要先私下審問。我見老夫人心中有成算，便也不大想摻和他們的家事，又想著你還在外頭等我，就先離開了。不過說好明日再上門去給老夫人診脈，明日應也知道結果了。」

「除了這個呢？」

「旁的嘛……」江月思忖著道：「那就是謝家看著不像是普通的商戶人家。我家從前也算富裕，京中的宅子不比謝家的小，奴僕也不比謝家少，但總覺得有哪裡不大一樣，我也說不上來。另外就是謝家兩房人對老夫人的態度，好似有些恭敬過頭而親近不足。」說到這兒，江月就看到了等在巷子口的寶畫。

寶畫也瞧見了他們，小跑著上前，問道：「姑娘，您沒事吧？」

江月好笑道：「我不過是把成哥兒送回謝家，能有什麼事呢？」

寶畫說：「姑娘不知道，這謝家可不是一般人家呢！」

原來，寶畫他們雖然沒跟著江月和聯玉一道去謝家，但回到梨花巷後，就聽街坊四鄰都在議論謝家丟了孩子的事。

那尋人啟事貼得全城都是，且還許諾了豐厚的賞金是一遭，另一遭是這謝家老夫人的來歷十分顯赫。

謝家從前不過是這小城裡的普通人家，雖不至於窮得吃不上飯，卻因孩子眾多，也沒有餘糧。

那年宮中小選，挑選良家女子進宮為宮婢，謝家人為了幾兩銀子，就把最小的女兒送了過去。

後頭那小女兒好多年都沒有音信——宮女到了二十九歲就能出宮，她都沒有回家來，家裡人便只當她在深宮內院裡頭沒了。雖說是一條人命，但那是去皇宮當差，誰敢多問？誰又有辦法去過問？

一直到十多年前，芳華不再的謝老夫人突然歸了鄉。

原來她沒有被放出宮，是因為她在深宮內院裡差事辦得好，被提做管事嬤嬤了。到了頤養天年的年紀，得了主子的恩典，這才榮養回鄉。

至於她那些年為何沒有跟家中聯繫？因為那時候的謝家二老早就離世了，甚至老夫人的幾個兄嫂都前後走了，便也沒人能過問。

後來謝老夫人就從眾多姪子、堂姪裡頭選了兩個伶俐、有眼緣的孩子過繼到自己膝下，帶著他們去了府城，而後自立門戶，成了戶主。

宮中的管事嬤嬤，可能在身分高貴的人眼中並不值當什麼，但對於平民百姓來說，可不是顯赫非常？那可是服侍過皇帝或妃嬪的人啊！

也就是因為從前謝老夫人帶著過繼的孩子搬到了府城，且謝家其他留在縣城的親眷都行事低調，更因是十多年前的舊事了，所以平時並沒什麼人提起。

此時謝家再次出現在人前，自然惹得議論紛紛。

聽人說了這些，許氏她們自然有些擔心，怕謝家在謝老夫人治理下規矩太過森嚴，江月會像前頭去了穆家似的，不好脫身。

江月聽寶畫複述了一通後，恍然地點頭道：「剛我還跟聯玉說，這謝家看著跟一般的商戶人家不同，原是因為這個。謝家確實規矩森嚴，但老夫人對我卻很是和顏悅色，並未為難我，我這不就全鬚全尾回來了？」

後頭回到鋪子裡，江月再具體說了在謝家的見聞，並把那百兩銀票拿給她們看。

許氏和房嬤嬤也就放下心來。

房嬤嬤回來後就沒歇著，此時已經把家裡簡單地打掃過一遍，也做好了午飯。

江月幫著端菜上桌，動筷子之前她才想起來，問道：「熊峰怎麼不見人？別是迷路了。」

聯玉回道：「方才妳進屋跟母親說話的時候，他已經回來了，我有些事情讓他去辦，所以便又出去了，不用管他。」

江月也沒追問聯玉讓他辦的是何事，只接著問道：「他後頭是怎麼個章程？」

前頭被風雪困在村子裡，熊峰又為了救江月他們受了傷，自然而然地就留他在老宅吃住了幾日。現下回了城，熊峰雙手的皮肉傷也恢復得差不多了，也就該議一議這個了。

聯玉說道：「他有些事情沒完成，還得在城裡留一段時間，等事情結束，我自會讓他離開。不過他沒有落腳的地方，前頭都是住在城外，不大方便，所以可能要在這兒借住幾日。也不用為他騰屋子，讓他宿在前頭鋪子就成，稍後他會另外尋地方的。至於銀錢方面……」

許氏笑著擺手。「阿玉說話怎麼這般見外？熊壯士是你的朋友，前頭更幫了咱家的大忙呢！前頭鋪子年前也不開門，借住幾日哪還要提什麼銀錢？」

江月也是這麼個意思，畢竟熊峰確實救人在先，自家又剛得了一筆百兩銀子的酬金，另外還有謝老夫人日後的診金也是板上釘釘的進項，短時間內都不必為銀錢發愁。

她只是好奇，聯玉的態度怎麼變了？

根據她這幾日的觀察，熊峰應該是想留在聯玉身邊的，而聯玉則不想他留下，甚至在進城之前，聯玉還不留情面地對熊峰直言，說進城後他就可以離開了。

如今進城不過小半日，聯玉居然鬆口了？

看聯玉今日神色一直懨懨的，話也比平時還少，江月後頭倒也沒追問，只是兩人一起收拾碗筷的時候，她少不得提醒道：「夜間咱們還得睡一個屋，他知道了不又得發瘋？每次他那麼盯著我，我都莫名心虛，好像拱了人家地裡的好白菜似的。不然你直接跟他說，咱倆是權宜之計假成婚得了。」

聯玉被她這說辭逗笑了，露出了回城後的第一個淺笑，他一邊笑，一邊掃了不遠處的寶畫一眼，再對江月挑了挑單邊眉毛。

也不用他說什麼，江月就明白了——熊峰和寶畫是如出一轍的直腸子，她能跟寶畫說這個嗎？怕是前腳剛說完，後腳就叫家裡其他人給看出不對勁來了。

好在後頭熊峰也沒鬧出什麼動靜來，因為昨兒入夜之前，他都沒回來，今日江月起身，到了院子裡，才隱約聽到前頭鋪子裡傳來的呼嚕聲。

江月也不關心他夜裡出去忙什麼了，跟家裡人一道用完朝食之後，就出門去給謝老夫人複診了。

因聯玉看著還是有些沒精神，江月這次就讓寶畫陪著她去，路上少不得提點她幾句注意禮數，莫要莽撞衝撞了。

寶畫點頭如搗蒜，一連保證自己一定規規矩矩的。

卻沒承想，兩人剛到謝家大門口，就聽到宅子裡頭吵吵嚷嚷的，跟寶畫設想的規矩森嚴的人家大相徑庭。

門房見到江月，也是如蒙大赦，連忙道：「江娘子來了就好！老夫人晨間忽然又暈過去了，到了如今還未醒，府中的大夫束手無策，正想去尋您呢！」

江月面色一凜，立刻便進去，很快到了謝老夫人住著的院子。

謝家大老爺、二老爺、大夫人陶氏、二夫人金氏、擅長兒科的王大夫齊在。

成哥兒正守在老夫人的床前，不住地抹眼淚。

見到江月，眾人自覺地讓開。

江月坐到繡墩上，搭上了謝老夫人的脈。

很快地，江月蹙著眉道：「老夫人這脈弦滑數，應是驚厥，我開一個疏風解表的方子，你們也別都在這兒守著，去抓了藥熬來。另外，我要為老夫人施針，暫穩病情，需要熱水。」

驚厥之症多發於小兒和老人，並不算是疑難雜症。

但難就難在，老夫人前頭才有卒中的徵兆，所以用藥方面得考量細緻。

那王大夫就是卡在不知道如何用藥上頭。

得了江月的話，謝家人這才動了起來，抓藥的抓藥、燒水的燒水。

施針的時候，江月又請了其他人出去，只留下謝老夫人貼身伺候的兩個嬤嬤。

兩個嬤嬤很快端來熱水，為老太太寬衣和簡單擦拭掉身上的冷汗。

隨後江月便開始施針。

也就半刻鐘，謝老夫人的眼皮顫動，已有了要恢復知覺的前兆。

兩個嬤嬤不錯眼地盯著，見狀都不約而同地長吁一口氣。

隨著銀針入體，謝老夫人的呼吸也逐漸變得平穩。

忽然，謝老夫人開始輕聲囈語。「主子、主子……老奴是被逼的……」

前頭江月已經知道謝老夫人當過宮中的掌事嬤嬤，此時聽她喚「主子」，便也猜到喊的應該是宮中貴人了，說不定還牽扯到什麼宮闈秘聞，所以江月只裝出一副專心施針、無暇分心的模樣。

後頭為謝老夫人施完針，江月用溫水淨了手，擦汗的時候一副才想起來的模樣，詢問那兩個嬤嬤道：「方才只顧著為老夫人施針，未曾聽清她說了什麼，兩位嬤嬤可聽到了？」

一個嬤嬤正要搭話，另一個嬤嬤用胳膊肘輕輕撞了她一下，而後笑道：「小娘子離老夫人最近都未曾聽清，我們二人就更沒聽到了。」

「是是是，未曾聽見老夫人說過什麼話！」

江月便也跟著彎了彎唇，接著問道：「昨日我離開的時候，老夫人已經無事，怎麼經過一夜突然驚厥了？可是因為徹查蒙汗藥之事，情緒起伏波動了？」

兩個嬤嬤剛和江月達成默契，加上蒙汗藥之事還是江月發現並提醒的，後頭還得仰仗江月對症下藥，因此也不瞞著她。

「昨兒個中午老夫人問過大夫人和二夫人的話後，便有些精神不濟，說今日再一一審問其他隨行的下人。」

江月微微頷首。這嬤嬤的話雖然簡潔，卻透露出了一個消息——謝家老夫人是一起問的陶氏和金氏的話，而後準備一一審問其他下人。所以老夫人懷疑的對象，應當就是其他下人。

江月短暫地跟謝家人接觸下來，大夫人陶氏性情跳脫，一派天真爛漫，二夫人金氏比大夫人穩重一些，但也是二十幾歲、滿含朝氣的模樣。兩人都是老實的面相，實在是不像會想出那種陰損招數的人。

而且兩人還是浸淫宮闈的謝老夫人掌過眼的兒媳婦，必定是詳細瞭解過二人的秉性，加之她們二人又沒有其他子嗣，眼下這會兒實在是沒有加害成哥兒的動機。

所以謝老夫人的懷疑並沒有錯，若不是今日她忽然病倒，那下蒙汗藥的搗鬼之人想來已經被揪出來了。

那嬤嬤又接著道：「夜間老夫人如往常一般在佛室裡唸經祝告、揀佛米，並不讓人伺候，我們二人就守在外頭，卻聽老夫人忽然在裡頭驚呼！因老夫人吩咐過，不許我們隨意出入，所以我們二人只敢在外頭詢問，老夫人依舊不許我們二人入內，只是不住地唸經，我們便也不敢違逆她。一直到晨間，到了老夫人起身的時間，我們還未曾聽到響動，這才進去查看，卻發現她已經暈倒了。」

「其間未曾有人進去過？」

「絕對沒有。我們二人雖也不年輕，夜間昏昏欲睡，卻是把門都看好了的。」

說完，兩個嬤嬤都是一臉的諱莫如深。一個沒有外人進去過的環境，卻讓謝老夫人受了驚嚇……這實在是匪夷所思，很難不讓人聯想到是鬼神作祟。

江月蹙著眉，沈吟半晌，一時間也沒有頭緒。

又等過半晌，湯藥送了過來。

因知道謝家還有個內鬼沒被抓出來，而作為謝家主心骨的謝老夫人如今病倒，正是有可乘之機的時候，所以方才她是特地讓陶氏、金氏和老夫人屋裡的丫鬟一道去的。

此時江月端過湯藥檢驗了一番，確認沒有問題，才親自端去給老夫人服下。

服過藥後，中午之前，謝老夫人醒轉了一次，但藥裡有安神的成分在，所以她醒轉之後也只來得及跟江月道了個謝，請江月在府中留一留，接著讓謝家大老爺把宅子的前後門緊閉，在她痊癒之前，不許任何主子和下人出入，便又陷入了昏睡。

江月倒也沒有不應的道理，左右現在家裡的鋪子不開門，也沒什麼事。

而且按著她對謝家老夫人的診斷，老夫人雖然年事已高，但身體底子康健，吃一、兩日藥也就沒事了，到時候她還能回家過年。

江月便應允下來，然後讓寶畫回去傳個信兒。

她和寶畫雖是外人，現下卻成了最沒有嫌疑的人，因此寶畫的出入並沒有受到限制。

寶畫的腿腳也快，去了兩刻鐘不到就又回來了。

江月剛被下人引著去廂房安頓下來，看寶畫跑得氣喘吁吁，上氣不接下氣，出了一額頭的汗，不禁心疼道：「只是傳信而已，不至於這麼趕。其實妳不用過來也沒事，反正我這兩日就回去了。」

寶畫接了江月遞過來的水喝下，喘勻了氣，說：「哪能讓姑娘一個人？這謝家雖比前頭的穆家好，但也怪讓人不放心的。」穆家的凶險可說是擺在明面上，防著尤氏就足矣。而謝家這兒雖未牽扯出什麼人命和未知的劇毒，卻也是有居心叵測之輩，隱在暗處伺機而動。說完話，寶畫還從懷中摸出兩本書來。其中一本醫書正是江月回村之前看的，也免得她這兩日在謝府閒來無事，把自己悶出個好歹來；另外一本，當然就是寶畫自己在看的話本子了。

江月少不得打趣她兩句，說她這是藉著陪自己，乘機偷閒來了。

畢竟在家裡的時候，寶畫可不敢當著房嬤嬤的面看這個。

二人隨後各看自己的書，很快到了午飯時分，廚房送來了飯食。

謝家從前自然是聚在一起用飯的，眼下情況不同於往日，所以一眾主子都是各在自己的小院裡用飯。

江月的飯食是隨著謝老夫人的分例來的，清淡卻很豐盛——鹽水牛肉、素味蓮藕、玉筍蕨菜、彩玉煲排骨、桃仁山雞丁，還有一道鑵煨山雞絲燕窩湯。

菜餚的精緻和可口程度，簡直是大大刷新了江月對人間食物的認知。

前頭江月覺得自家加了靈泉水的藥膳已經算是很可口了，如今才知道什麼叫食不厭精、膾不厭細。

也得虧自家藥膳最核心的還是療效，不然光這一頓飯，就能把江月吃得信心受挫。

她都這般了，寶畫就更別提了，吃得那叫一個香！最名貴的燕窩湯她沒碰，只揀著牛肉吃。

牛肉雖不如燕窩名貴，但時下殺牛犯法，得等牛老死或者病死，才能合法出肉。

而往往一旦有牛肉出售，也被高門大戶用高價收走了，根本輪不到普通百姓，更別說寶畫這樣從前當下人的了。

一頓午飯吃完，下晌江月就去看著謝老夫人喝過藥，便又沒什麼事了。

成哥兒知道他祖母沒事，便也肯從病榻前離開了。

他前後親身經歷了兩重變故，認知裡最厲害的祖母也突然病得下不來床，心裡當然也有些害怕，所以並不肯回自己屋裡，而是賴到了江月身邊。

看在謝家給出的優待上，江月並沒有趕他，讓下人拿了玩具給他玩。

因為不得外出，後頭大夫人陶氏和二夫人金氏也結伴過來了。

她們是前一日跟江月說好要請她把脈的，只是當時謝老夫人催得急，她們二人不敢耽擱，這才到了這會兒還未把上脈。

江月給她倆都瞧了瞧。

陶氏是宮寒血虛，所以信期時常不準、量少，兼手腳冰涼，疼痛難忍。

金氏則是有脾虛失運，水濕內生，帶下過多，還伴有瘙癢。

都是婦科方面的病症，也難怪她們妯娌二人說病症給男大夫瞧不太方便——陶氏的宮寒之症在服用湯藥的同時，需要佐以艾灸，才能事半功倍；而金氏則是羞於和外男說這些。

兩種病症都不難治，算是比較常見的婦科病症，江月很快給她們開好了方子，另外再讓下人取來艾條，教陶氏和丫鬟如何艾灸。

傍晚之前，江月送走了妯娌二人，用過一頓豐盛可口的晚飯，再去看過謝老夫人，回來後準備歇下了，成哥兒卻還不肯回屋。

江月夜間習慣接靈泉水備用，而且這小子宿在村裡老宅的時候，還有過尿炕的行為，所以她自然不肯再讓他留下。

還是他奶娘過來了，輕聲細語地勸慰了好一番，才把他給勸走。

後頭謝家的下人又給準備了熱水和胰子，供江月沐浴之用。

謝家廂房配套的淨房都快趕上梨花巷鋪子裡的一個房間大了，而整個宅子都燒了地暖，說是溫暖如春也不為過。

難得有這麼好的條件，江月便和寶畫先後洗了個澡，而後兩人一邊晾頭髮、一邊看自己的書。

到了戌時末，下人說謝老夫人已經安穩睡下了，江月便也吹了燈，和寶畫一起上了床榻。

睡前，寶畫悄悄地和江月咬耳朵。「我中午藉著消食遛彎的空兒，在院子裡走了走。後罩房那邊，應該就是老夫人的佛室了，那裡有丫鬟守著，我也沒靠近，就繞著走了一圈，那屋子看著就透著古怪。」

江月本是準備哄著她早些睡下，而後早點進芥子空間去的，聽她說起這個，江月也上了心，便詢問道：「怎麼個古怪法？」

「佛室嘛，那是供奉神佛的地方，肯定得透亮吧？但我看那後罩房卻是門窗緊閉，所以我還跟丫鬟打聽了一下，姑娘猜她們怎麼說？她們說，因為謝老夫人是臨時決定回來尋找成哥兒的，所以暫時只把佛室設在後罩房。從前在府城的時候，老夫人的佛室連個窗子都沒有，只有一道小門出入。您說，哪有用那種棺材似的房子來供奉神佛的？您說會不會……」寶畫緊張地嚥了口口水，聲音也壓得越發低了。「這位老夫人會不會是供奉了什麼邪神，所以謝家才這般富貴？」

她前頭說話還挺正經的，忽然話鋒一轉，又開始根據話本子發揮起自己的想像力了。

江月就笑著輕啐她一口。「少想那些有的沒的，謝家老夫人是從宮中掌事嬤嬤的位置上退下來的，多年來積攢賞賜，抑或是出宮前還得了一筆類似養老的那種銀錢，所以才有了如今的日子。」

「那得的也太多了吧？」寶畫羨慕地嘟囔道：「謝家這日子富貴得比從前的咱家和穆知縣家還好上十倍不止呢，早知道當年我也進宮去了，說不得也能混個什麼掌事姑姑、嬤嬤的。我肯定不跟謝老夫人似的，多年不跟家裡聯絡，我得了賞賜會全送出來，姑娘和我娘就再也不用操心銀錢了，可以頓頓吃牛肉、喝燕窩湯……」

江月好笑她的異想天開，皇宮那樣的地方，就算她沒去過，也知道是吃人不吐骨頭的地方，就寶畫這樣的傻丫頭，怕才是真的有命去，沒命回來。

見她嘟囔著就閉上了眼睛，江月給她掖了掖被子，又等過一陣，等寶畫確實睡熟了，便進入到空間裡收集靈泉水。

算起來，她先後已經給好幾人治過病，所以現在靈泉的恢復程度已經稱得上喜人，小半個時辰，就能接滿一茶壺。

而在靈泉水的滋潤下，空間內的黑土也在逐漸變化為靈土。

相信再過不久，她就能和之前一樣，在空間裡開闢靈田。

當然，因為芥子空間在這方世界被壓縮得很小，靈泉之外，也就只夠站腳的地兒，所以想大規模的種植是不大可能了，只能種一點藥材自給自足。

好在靈田裡種植出來的藥材不只藥效斐然，生長速度也會大大加快，到時候勤種、勤收的，應也能攢下不少治病救命的良藥傍身。

江月從空間出來的時候，在心裡盤算了一下到時候要種植哪些藥材、又要花費多少銀錢，不覺已經到了月至中天的時辰。

閉眼躺下之後，江月依稀聽到一點響動，似乎是風鈴被吹動的聲音。

她第一個反應是像上次她身陷在穆家的時候似的，聯玉不放心地尋來了。

但起身查看之後，卻並未發現任何異樣。

再一想也是，上次她是被那尤氏軟禁在穆家，只有穆家的下人去通傳，聯玉自然會擔心。

而這次卻不是那樣的情況，也是寶畫親自跑了一趟，將情況告知了眾人，這還有什麼好擔心的？

況且這謝家雖然是商戶人家，卻真的是規矩森嚴，夜間連後宅都有孔武有力的粗使婆子來回巡邏，守得跟鐵桶似的。

聯玉武功再高，到底還帶著傷，進來一趟怕是也費勁得厲害。

她自嘲一句想太多，而後睡下不想了。

翌日清晨，江月是被一陣急促的拍門聲喚醒的。

她披了衣服下床開門，發現來的正是謝老夫人身邊的丫鬟。

「江娘子快隨奴婢去，老夫人又不大好了！」

不少病症都會夜間加重，但謝老夫人的病症卻並不在這個行列裡。

江月簡單地穿戴過後，就跟著丫鬟去了老夫人的屋子。

謝老夫人此時還在昏睡，是下人按著她平時起身的時候，喚她起來用朝食，發現喚不醒，這便立刻去請了江月過來。

江月再次為她診脈，然後面色沈凝地道：「老夫人這是夜間情緒又波動了，一夜都未曾合眼，所以現下陷入了昏睡。」說著她也有點煩躁了，她白日裡把病患治得差不多了，過了一夜卻又不知道發生了什麼事，病患的情況不好反壞。已經連著來了兩次，再多來幾次，怕是連她也治不好了。

她的診斷結果一出，卻看屋裡其他人的臉色變得比她還厲害。

細問之下，才知道因老夫人這場病來得稀奇古怪，所以謝大老爺、二老爺不放心府中下人，兄弟倆特地一夜沒睡，就守在老夫人的屋子裡。

連帶著他們兄弟，還有兩個嬤嬤，另外還有一些值夜的婆子、丫鬟，皆可證明這一夜沒有外人進過內室。

甚至他們連走路、呼吸的聲音都放輕了，更別說驚擾到謝老夫人了。

「難道是……是那種東西？」幾個主子裡頭年紀最小的陶氏臉色煞白，說出了自己的猜想。

其他幾人看了她一眼，但也並未駁斥她的話。

顯然，大家都想到了這處。

不然如何解釋連著兩晚、在無人近身的情況下，謝老夫人頻頻受驚，而她身邊的其他人卻都相安無事？

金氏試探著問：「不然……咱們去請個道長或大師來作場法事？」

謝二老爺猶豫道：「可是母親昨兒個才吩咐關門閉戶，不許眾人隨意出入。」

幾人說著話，都看向謝大老爺，等著他拿主意。畢竟老夫人現在不能理事，自然輪到他來支撐門庭。

謝大老爺也面色糾結，游移不定——不想辦法的話，謝老夫人病情反覆，怕是真要就此長病不起。可他自從到了謝老夫人膝下後，就未曾做過違背她吩咐的事。去請道士或者和尚，再作法事鬧得吵吵嚷嚷，會不會對老夫人的病情反而產生不好的影響？或者等老夫人醒了，會不會責怪他？

畢竟當年他們兄弟能在其他堂兄弟中脫穎而出，被謝老夫人選中，就是因為年紀小、沒有什麼自己的主見，從來都是聽老夫人的話，不問其他。

說來說去，還是因為不是親娘，而是過繼來的，所以許多事需要慎而又慎，輕不得、重不得的。

就在這時，成哥兒也從自己屋裡過來了，臉色發白地問：「祖母……祖母怎麼了嗎？」說著他也不看向家裡其他人，只盯著江月瞧。

看他可憐兮兮的，江月就耐心解釋道：「沒有，老夫人只是昨夜睡得不大好，所以現在昏睡過去了。我在呢，你別怕。」

說起來，成哥兒可能算是謝家裡頭對江月的醫術最信服的人了，所以得了江月的話，他像吃了一顆定心丸，乖覺地點著小腦袋說：「好，那我不進去吵祖母休息。等祖母醒了，我再去看她。」

謝大老爺對他招了招手，既心疼又不悅地詢問道：「你怎麼臉色這麼差？夜間是不是沒有乖乖睡覺？你祖母病著，難道還要我們操心你嗎？」

正是一家子心煩意亂的時候，陶氏唯恐謝大老爺因為這點小事責怪成哥兒，就幫著緩頰道：「成哥兒是婆母帶大的，心繫婆母，夜間睡得不好也正常，老爺莫要嚇著他。」

成哥兒揉著眼眶說沒有。「我早就睡覺了，就是夜裡不知道什麼東西丁鈴噹啷地響了好一陣子，把我給吵醒，後頭就沒怎麼睡著了。」

謝大老爺說他胡扯。「我們都在這院子裡，哪有什麼東西響？」

「真的啊！我真的是被吵醒了！」見自己不被相信，沒睡好的成哥兒也有些不高興了，指著屋子裡的其他下人。「不信你問她們！」

眾人都紛紛搖頭，表示自己也沒聽到。

成哥兒癟了癟嘴。「我真沒說謊！」眼看著就要哭出聲來了。

「他沒說謊，」江月若有所思地開口道：「因為我也聽到了。」說完她頓了頓。「或許，大老爺也不必急著去請道長或者大師了，老夫人夜間頻頻受驚，應並不是什麼鬼神作祟，而是人為。」見眾人不解，江月接著道：「雖然人人都生有雙耳，但每個人對聲音的靈敏程度卻不同。老夫人既能在宮中做到掌事嬤嬤一職，那必然是耳聰目明之輩，所以她應當也聽到了那陣鈴音。」

謝大老爺吶吶地問：「既只是鈴音，那至多也就是被吵得不得安眠，何至於……」

江月擺手道：「鈴音為何會使老夫人受驚，那必然有它的理由，這個不用去查，也不是重點。重點是，確定這事是人為的，然後去抓那個製造這鈴音的人！」

江月說完，謝家其他人便都一邊看著她，一邊頻頻點頭。

又等過半晌，江月見他們點完頭依舊不作聲，一副只等著聽吩咐行動的模樣。

這大概是大家長太過精明厲害的「後遺症」？養的小輩平素只知道聽命行事。

抑或是謝老夫人前半生見慣了波詭雲譎，所以特地挑選了這樣性情的後輩？

江月只得無奈地對著謝大老爺道：「鈴音之事，如今只我們幾人知曉，便不能再聲張。另還請大老爺把家中奴僕整頓一下，按著老夫人前頭說的，將當時隨行的下人分別問話。」

之前江月便想過，那下蒙汗藥的人，行事雖陰損卻並不是萬無一失，成哥兒獲救的可能性很大。可若是那人的目的並不是成哥兒，而是謝老夫人呢？

不論成哥兒是走失還是喪命，抑或是被找回後身體略有些不適，在府城的謝老夫人都必定會匆忙趕來，且因想不到對方的目標其實是自己，所以也不會想到要帶上府城的大夫。

如果沒有江月，現下這謝府裡便只有擅長兒科的王大夫，或是去請善仁堂的大夫來。恕江月說句托大的，她跟善仁堂也打過好幾次交道，善仁堂到底只是縣城裡頭的醫館，裡頭大夫雖多，但即便是醫術稱得上出類拔萃的、那位跟江家有舊交的周大夫，醫術上的造詣也不如她。此時若是周大夫在此處，怕是也對謝老夫人如此反覆的病情束手無策。

若再晚幾日，那幕後之人連著幾夜對著舟車勞頓、情緒波動起伏甚大的謝老夫人頻頻出手，怕是謝老夫人真要無力回天，輕則卒中，重則殞命。而謝家這幾位主子，則也只會想到怪力亂神之事，根本不會把兩樁事聯繫到一處，就更別提報官追凶了。

這才是真的兵不血刃，殺人於無形。

「對，這是母親病倒前吩咐的事！」謝家大老爺好像一下子有了主心骨，臉上不再見猶豫糾結之色。

當時隨行的下人眾多，就不方便在謝老夫人的院子問話了。

江月想著自己到底是外人，便也沒準備旁聽，卻看陶氏和金氏兩位夫人跟著自家夫君起身，走到門口後卻沒動，轉眼巴巴地看向她。

「那人會下毒，江娘子看是不是……」

江月張了張嘴，想說既只是會用蒙汗藥這種東西的人，其實讓王大夫去負責掌眼就行，但轉念一想，她又覺得不對。那位王大夫雖也是跟著成哥兒回來的，但並不是謝家的什麼奴僕，是從府城的大醫館裡頭雇的。而此番謝家遭難，明顯更像是內賊，而且是對謝家人瞭解甚深的內賊所為。王大夫的嫌疑很小，卻也並不是沒有。而若他是無辜的，前頭他也讓人一包蒙汗藥放倒了，可見還真的是只專攻兒科，對其他東西很不在行。

所以江月也不再推辭，起身跟著一道過去了。

第十四章

很快地，陪著成哥兒回鄉的下人便開始挨個兒進入正廳。

謝大老爺一一問話，他們的口供都大差不差，就是說一路上跟著陶氏、金氏和成哥兒回來。從府城到縣城，本該只有三、四日的路程，但成哥兒年紀小，又是頭一回出門，沿途看什麼都新鮮，於是走走停停的，風雪來臨之前才到了望山村附近。

而後便是車輻突然斷了，他們找了個僻靜但還算寬敞的小院子落腳。

當晚吃了大鍋飯，就一覺睡到了隔天中午，醒來後奶娘第一個發現成哥兒不見了，然後陶氏和金氏就發動所有人去尋。

結果自然是沒尋到，於是一行人兵分三路，有的負責回府城給謝老夫人傳信，有的留在那小院附近尋找，有的就進縣城去張貼告示，發動全城百姓幫著尋。

謝大老爺雖無甚主見，但到底被謝老夫人帶在身邊教養了好些年，因此很快就發現了其中的不對勁。

他沈著臉發問。「母親十分看重回鄉祭祖一事，不只是成哥兒他們穿戴一新，隨行所用的馬車更是嶄新的，怎麼會平白無故斷了車輻？」

被問話的車夫嚇得臉色煞白，回道：「老爺明鑒，嶄新的馬車確實不會這麼輕易損壞，但少爺……少爺之前一時要上山、一時要進城的，是以這馬車幾日內使用頗多。」

車夫說話含蓄，意思就是——雖那車從府城出來的時候是嶄新的，但架不住成哥兒事多，一時這樣、一時那樣，來來回回地折騰個不停啊！不然怎麼能在路上耽擱那麼多天呢？

成哥兒雖有些早慧，卻是實打實地被謝老夫人寵大的。

他不像謝家大老爺和二老爺，過繼到謝老夫人膝下的時候就已經十來歲，能知事了，知道後頭的好日子都是謝老夫人給的，因此越發謹小慎微。

當著下人們的面，謝大老爺自然不會說兒子的不是，只接著問道：「那斷裂的車輻何在？」

「壞在半道上，後頭在小院子落腳了，換上了備用的，那舊的就還在小院子裡……」車夫說到這兒，聲音也低了下去。

他也委屈得慌，他平時做事肯定不至於這麼沒交代，但誰讓一頓加了藥的大鍋飯下去，他就睡得人事不知了，醒來就得知成哥兒不見了。陶氏和金氏兩個主子都六神無主，慌了手腳，他們這些當下人的就更別提了，哪還顧得上那根壞掉的車輻？

謝大老爺擺擺手，讓他下去，而後轉頭吩咐自己的小廝，去那農家小院找找車輻。

但看車夫方才那模樣，其實眾人心裡也有數，多半是找不著了。

下一個，是隨行負責做飯的張廚子。

出自他手的飯食把大家都放倒了，他的嫌疑也是最大，所以謝大老爺把他放到了後頭查問。

張廚子也明白這個，因此一開口就喊冤。「老爺明鑒，小的可是跟您同一年進的府呢！在謝家做了十來年的飯，小的是真不會做下藥那種事啊！」

謝大老爺擺手讓他別吵。

這些人陪著成哥兒出遠門，前頭自然都是看起來十分信得過的，尤其是這廚子，掌管著主子們的吃食，那更是謝老夫人親自點了他跟著的。

「你做飯的時候，可有旁人出入過？」

「有的。」張廚子想了想，說：「大夫人跟前的珍寶、二夫人跟前的檀雲，還有少爺的奶娘素銀，都來過的。」

於是她們三人也很快被再次喊來問話，三人都老實承認確實進過那灶房。

她們都是主子跟前親近的下人，過去在謝家，主子跟下人的飯食都是分開烹飪，但出門在外，便沒有那麼多講究，都是吃的大鍋飯。

她們想讓自家主子吃得比下人好些，就得去廚房盯著、督促著，不然張廚子一個人，要做三個主子的飯食，另外還有二、三十個下人的，等飯食端到主子手邊都冷了。

奶娘素銀的情況和她們稍有不同。

隊伍裡最要緊的就是成哥兒，他的飯食肯定是先做先出的。

所以素銀之所以進灶房，是因為成哥兒突然想吃個蛋花羹，讓她去知會張廚子一聲。

那會兒他們是臨時決定在農家小院停留的，趕路的時候雖帶了不少食材，卻並不會帶雞蛋這種容易磕碰的食材，因此張廚子也是一個頭兩個大。最後還是另外遣人冒著寒風出去，跟村裡的人買了幾個雞蛋過來，而後再臨時做了一碗出來。

於是，又多了好幾個幫著去買雞蛋的下人進出過灶房。

珍寶和檀雲都是陶氏和金氏身邊的大丫鬟，平時跟半個主子沒差別，此時因為張廚子的一句話，兩人就突然有了下藥害人的嫌疑了，當然是憤憤不平。

珍寶氣憤道：「老爺別聽這張師傅胡唚！他說只奴婢三人先後進去，但是奴婢和檀雲結伴過去的時候，分明看到還有其他人進去呢！」

檀雲也附和地這般說。

兩人說著看向了素銀，那素銀這會兒照理說便是沒看見也該附和一、兩句才是，偏生像嚇懵了似的，被她們二人看了好半晌都沒反應過來。

謝大老爺也不管她們的眉眼官司，再把張廚子喊來對質。

張廚子這才老實相告——連珍寶和檀雲這樣的大丫鬟，都擔心自家夫人在他手底下吃冷飯，其他下人難道沒有這個顧慮？

原來張廚子因為自恃是謝家的老人，也就在謝老夫人面前不敢偷懶，平常的時候卻是出了名的憊懶，算盤珠子似的撥一撥、動一動。

他給主子做飯，那至多是慢一點、不夠熱；給其他下人做飯，那絕對是一點兒熱氣都不帶！

若擱平時，下人們也沒這麼金貴，但架不住這是出門在外，且又是寒冬臘月，誰能擔保吃頓冷飯不生病？

因此機靈一些的下人便也知道跟張廚子走走關係，提前去吃口熱乎的。

張廚子能收到他們孝敬的好處，也樂得如此，幾乎一路都是這麼過來的。

當天因為成哥兒臨時要吃隊伍裡沒有的東西，那輪到下人吃飯的時間肯定得越發晚了，於是他們便都先後去詢問了一番，手腳麻利的，乾脆自給自足，在小爐子上弄自己的吃食。

這再問下去，可越發精彩了，當天出入灶房的下人，居然占了整個隊伍的半數還多！

等於是審了一圈，又回到了原點，幾乎是人人都有嫌疑，也有做案的時間——這麼些人出出入入呢，都能靠近鍋臺，幫著張廚子打下手，那蒙汗藥又是常見之物，下藥的人只要夠鎮定，神色如常地往飯菜裡頭加，旁人也只會當作是加調味料罷了。

一通查問下來，已經是日頭西斜。

而派去望山村附近那個農家小院的小廝也回來了，那根斷掉的車輻確實是找不到了。

謝家兩房主子聽下人們的說辭已聽得頭腦發昏，此時聽說證據之一的車輻也不翼而飛，更是一個頭兩個大。

於是暫且讓眾人都下去，讓今日被問到話的人都警醒些，在府裡不許亂走，也不許單獨行動。

人都散了之後，寶畫直接累癱，趴到了桌上，連話都懶得說了。

江月看著覺得奇怪。「就在廳裡待了一下午而已，怎麼累成這樣？早知道這樣，我就讓妳先回來休息了。」

寶畫素來是負責家裡的體力活，立刻擺手道：「確實累，比我劈一天柴還累，但不是身體上的累，是腦子累。我在旁聽了一下午，也幫著想了一下午，累死我了！」

「昨兒個還說早知道當初妳也進宮當姑姑了，現在才動了這麼會兒腦子就累成這樣？」

江月看得好笑，把她從桌前扶起。「那我們動了一下午腦子的寶畫姑姑，可理出什麼頭緒來了沒？」

被自家姑娘打趣，寶畫自然也不生氣，只嘿嘿一笑。「那我說出來，姑娘可別笑話我。」

江月其實現在也有些沒頭緒，並不指望寶畫能一下子就找到罪魁禍首，卻是樂得見她成長，就道：「嗯，妳說。」

寶畫壓低聲音，湊到江月耳邊。「我覺得……嫌疑最大的，是成哥兒！」

江月抿了抿唇，忍了半晌，才把笑意忍下來。

到底是寶畫第一次動腦，江月忍住笑後，就問道：「怎麼這麼說呢？」

「姑娘您想啊，那嶄新的馬車是因為成哥兒用得多，所以壞了之後，謝家的人才半點沒有懷疑是人為。再有，那日在農家小院落腳，也是他忽然要吃什麼蛋花羹，折騰得人仰馬翻，灶房裡去了那麼些人……而且姑娘沒聽出他們話裡話外的意思嗎？他們也覺得委屈呢，若不是成哥兒非要鬧著回鄉祭祖不可，也不會生出這樣的事端來。」說著，寶畫自己也不好意思地笑起來。

今日被審問的下人或許只知道查的是前頭成哥兒走失的事，但寶畫卻是知道，真正要追查的是加害謝老夫人的凶手。成哥兒是這個宅子的長子嫡孫，總不可能是他冒著生命危險，來加害最疼愛自己的祖母吧？更遑論，成哥兒才五歲，再早慧也實在有限。所以寶畫說完後，又抱著胖乎乎的腦袋冥思苦想起來。

「好啦，暫且別想了，也到了用夕食的時辰了，用過飯再想好不好？」

「姑娘比我聰明，這麼不慌不忙的，肯定是心裡有成算了？不然您直接告訴我答案吧！」

「我又不是衙門裡的神探，大家都想不明白的事，我哪兒就明白呢？」江月說著，湊到寶畫耳邊用氣音道：「不過我確實有別的成算，因為咱們本就不是今日一定得抓出凶手啊！」

今日，謝家兩房人並不提謝老夫人的病情，只還追查著前頭蒙汗藥的事情。

其實並不是真的要在一日之內就找出那人，而是要給那人一個錯覺——謝家的主子們暫且還不知道那古怪鈴音，只還緊著追查前頭下藥的事。

讓那人放下戒備，白日裡沒有再動手的機會，夜間在謝老夫人的院子附近加強人手，由能聽到鈴音的江月和成哥兒坐鎮，若那人再鬧出響動，則必然會被當場抓獲。

若那人謹慎到不準備動手，那麼明日謝老夫人就能醒過來，屆時就更簡單了。

那鈴音總不是人空手弄出來的，必然是什麼鈴鐺之類的東西。

現下闔府上下都不得外出，只要謝老夫人發話，抄檢全家，掘地三尺，這還能抄撿不到？這謝家雖富貴，但縣城這邊的宅子又不是長住的，便也沒有什麼荷花池之類的地方。而家裡吃水的水井，在查問下人之前，江月也已經提醒謝大老爺派遣信得過的人去看守起來了。

現下沒提這個，純粹是因為江月看出謝家兩位老爺沒有這個動手的魄力。

當然，謝老夫人醒來之後，若是忌諱這件事，不肯再查下去，則也不歸江月管了，她依然能功成身退。

兩人咬著耳朵回了房，後頭用過夕食，江月便過去謝老夫人那兒。

經過一個白日的休息，加上江月給她的湯藥裡兌了一些靈泉水，謝老夫人的脈象已經平和了許多。

只要今夜無事，明日是必然能醒過來的。

很快地，成哥兒也過來了。他在江月面前一直很乖，今日卻有些提不起勁。

問起來，嬤嬤解釋說自從成哥兒說出鈴音古怪之後，謝家大老爺怕他嘴上沒個把門的，就讓他留在老夫人的屋子裡。

老夫人這邊他常待，別的倒還好，就是一下午沒見到自己的奶娘了。

他親娘早逝，雖是謝老夫人帶大的，但老夫人畢竟年事已高，親力親為帶他的還是奶娘。

不過他也知道眼下祖母最要緊，因此也沒鬧著要找奶娘。

後頭自然就是幾人一道守夜。

大半夜過去，到了天邊泛起蟹殼青的時候，江月和成哥兒都沒有聽到那鈴音。

「讓他回去睡吧。」看成哥兒睏得小腦袋一點一點的，跟小雞啄米似的，江月又再次給謝老夫人搭脈，確定她無事了。「再守一個時辰，就天亮了。」

成哥兒揉著眼睛嘟囔道：「那我要跟奶娘睡……」

正說著，有丫鬟輕手輕腳過來，和老夫人跟前的嬤嬤耳語了幾句。

那嬤嬤一臉無奈之色，擺手讓丫鬟回去了。

之後，嬤嬤道：「少爺就在老夫人這兒的碧紗櫥睡吧。」

成哥兒實在睏得不行，便也沒糾結這個，乖乖去了碧紗櫥。

等成哥兒離開後，嬤嬤才跟屋裡其他人解釋。

原來是審問結束之後，珍寶和檀雲去找素銀的麻煩了！

本來嘛，當時大家一起說出張廚子撒謊，根本不只她們三人進過灶房，不就不用被當賊似的再被問一遭話了？偏偏素銀支支吾吾的，不肯和她們站到同一陣線。

她們兩人把素銀堵著一通問，問是不是張廚子把收到的孝敬分給她了？還是跟張廚子有私情？又說她平時看著老實巴交、寡言少語的，沒想到還會幹這種事！

「素銀那丫頭老實，又是沒有嫁過人的大姑娘，哪裡聽得了那種話？聽說眼睛都哭腫了。所以還是別讓少爺回屋了，沒得為這事又鬧起來。」

寶畫聽得新奇，忍不住問道：「都是奶娘了，怎麼可能是沒嫁過人的大姑娘？」

「啊，這個是舊事了，當時先大夫人還在的時候，都是自己奶少爺的，老夫人也說了，再好的奶娘也不如親娘盡心，便也說聽她的。後頭先大夫人過身，小少爺已經斷奶了，老夫人的意思還是找個養過孩子、有經驗的來帶他。素銀不識字，只聽人說咱府裡招工，便跟著一道進了府，沒想到少爺跟素銀有緣，在別的奶娘手裡都哭鬧不止，只到了素銀手裡卻不哭不鬧，還咯咯直笑。」許是守夜無聊，加上謝老夫人又快醒來，而說的又是無關緊要的事，嬤嬤便接著娓娓道來。「那時候素銀也不過比現在的江娘子略長幾歲，雲英未嫁，便也不肯當少爺的奶娘，咱們老夫人也不愛強人所難，就讓她回去了。但後頭少爺還是哭鬧不止，誰都不要，沒辦法，老夫人就再讓人去找素銀，當時正好是我去辦的這差事呢！素銀家裡……總之不大好。聽說我們老夫人肯許諾豐厚銀錢，她家裡人就同意了，讓她跟著我們去了府城。」

江月出聲問道：「素銀不是府城人士？」

嬤嬤說不是啊。「她家就在這路安縣呢！前頭也是因為到府城投奔什麼表親，這才到了我們府上見工的。」

江月說不大對。

嬤嬤奇怪地問道：「怎麼不對？那素銀真的是路安縣人士，她爹就是村裡的銀匠，所以給她取了這麼個名字。當時我去她家的時候，她細胳膊細腿的，還拿著個槌子、銼子給家裡幹活呢！要我說，她當初不願意，是她犯傻，進了咱們府裡，也算是素銀的造化了。她除了負責成哥兒的飲食起居外，不用再做任何粗重活計，老夫人另外還給她配了個小丫頭呢！而成哥兒平時除了老夫人外，就同她最親近，最聽她的話，等將來成哥兒長大，自然會把她當半個親娘孝敬。」

江月卻說：「不是這個，而是……」而是素銀懷過孩子。

生產過的婦人，身形、氣質和骨骼都會發生變化，明眼人一眼就能瞧出來。

素銀不是，她應該只是懷過孕，月分也不小，所以腰骨與頸骨前凸、骨盆前傾，且後頭沒有仔細調理過，以至於到現在也能讓對人體瞭解甚深的江月第一眼就看出來。

但素銀並未經歷過孩子足月後生產的那個環節，所以骨盆並沒有變形得太厲害，以至於老夫人跟前的嬤嬤都瞧不出她有過那麼一段經歷。

當時江月瞧出來這個，但以為她可能也在府中做粗重活計，所以骨骼略有些變形。而且既是奶娘，懷過孩子再正常不過，便根本未作他想。

不過，這到底是素銀個人的隱私，所以江月並未往下說。

嬤嬤不解地望著江月。

江月將嬤嬤的話仔細在腦子裡過了一遍，而後看了一眼寶畫，再看一眼碧紗櫥的方向，接著道：「或許不用等老夫人醒過來了，煩勞嬤嬤知會大老爺一聲，先把素銀看管起來，等老夫人醒來後再發落吧。」

那嬤嬤在愣怔了一瞬後，也沒多問，想著左右只是先看管個奶娘，便立刻去尋大老爺了。

謝家大老爺和二老爺前一夜在老夫人的屋子裡守了一晚上，白日裡又查問了那麼些下人，這晚實在熬不住，已經睡下了。

等到嬤嬤離開，寶畫便湊到江月跟前，問道：「姑娘方才不是還說沒有頭緒嗎？怎麼忽然就懷疑起那素銀了？」

「不是妳提醒我的嗎？」江月道。「妳忘了妳夕食前說的話了？」

那會兒自己說啥來著？寶畫說完就忘了。

江月就壓低聲音繼續道：「那會兒妳說，此番的事情，樁樁件件的巧合，都是成哥兒造成的。他自然是無辜的，可若是想成就這些巧合，那確實離不開成哥兒這個關鍵人物。」

寶畫恍然大悟道：「方才嬤嬤說了，這府裡除了老夫人，成哥兒就跟奶娘最親近、最聽她的話。」

「原說前頭成哥兒的事像個幌子，想來素銀的目標也不是他，況且到底是照顧他長大的，不捨得親手害他。」江月說著頓了頓，才又接著道：「而且想要成事，其實還有一個很重要的因素，那就是對路安縣和望山村一帶十分瞭解。」不然光能教唆成哥兒拖延進城的時間，是不夠的。得恰到好處地知道望山村那一帶，有個唯一的、適合一大幫人駐紮且前不著村又後不著店的農家小院，才能施行完整的計劃。「然後，素銀是銀匠家的女兒，且是從小就會幫著幹活的，那麼製造個特殊的銀鈴，對她而言應也不是難事。今夜後院之中未曾出現那鈴音，我姑且只當是對方謹慎小心，並沒有被白日製造出的假象迷惑，可若不是呢？若是因為她被珍寶和檀雲糾纏住，鬧出了動靜，所以沒工夫出手呢？這些加起來，便是三個巧合了。」

當然，還有一樁事，江月連寶畫都沒說——素銀掉過一個孩子。看她身體骨骼的恢復程度，可能就是兩、三年前的事，跟她進謝府當奶娘的時間差不多吻合。

時間太過湊巧，想來她當年不願進謝家，是想撫育自己的孩子。

若那孩子是因為素銀的家人看中了謝家許諾的重金而強迫她打掉的，那素銀很有可能心懷怨恨，此番行事便也有了動機。

不過一切都是江月的猜想，還未有實質性的證據，所以她也只是讓那嬤嬤去幫忙跟謝家大老爺傳個話，將素銀先看管起來。

未多時，那嬤嬤回來了，讓人把門窗都關上，說謝家大老爺已經起了，使人在破門了，怕動靜鬧得太厲害，吵擾了謝老夫人休息。

江月奇怪地問道：「我不是說先看管好她，等謝老夫人醒了再發落她嗎？」畢竟在她的認知裡，謝家大老爺的行事風格是沒有這麼雷厲風行的，不然他前頭也不會那般游移不定、焦頭爛額。

那嬤嬤接著解釋了一番。

原來因為成哥兒就是跟著謝家老夫人住一個院子的，素銀日常同成哥兒宿在一道，就也在這裡。

眼下既知道她有不妥的地方，甭管是不是真是她幹的，總不好留她在謝老夫人身邊。謝家大老爺的意思，是讓人先把素銀弄到其他地方去。

誰承想，一行人執著火把剛到素銀的屋子外頭，卻聽到她在屋子裡頭尖叫一聲，而後不論他們怎麼拍門，素銀都不肯開門。

她這作派，明顯就是心裡有鬼！所以謝家大老爺一邊使人把她的屋子團團圍住，一邊讓嬤嬤回來，將謝老夫人這邊的門窗都關緊。

外頭的響動模模糊糊的，只能隱約聽到一點，江月去給老夫人搭了一次脈，確認過這點動靜並不會影響她。

又過了大概一刻鐘，丫鬟進來對江月示意。

江月跟著她到了外間，就聽丫鬟道——

「江娘子快隨奴婢過去一趟，方才家丁進了屋，發現素銀吞東西自殺了！」

江月神色一凜，便立刻跟著她過去。

素銀已經被挪到了隔壁院子裡，此時臉色鐵青，呼吸困難。

謝家兩房的主子也都在場，個個都臉色不大好。

見到江月，性情跳脫的陶氏如蒙大赦。「江娘子來了就好！」

「我先救人。」江月說著就上手檢查了一番，查出素銀是被異物卡住了喉管。

她將素銀抱起，從背後抱住素銀的腹部，雙臂圍環住她的腰腹，而後一手握拳，拳心向內按壓素銀的肚臍和肋骨中間，另一手的手掌包覆按住握拳的那隻手，雙手急速用力向裡、向上擠壓。

擠壓了數次，江月出了一額頭的汗，雙手也逐漸脫力。

最後只得讓屋子裡孔武有力的婆子上前，照著她方才的動作，接著對素銀施救。

素銀漸漸有了意識，她似乎是一心求死，掙扎著不讓繼續。

屋裡其他人齊齊上陣，把她的手腳都按住了，半刻鐘之後，江月聽到叮噹一聲，一個小巧的銀色物件從素銀的嘴裡被吐了出來。

因為發現的時間已經略有些晚了，所以吐出異物之後，素銀還是陷入了昏迷。

不過江月手中有靈泉水，趁著屋裡正亂的時候，悄悄從空間裡頭取出了一些，餵給了她。

很快地，素銀呼吸平穩，恢復了意識。

只是醒轉過來的素銀似乎依舊沒有求生的意志，滿臉灰敗地盯著帳頂發呆。

「素銀啊，妳說妳怎麼好好的鬧自殺呢？」陶氏見狀，又是心疼、又是怨懟地說。她是成哥兒的繼母，從前三不五時會跟素銀求教養兒經，是以兩人還算親近。

另外還有珍寶和檀雲兩個大丫鬟，此時也是嚇得面無人色。

她們二人是去找了素銀的麻煩不假，但她倆也是隨了自家主子，胸無城府，就是心中不忿，這才去找素銀吵了幾句嘴而已。

她們尚且不知道謝家大老爺讓人去拿素銀的事，還當是自己說了重話，才生出了這樣的變故。

珍寶不住地抹淚，道歉說：「素銀妳別想不開，晚間是我錯了！我不該滿嘴胡唚，妳別生氣了……」

檀雲也是，跟著哭道：「素銀，我也跟妳致歉，我把我的首飾、衣料都分給妳好不好？我真的知道錯了！」

眾人關切、致歉的聲音交織在一起。

素銀如古井一般的雙眼閃了閃，而後眼眶慢慢地發紅，這才有了幾分生氣。

半晌之後，她看著還在為她診治的江月，苦笑道：「江娘子何必費力氣救我呢？我本也是活不了的。」不等江月回答，她又接著道：「帶我去見大老爺吧，我都說。」

謝家大老爺和二老爺就在偏院的堂屋裡等著聽消息。

素銀被攙扶著出來後，便直接道：「大老爺讓人去拿我，想來是已經知道了。事情都是我做的，是我唆使成哥兒在路上來回折騰，也是我跟大夫人提議，說知道望山村附近有個適合落腳的小院，後頭的蒙汗藥是我下的，老夫人也是我害的。」

聽到她這般直白地供認不諱，謝家眾人，包括已經對素銀生出懷疑的謝家大老爺，都不禁變了臉色。

「素銀，妳……」謝家大老爺不敢置信地看著她，愣了半晌，才接著道：「妳是如何加害母親的？」

這算是眾人心中最不明白的地方了。

素銀忽然笑了，她拿出方才吐出來的那個模樣奇特的銀鈴。「這個，是我從老夫人的佛室裡偷的……」

眾人聽素銀娓娓道來。

謝老夫人的佛堂不許旁人出入，但有一年，成哥兒忽然發了燒，連著幾日都不見好，謝老夫人就讓素銀把成哥兒連同被褥抱進了佛室，乞求神佛保佑。

後頭成哥兒醒了，發現自己在他祖母從不讓他涉足的佛室——他那會兒才兩歲，正是任事不懂，對什麼都好奇的年紀，於是他趁著老夫人不注意，拿了佛龕上供奉的一個銀鈴。

那銀鈴十分奇特，沒有鐸舌，卻能響動，而且聲音還能傳播得甚遠，成哥兒覺得太新奇了，鬧著非要把它帶出去不可。

但謝老夫人卻是大驚失色，第一次也是唯一一次嚴肅地叱責了成哥兒，而後將成哥兒送了出去。

回來後，委屈壞了的成哥兒自然把這件事告訴了素銀。

其實知道這件事的也不只是她，還有其他丫鬟。

可丫鬟們都不上心，因為她們當時就守在佛室外頭，根本沒聽到什麼鈴音。

她們只當是成哥兒燒糊塗了，作了個怪夢，不然謝老夫人怎麼可能會因為一個鈴鐺就叱責他呢？

但素銀知道成哥兒不是亂說，因為她也聽到了。

這件事在她心裡埋下了種子，後來她哄著成哥兒具體描述了那銀鈴的模樣，而後休沐的時候去了外頭的銀匠鋪子，借用了器具，用自己的巧手做了個差不多的。

再之後，便是苦等了許久，等到成哥兒自己都不記得那銀鈴了，才終於等到一次機會——幾個月前，守佛室的丫鬟吃壞了肚子，喊她臨時頂會兒差事，她便乘機進入了佛室，將自己製作的銀鈴和真的那個調換了。

做完那樁事後，素銀心中也忐忑了好一陣子，因為她雖然自小做慣了類似的活計，但製作的銀鈴只能說樣子像了個八、九分，而裡頭的構造她根本學不會，很容易會被識破。

可後頭居然相安無事，可見謝老夫人只是供奉那鈴鐺而已，從來沒有仔細去檢查過。

但這件事遲早要露餡，所以素銀不敢耽擱，同成哥兒說起外頭有許多好吃的、好玩的，又遺憾地說「其實年節上外頭最熱鬧不過了，可惜少爺不能跟著老爺、夫人他們回鄉祭祖」，成哥兒果然意動，說服了謝老夫人讓他回鄉。

於是後頭按著她的計劃，謝老夫人果然什麼都沒帶，匆匆忙忙地從府城趕了回來。

而她則只需要趁著謝老夫人身體不適之時，在她的院子裡用那銀鈴製造聲響。

那銀鈴那般巧奪天工，聲音也是天下獨有，本該在府城的佛室裡，卻忽然在這縣城響了起來。加上連素銀也不知道的、謝家老夫人似乎對這個鈴音莫名忌憚的原因，最後謝老夫人毫不意外地因為情緒起伏甚大，病得越發嚴重了。

素銀惡狠狠地道：「若不是江娘子，若不是今晚珍寶和檀雲非拉著我說話，那老婆子早就——」

聽出她要對謝老夫人出言不遜，謝大老爺立刻打斷道：「母親待妳不薄，成哥兒更是把妳當成半個親娘，妳為何要做這種事？」

「待我不薄？半個親娘？」素銀苦笑，眼裡驟然落下淚來，憤恨地道：「可我本不想要這些！」

銀匠靠手藝掙錢，日子比地裡刨食的莊戶人家好上不少。

可是那年，素銀的爹吃多了酒，從城裡回村的時候摔斷了一隻胳膊。闔家就指著他的手藝過活，突然斷了進項，又交付出去一大筆醫藥費，且素銀他爹未來至少兩、三個月不能再做精細活兒，而一大家子那麼多張嘴，總不可能幾個月不吃飯。所以家裡商量來、商量去，最後決定把年紀適宜的素銀嫁給員外當小妾，用員外家給的聘禮來度過那個難關。

素銀當然不願意，她早就和表哥情投意合，互許了終身。

表哥是讀書人，搬去了府城，說他日考取了功名就回來尋她。

於是她趁著夜色，揣上了幾十文錢，跑去了府城，尋找表哥。

那是素銀第一次出村，這才知道府城這樣大，光知道表哥的姓名，根本尋不到人。

她的錢很快就花完了，聽人說府城裡頭有個大戶人家招工，她便也跟著去了。去之後，才知道是鬧了烏龍，謝家招的是奶娘，而且一旦招上後，就不能輕意辭工，得陪著謝家少爺長大成人。

她當然不願意，便婉拒了這份工，另外去尋了其他活計做。

皇天不負有心人，幾天後，在一個吃食攤刷碗的素銀，恰巧遇到了表哥。

表哥說他在書院裡頭讀書，在外頭沒有落腳的地方可以安頓素銀。

素銀也不在乎，用做工的銀錢租了個最小的屋子，等著表哥書院休沐的時候來尋她。

他們二人本就郎有情、妾有意，且脫離了長輩的管束，乾柴烈火的，也就有了踰矩的親密行為。

可就在不久之後，素銀一次心血來潮，去書院給表哥送飯時，聽人說了才知道表哥確實是這書院的學生不假，但他資質平庸，能進那書院讀書，全是因為他跟山長的女兒成婚，成了山長的女婿！

素銀立刻找到了表哥對質，結果昔日溫柔的表哥瞬間變臉，說既叫她發現了，他也無話可說。他不可能為了素銀休妻，甚至連納妾都不可能——山長家風清正，不會允許女婿納妾。

他還讓素銀想告官直接去告便是，說他本也無望考取功名，說出去，也不過是一樁表兄、表妹的風流韻事，而她卻會落得個無媒苟合、自輕自賤的名聲，她家裡那麼些個兄弟姊妹，都會多出一個壞了名節的姊妹，甚至說他沒記錯的話，她家裡好像還想讓她弟弟讀書，怕是這輩子不用再想了。

素銀方寸大亂，翌日做工的時候也犯了個錯，讓人辭退了，倉促之間便回了村裡。

因她私自出門，那員外已經在這期間娶到了小妾，家裡長輩都氣瘋了，回來後止不住對她的一陣打罵。

也就在那時候，素銀突然暈倒了。

家裡銀錢不湊手，也沒人為她請大夫，只把她抬回屋裡。

後頭還是素銀醒了，家人讓她去給她爹抓藥，她央著大夫給自己瞧了瞧，才知道自己懷孕了。

她那會兒真是六神無主，也不敢跟家人說，活得如同行屍走肉一般。

很快地，謝家來了人，指名要讓素銀去給謝家少爺當奶娘。

素銀的家人這才知道她去了一趟府城，居然還有這麼一番造化。

面對謝家豐厚的賞銀，他們千恩萬謝，根本不聽素銀說話，就把她塞上了謝家的馬車。

說到這兒，素銀的眼淚滾滾而落，一時哽咽。

謝大老爺嘆息道：「可就算當初妳留在家中，妳那表哥也不會回心轉意，且妳家中若知道妳未婚有孕，怕是更不會容妳。」

「是啊。」素銀抹了一把眼淚，接著說：「所以我那時候並未心生怨恨，甚至求到了謝老夫人面前，將我所經歷之事如實相告。」

對於素銀來說足以顛覆人生的大事，對閱盡千帆的謝老夫人來說，自然算不得什麼風浪。

她讓素銀安心，還說若她準備把孩子生下，將來等孩子出生，可以和成哥兒作伴。

但到底未婚生子，對於時下的女子來說，是一個難以抹滅的大污點，所以她讓素銀先保住這個秘密，來日由她來想辦法，尋個老實可靠的小廝同素銀假成婚，不會讓那個孩子生下來就被人恥笑。

素銀對謝老夫人感恩戴德，滿心滿眼期盼著謝老夫人口中說的「來日」。

可就在不久之後，素銀的肚子漸大，卻忽然出血不止。

她不敢聲張，求見同住一院子的謝老夫人，央求謝老夫人為她請了大夫。

大夫過來的時候，素銀已經快暈死過去，卻因為實在對腹中孩子放心不下，咬破舌尖，強撐著讓意識清醒。

大夫診治過後，她聽到前頭說得好好的謝老夫人卻忽然轉了口風，吩咐大夫說「這孩子既來路不正，此時突然這般，想來也是同她沒有緣分，便不要留了」，大夫猶豫地說「她身子骨弱，流了這個怕是往後再也不能有孕了」，老夫人卻說不妨事，她是成哥兒的奶娘，只要她好好照顧成哥兒……

「是啊，只要我好好照顧成哥兒，我再也不能有孕又何妨？沒了自己的孩子，不是才能無牽無掛，一心撲在成哥兒身上？」素銀紅著眼眶怒目圓瞪，聲音一聲比一聲尖銳。「是她翻臉無情，殺了我的孩子，讓我這輩子再也不能有自己的孩子！」

「這……」謝大老爺頓了半晌，道：「我母親無緣無故害妳的孩子做甚？想來那會兒就是保不住了，她才在妳昏迷的時候作了主，以妳的性命為先，怎麼會怪到她頭上？」

「我懷孕的事情沒告訴過任何人，只告訴了老夫人。到了謝家之後，也是跟著老夫人吃住，平白無故的，怎麼會那般出血如注？」素銀咬牙切齒道：「何況……何況那大夫給我灌藥之前還說過——幸虧老夫人早就讓他準備好了墮胎藥，否則倉促之間還真不好尋！」

這話一出，謝大老爺等人的臉色也變得有些古怪。

謝家子嗣單薄，謝老夫人提前讓大夫準備墮胎藥做甚？似乎還真的只能是為了素銀而準備的。

「那藥確實是給妳的不假。」篤篤的枴杖聲響起，已經清醒過來的謝老夫人在嬤嬤的攙扶下過來了。

謝家眾人連忙起身，將老夫人迎到堂屋的主座上。

謝老夫人面色略有些蒼白，但眼神清明，坐下後緩緩道：「妳那孩子，我本就知道很有可能會出問題，所以提前讓人準備了藥。」

「如果不是妳對我下了滑胎藥，妳怎麼會知道？」

謝老夫人道：「表兄妹結合，所孕育的孩子本就比一般的孩子容易得病，胎死腹中。」

「怎麼可能？表兄妹成親，那是親上加親，古來有之！」素銀並不相信。

謝家其他人雖然以謝老夫人馬首是瞻，但此時卻也沒有盲目附和，因為這時候他們的想法跟素銀是一樣的。

謝老夫人並不跟她爭辯，只是看了江月一眼。

江月便出聲道：「我不是偏幫誰，只從醫者的角度出發，謝老夫人說的確實不假。親上加親，對子嗣確實不好，我曾見過這樣的病例。」

素銀才被江月救回了命，且也知道她是才來謝家的，並不算謝家人，沒必要以醫者的身分幫著撒謊，因此她沒再懷疑這個，只道：「我那孩子就算真的有問題，但怎麼會在那一夜忽然腹痛難忍？難道妳敢說，不是被下了藥？」
「妳那孩子確實是人為所害，但若是我動手，何至於用那種差勁的藥，讓妳差點一屍兩命？」謝老夫人幽幽一嘆。「那日妳不只吃了謝家的飯食，妳還見了來探望妳的娘家嫂子，吃了她帶來的村裡特產。」
「確實有這樁事，可他們並不知道……」說到這兒，素銀猛地打了個寒顫。「他、他們知道了？」
謝家老夫人再次嘆息出聲。「妳的孩子落下後，我讓人去查過，妳那表哥當時說得天不怕、地不怕的，可不過是強撐著罷了，後頭尋妳不著，便也怕了，跑回鄉間去尋妳，在妳家人面前露了口風。加上妳回到家的那段時間，行為舉止怪異，妳母親就猜到了。他們並不知道妳已經同我如實相告，怕妳因為肚子裡的孩子丟了謝家的活計，便自作主張，在帶給妳的東西裡頭放了虎狼之藥。」
「不、不可能……」素銀驚惶地連連後退，最後跌坐在地上，過了好半晌才吶吶地問：「那為何……為何不告知我？」
「當時妳醒來之後，並沒有表現得對那個孩子十分在意，想來妳以為是我落了妳的孩子，不想讓我看出端倪，才強撐著偽裝成那般。可我不知，只以為妳是因為被負心人傷了，所以對那個孩子無甚感情。」
謝老夫人再聰明厲害、再觀察細緻，也總有力所不及的時候。說到這裡，她又是一嘆，目光深遠地看著素銀，好像在看她，又好像不是。「再者，若是告訴妳了，讓妳一輩子活在對親人的怨恨中，到了白髮蒼蒼的時候，轉身看去，孑然一身……這種苦楚，素銀，妳承受得住嗎？」

顯然，素銀是承受不住的。她此時已經躬身趴伏在地上，指甲摳進了磚縫之中，滿手的鮮紅。

十指連心，但她似乎感覺不到指尖的疼痛，嗚咽道：「那我這些年的恨算什麼？算什麼……」時哭時笑，狀似瘋魔。

「把她帶下去吧，天亮了送她去見官。」謝老夫人吩咐道。「另外還有她這幾年的工錢，我特地說給她都攢著，等她要時才給取用，也不許她家人再來探望，所以一分一毫都沒有用到她家人身上。如今一併給她結算了，讓她帶走。」

「母親。」謝大老爺罕見地提出了質疑，不贊同地道：「這會不會太輕易放過她了？而且還有事未問清楚呢，她那個鈴鐺……」

幾乎是同時，江月提出了告辭。

謝老夫人看向江月，歉然道：「本只是想留妳一夜，沒想到這都到年根了。妳先回去和家人團聚，稍後我會讓人把診金送往妳家。」

江月自然不擔心謝老夫人賴帳，便沒再多留。

出了謝府，寶畫還頻頻回頭觀望。

江月問她看啥呢？

寶畫道：「當然是跟謝大老爺一樣，想知道鈴鐺的後續啊！不就是一個古怪的鈴鐺嘛，為何能讓謝老夫人那般驚懼？還有，她那個古怪的佛室……」

江月無奈地輕拍了她的額頭一下。「前頭聽就聽了，不過是個人之間的恩怨。再往下聽，那就是謝老夫人身上的舊事，萬一牽扯到宮闈的秘聞，妳是嫌命長嗎？」

寶畫被江月這麼一提醒，才如夢初醒道：「原說怎麼天還沒有大亮，姑娘就急著離開……咱們也算是一起長大的，怎麼姑娘的腦子就比我靈光這麼多呢？」

江月抿唇笑了笑。「這方面我前頭也不大懂，還是聯玉指點我的。」

寶畫朝她擠眉弄眼地笑起來。「那也得是姑娘聰慧，一點就透啊！姑娘這是想姑爺了吧？」

江月笑著啐她一口，二人說著話邊往家走。

到達梨花巷附近的時候，天光已經亮了起來。

這日已是除夕，附近雖然依舊冷清，但也有商鋪和攤子如往常一樣開門，沿街的住戶更是一大早都已經忙碌了起來。

喧鬧的人聲，伴隨著食物的煙火氣，一下子把人拽進了這紅塵中。

用寶畫的話說，大概就是謝家那邊的日子雖好，但總感覺少了點兒滋味。

這是自然的，因為謝家那些小輩，除了成哥兒把老夫人當成親祖母，其他人都是對謝老夫人恭敬有餘、親熱不足，而謝老夫人身上……也有種說不清、道不明的鬱鬱之氣。

謝家，與其說像個家，不如說更像一個上下級明確的衙門。

因熊峰宿在前頭鋪子裡，她們便沒從正門進，而是走的後門。

進了家門之後，房嬤嬤等人照樣已經起了，灶房裡也散發出食物的香氣。

寶畫回來了就嚷餓，江月也覺得胃裡空泛，於是便決定先用了朝食再睡。

房嬤嬤把飯擺到了屋裡的炕桌上，讓江月和寶畫坐在熱呼呼的炕上吃東西。

寶畫這次算是大大拓寬眼界了——謝家的富貴大大刷新了她的認知，因此吃了幾口，就急著把這幾日的見聞說給大家聽。

熱熱鬧鬧地吃到一半時，江月看到了站在門口的聯玉，他不知道為何沒有進來，只是站在門口若有所思地聽著。

江月笑著衝他招招手，他才回過神來，走到她身邊坐下。

江月拿了桌上的筷子遞給他，問道：「兩日不見，怎麼臉色還這樣差？」

不用江月示意，聯玉已經捲了襖褂的袖子，將手腕遞到她眼前。

江月就是這個意思，換了左手拿勺子，一邊繼續喝粥，一邊給他搭了個脈。

「你這幾日……有些思慮過重了。多思傷脾，多慮傷胃，你肺腑和心脈受傷最重，但其他臟腑也都有傷，須注意才成。」江月一邊說，一邊偏過頭看他。

聯玉微微頷首，說知道了。

她一直知道少年的樣貌很是出眾，但此時見他垂著眼睛，長睫輕顫，在秀氣的鼻梁上投射出一點陰影，不知道為何，彷彿多了幾分脆弱的破碎美感。

可是聯玉會脆弱嗎？他身受重傷也不認命，拖著傷腿也會上山求藥，尋找傳聞中的醫仙谷。後頭治傷時分筋錯骨，更是從來沒有失態地喊過痛。

這個念頭剛在江月腦海中滑過，就聽寶畫在一旁一迭連聲地喊她。江月轉頭看向寶畫，就聽寶畫道——

「我喊了好幾聲啦，姑娘怎麼不理我？我就是想問您，素銀的事可以說不？」

原是寶畫已經說到了這兒，但捏不準能不能說，便來詢問她。

江月想了想，道：「謝老夫人既然說了天亮就要送她見官，後頭自然還有公堂審案的一環。而且只咱們自家人說說，無礙的。」

寶畫連連點頭，便開始繪聲繪色地說起素銀害人的過程。

江月吃得也差不多了，便覺得眼皮子開始打架。

自己家裡，她也不用講究什麼禮數，要硬熬著相陪，便直接去洗漱睡下。

江月這具身體，前頭十幾年都養得嬌貴，因此一旦累著了，就得緩過好一陣。

一覺睡下去，又是不知道多少個時辰，中途還依稀聽到許氏和房嬤嬤在張羅著寫福字、貼春聯，還壓低了聲音商量，說等她睡醒了再正經吃年夜飯。

到底是在這世間過的第一個年節，江月下意識裡也不想一覺把年關睡過去，加上除夕這日家家戶戶都會燃放爆竹，所以當天晚上，她便醒轉過來。

睡醒之後，江月便立刻撩開帳子。

沒有點燈的屋子裡，聯玉靜靜地坐在炕上。

「什麼時辰了？」江月揉著惺忪的睡眼，將帳子掛到鈎子上。

「剛到戌時。」

「年夜飯吃過了嗎？」

「還沒，天黑前簡單地吃過了一些，現下房嬤嬤在帶其他人包餃子，說到子時之前再開飯。」

「那還真是名副其實的年夜飯了，從今年吃到了來年。」江月好笑地打趣了一句，想著既現下餃子還沒包好，自己身上也有些乏，便也沒急著從被窩裡出來，只半靠著同他說話。

聯玉低低地說了一聲「是」，並沒有接她的話茬。

「你有心事。」江月就算再遲鈍，也感覺到他的情緒有些不對勁了。

不過離家了一段時間，她也不確定聯玉是因為年節上，想到了不在世的家人，抑或是有別的什麼事。

換成從前，江月並不會對別人的私事產生什麼好奇。

但此時不知為何，她忽然就想到了早上用朝食的情形。

那會兒闔家都坐在一道，聽著寶畫眉飛色舞的講話，房嬤嬤和許氏配合著間或驚嘆、間或發笑。熱熱鬧鬧的氛圍，聯玉和大家坐在一起，不知為何，卻給人一種孤寂清冷之感。

所以她試探著問：「可以和我說說嗎？」

短暫的沈默過後，聯玉輕聲道：「其實也沒什麼好說的，不過是我也只是個普通人，在過年這種時候，這樣的氛圍裡，也會想到一些舊事、一些家人……或者該說，是曾經被當成家人的人。」

「曾經」其實是個很殘忍的詞，代表著過去是，而現在不是了。

江月抓住了一些關鍵訊息。「那個曾經是你家人的人，傷害了你？」

聯玉目光幽遠，似乎是在回憶曾經的舊事，但他卻什麼都沒說，只是忽然轉了話鋒。「可以跟妳借一樣東西嗎？」

聯玉臉上神色一直淡淡的，此時聽到她這話，才有了個淺淡的笑影。「不是借銀錢，是那把匕首，我有用。」

江月點頭。「銀錢的話雖不是很多，但可以借給你一半……」

那把匕首本就是聯玉所贈，只是江月習慣了日常攜帶防身，此時就在她枕頭底下擱著。

「本就是你的東西，怎麼還特地說『借』？害我還以為你想跟我借錢呢！」

江月把匕首摸出來，遞給他。

聯玉接過，站起身，拿了搭在一旁的大氅披上。

他雖然過去就有夜間出門溜達的習慣，但除夕夜出門，總是有些奇怪的。

江月難得地多問了一句。「做什麼去？」

恰逢窗外有焰火升空炸開，焰火的光彩照亮了聯玉半邊臉，而另外半邊臉則仍然隱於黑暗之中。

聯玉似乎也沒想到江月會問這個，愣怔了一瞬後，他道：「我也不知。」說完，他便轉身離開。

見他走到門邊，江月心頭莫名升起一股不好的預感——就好像若她再不做些什麼，便要發生不可挽回的事。

「早點回來！」江月再次出聲，聲音裡多了幾分她自己都未曾察覺的要緊和關切。「家裡等你吃年夜飯。」

聯玉腳下一頓，然後瘦削頎長的身影很快消失在夜色中。

第十五章

此時的謝宅高朋滿座，齊聚一堂。

不只有謝家兩房人，還有謝家的其他子孫，都聚集在一道。

族長帶著眾人祭奠過先人之後，一族人熱熱鬧鬧地開了飯。

桌上擺滿了連成哥兒平時都吃不上的珍饈美饌，可小傢伙仍有些懨懨的，並沒有和族中其他小孩一同去玩鬧，而是湊到陶氏耳邊，低聲詢問道：「母親，奶娘怎麼今年非得過年時回家呢？」

素銀已經按著謝老夫人的意思，送官查辦了。

雖說她沒有真的害到人命，但害人未遂的罪名卻是板上釘釘的，最少也得被關上幾年，等放出來後，謝家人不去尋仇就算好的了，也不可能再用她。

而且不論這個，素銀已經禁受不住打擊，變得瘋瘋癲癲，再也沒有回來照顧成哥兒的可能。

只是成哥兒年紀還小，暫且不好和他說這個，是以謝家人都只說素銀回家過年去了。

陶氏耐心地哄著他道：「是呀，從前素銀在府城陪著你，今年她不是回到家裡附近了嘛，哪有讓她過家門而不入的道理呢？」

「那她怎麼也不和我說一聲呢？」成哥兒噘了噘嘴，不大高興。「而且也不說什麼時候回來。」

「那會兒你不是在睡覺嗎？她走得急，便沒有親自跟你說。成哥兒是大孩子了，你想想，你日日都能和一家人生活在一起，很高興對不對？素銀也是這麼想的，所以你就別想這個了。雖然素銀不在家裡，可家裡不還有我們……」陶氏說到這兒頓了頓，她才嫁進謝家兩年，論和成哥兒之間的情分可能還真的不如素銀，於是繼續道：「不還有你祖母陪著你嗎？」

聽繼母提到謝老夫人，成哥兒不由得看向謝老夫人居住的院子方向，嘀咕道：「祖母也很奇怪啊，自從我有記憶以來，便從來沒跟她一起吃過年夜飯，每年她都把自己關在佛室裡頭。」

陶氏雖也有同樣的想法，但無論如何也不敢對謝老夫人的行為置喙，便只笑了笑，催著成哥兒去和其他孩子一道玩。

小孩子的情緒來得快，去得也快，很快便只聽到成哥兒的咯咯笑聲。

昏暗的佛室裡，靜謐冷清，和謝府其他地方格格不入，只能聽到珠串轉動的聲音和謝老夫人低低的唸佛聲。

這間佛室是倉促之下佈置的，裡頭並無太多家具，只有一張供桌、一把椅子、一個蒲團。

供桌上既沒有神像，也沒有牌位，只一個模樣奇特的鈴鐺。

若叫江月來看，便能一眼認出那鈴鐺赫然是素銀偷了之後，試圖吞到肚子裡自殺的那個。

佛室的門「嘎吱」一聲開了，謝老夫人並未回頭，只不悅地道：「不是讓妳們不必守著我，自去用飯嗎？」

無人應聲，而後一道沈穩緩慢的腳步聲響起，一點點靠近。

「誰讓你進來的？出去！」謝老夫人停下轉動念珠的手，轉頭叱責。

可進來的並不是謝家下人，而是一個身形瘦削、身披大氅的少年。

少年有一張極好看的臉，秀氣的長眉，修長的眼廓，白皙昳麗，卻又不顯女氣。

謝老夫人如遭雷擊，一時間愣在原地，竟不知道要作何反應。

少年薄唇輕彎，泛起一點不達眼底的笑意，施施然走到供桌旁的椅子坐下，不疾不徐地道：「妳認出我了？謝老夫人。或者，我還和從前一樣，稱呼妳素馨嬤嬤？」說著，他便把手上拿著的匕首隨意地擱到了供桌上。

銀色的鈴鐺，純白的匕首，在一豆燈火之下，泛著相似的寒光。

回過神來的謝老夫人立刻跪低，用額頭觸地，顫聲道：「素馨見過殿下！」

少年神色淡淡地道：「宮中一別，竟已過去了十二年……不，過了這個年，便是十三年了。這些年，嬤嬤過得可好？」

謝老夫人維持著跪地的姿勢，眼淚從她的眼睛裡落到了地上。「不敢當殿下的垂詢，老奴背信棄義、苟且偷生，心中無一日不受煎熬，只得每日都為容主子唸佛祝告，祈求主子早登極樂。」

少年的臉上這才有了一絲表情的變化。

他突然說起了旁的。「今日縣衙裡頭開堂審問那個叫素銀的奶娘……素銀、素馨，多麼湊巧的名字，多麼相似的際遇，委實讓我很難不想起素馨嬤嬤。想來，這便是妳為何對那奶娘另眼相看。」

他語氣中沒有一點責怪苛難，更沒有一句惡言。

可謝老夫人卻是痛苦得閉上了眼，身形顫抖得彷彿隨時能昏厥過去。

旁人都只道她運道好，入宮一趟不但能全鬚全尾回來，還能在宮中做到掌事嬤嬤的位置，攢下那麼些金銀。

雖說芳華不再，可再好的芳華，哪裡能換來謝家如今這樣的好日子？

可誰曾想過，她不過是一個普通百姓家不受寵的女兒，既無背景，也無學識，連樣貌都十分普通，如何能在深宮之中爭出頭呢？

她在宮中如履薄冰地過了許多年，甚至因為得罪了上位的宮人，而被故意為難，錯過了二十九歲放出宮的機會。

直到那一年，一個跟她一樣出身低微但年輕貌美的女子偶然得了恩寵，成了宮妃，顧念著謝素馨曾經關照過自己的情分，提拔了她。

女子初時品級低微，所以她們主僕的日子並不算好過。但也算幸運，她很快有孕，還誕下了一個格外漂亮的皇子。

當今子嗣頗豐，但錦上添花也是一樁美事，因此將那女子的位分提到嬪位，封她作容嬪。

嬪為一宮主位，不只能自己撫育皇子，另外也能設一個有品級的掌事嬤嬤。那時候容嬪身邊已不止一個謝素馨，更還有許多資歷比她深、腦子比她活泛、手腕比她厲害的宮人，眾人都對那個掌事嬤嬤的位置虎視眈眈。

可最後那位置還是落到了謝素馨的頭上，一來是容嬪念舊，二來是新生的小皇子除了親娘，最跟素馨親近。

小皇子是闔宮眾人未來的希望，因此誰也不能說她謝素馨這位置得來不正。

然而好景不長，小皇子長到快三歲的時候，容嬪卻忽然一病不起。

彌留之際，容嬪迴光返照，強打起精神，將小皇子托孤給謝素馨——

「我既無背景，也無家人，我去之後，皇兒便只有嬤嬤了。」容嬪一邊說，一邊咳血，顫抖著手拿出兩樣東西放到謝素馨眼前。「這無舌鈴和匕首是日前陛下所賜，聽聞乃是用同一塊世間罕見的銀色冰鐵所製，眼下一個留給皇兒，一個留給嬤嬤，希望嬤嬤看到這個鈴鐺，便能想起此遭，將皇兒視作同源所出。」

謝素馨顫抖著手接過鈴鐺，鄭重地應承道：「主子放心，不論小殿下往後被抱到哪位娘娘宮裡，素馨一定好好照顧小殿下！」

容嬪放心地暈死過去，呼吸漸弱。

然而，謝素馨也並沒有等到什麼「往後」。

因為容嬪到底根基淺、沒背景，宮人知道容嬪即將過身之後，便人心惶惶，還不等容嬪斷了呼吸，就開始尋摸下一個地方。

只有謝素馨抱著睡著的小皇子死守著容嬪，苦等一個奇蹟。

可奇蹟並沒有等到，只等到了一個掌事太監帶著人過來。

謝素馨認得對方，便恭敬地起身見禮，詢問對方的來意。

掌事太監開門見山地說：「娘娘託咱家問嬤嬤一句話，嬤嬤可還想要謝家闔族人的性命？」

謝素馨被問得當場愣住。入宮多年，她有很長的一段時間都身陷在對家人的怨懟中難以自拔，可過了半生，頭髮花白，深宮中清冷的夜裡，回想得最多的，卻還是父親頭上的白髮、母親粗糙的雙手和兄弟姊妹臉上的笑。

掌事太監見她心神動搖，又接著說：「嬤嬤放心，九殿下是龍孫鳳子，上了玉牒的，娘娘不會害他性命。」

後頭的具體細節，謝素馨已經記不大清，或者說不敢去記。

那位娘娘確實沒有要了小皇子的性命，但她卻想了個令人毛骨悚然的可怖法子——她讓人將小皇子嘴上、身上塗滿了血，之後在容嬪的屍首上製造出許多啃食的牙印，最後叫其他宮人發現，驚叫出聲，引來其他人。

很快地，皇帝便聽聞了九皇子撕咬親娘屍身這件事，親自審問了謝素馨。

謝素馨渾身顫慄，卻是未曾替小皇子解釋過一句，只求皇帝念在骨肉情分上對小皇子開恩。

從此，皇帝每每看到模樣可愛、逢人便咧嘴甜笑的小兒子，再也生不起喜愛之情，只覺得反胃和噁心。

於是便也沒有妃嬪願意撫養一個這樣的皇子。

而謝素馨，因為看管不力，被罰了幾十板子，只剩下半條命，直接被送出了宮。

那時候的謝素馨很多次想過，為何那位娘娘不要她的命呢？畢竟死人總比活人更能保守秘密。

負責送她出宮的還是那個掌事太監，見她神情有異，便也猜到了她心中所想。

他囁著牙花子閒閒一笑。「嬤嬤不能死，非但不能死，嬤嬤還得好好地活。不只是嬤嬤，嬤嬤這些年在宮裡帶過的宮人，也都會好好地活著。」

那位娘娘很有自信，這些被拿捏住把柄的人，不敢亂說什麼。

她放他們活著，一來是皇帝生性多疑，說不定哪天又想起這些人，若得知這些人都沒了，反而不好；二來則是用他們的存在，反覆提醒著皇帝，他有那樣一個可怖、噁心的兒子。

至於來日會不會被那孤苦無依的小皇子查出真相，則根本不在那位娘娘的考慮範圍，或者說，她根本不怕這個。

且不說那小皇子能不能長大還是兩說，就算僥倖長大，也已經過去了好些年。她只要把這些宮人的檔案冊子毀了，無權無勢的小皇子從何處去找這些人？

謝老夫人掙扎著從地上抬起頭，哽咽著問道：「這些年，殿下過得可好？」

他笑得越發開懷，像聽聞了什麼笑話。「挨過餓、受過凍，但也活到了如今，大抵可以說是好的吧。」

「前頭聽聞殿下帶兵出征，老奴只想著等殿下凱旋再去尋您……老奴苟活至今，其實早就在等著今日，只為了告訴殿下，當日害您的元凶是……」

「是從前的宸妃，如今的皇后。」他淡淡地回應。

「原來殿下都已經知道了？殿下聰慧，非老奴可想。」

聰慧嗎？他自嘲地笑了笑。應當說他蠢笨，長成之後再次遭遇不測，才猜出一切的幕後元凶。

而且若不是因緣際會，遇到了江月，他如今怕也只有一副殘軀。

謝老夫人低垂著頭，不敢、也無顏面對他。「老奴再無遺憾……」

正說著話，佛室外頭忽然響起幾個孩子的笑鬧聲。

成哥兒急壞了，跟在他們後頭，壓低聲音喊：「不許往前了，快回去！我祖母知道了要生氣的！」

那幾個孩子雖都跟成哥兒差不多年紀，卻也知道敬重謝老夫人，便又換了個方向，跑到別處去玩，歡聲笑語漸漸遠去。

供桌旁的少年循聲偏過臉去，臉上的神情依舊沒有半點波瀾，只是纖長的手指輕點著那泛著寒光的匕首。

猛然之間，謝老夫人的額頭泛起細密的汗，雞皮疙瘩從毛孔中一點點鑽出，她砰砰地磕頭道：「老奴該死！老奴死後願永墜阿鼻地獄贖罪，還請殿下放過謝家其他無辜之人！」

久久的沒有得到回應，佛室內再次恢復了落針可聞的寂靜。

冷汗浸透了謝老夫人的衣衫，她其實心中已然沒抱希望。

十三歲那年，叛軍起義，勢如破竹，他被皇帝當成棄子，送到了戰場上。

十三歲的小皇子，除了一個顯赫的身分和一身練武的天賦，便再也沒有其他可以倚仗的東西。

軍中自有其他真正掌兵權的世家子弟，從不將他放在眼中。

沒人想到，兩年的工夫，九皇子另闢蹊徑，同平頭百姓打成一片，收編了一支平民軍隊。

這種行徑在世家眼中，自然是不值一提，上不得檯面。

直到那支軍隊壯大，小皇子羽翼漸豐，這件事才被上奏。

前線距離京城路途遙遠，且當今年紀漸大，耽於享樂，看到那封奏章的時候已經又不知道過了許久。

而就在那段時間裡，平民軍隊士氣大振，立了不少功。

當今知道後，就更不把這件事放在心上了——世家尚且看不上這種雜牌軍，他一個久居高位的人，就更覺得是小打小鬧，不成氣候了。

更別說人數實在是令人發笑，叛軍有十萬，朝廷軍隊有將近二十萬，而那支雜牌軍，人數不過幾千。

而所謂建下的功勛，其實也都是其他人不屑去做的、累死累活還不一定能討到好的活計。

但也甭管軍隊的來路正不正，能幫他打仗的，那就是有用！

至於打完仗，小皇子自然聽他這父皇的驅策，回到宮裡，卸下兵權。

那支才成立了一、兩年的平民軍，難道還會做戲文裡那些誓死效忠的事不成？

屆時他再出面，許以金銀和官職，就足夠收買那些升斗小民的心。

若收買不了，那麼也沒有留著的必要，卸磨殺驢即可。

灶。

那時候戰事平息，那區區數千人的軍隊剛幫他打完叛軍，總不可能還有那個實力另起爐灶。

最後也是最重要的，皇帝雖不疼愛小兒子，但也不是完全忘記了那麼個人，極偶爾的時候，也會跟宮人提一嘴，問問他的近況。

所有跟九皇子接觸的人，對他的評價不外乎都是他只喜歡練武，也只擅長這個。學識上頭是一團糟，日常所作的文章，別說跟宮中其他皇子相比，就算是跟隨便一個童生、秀才比，那都是狗屁不通。人情方面，那更是因為從小無人悉心教導，鬧出過不少笑話。

就這種兒子，放出宮去，若不是有個皇子身分唬住了那些沒有見識的小民，還能有什麼作為？

是以當今睜隻眼、閉隻眼，並未在這件事上責難他。

然而這份在上位者看來不值一提的能耐，對謝老夫人這樣不知內情的普通人而言，已經足夠成為傳奇。

「我很好奇一件事，嬤嬤出宮之時到底帶走了多少金銀？」少年閒閒地靠在椅子上，眼神掃向闊大的屋子。

這後罩房在謝宅已經算得上是極為普通，更不好同謝家在府城的宅子相比，卻是寬闊溫暖，地面都鋪滿光滑的青磚，連桌椅的木料都很不錯。

謝家的富裕，從這間屋子便可窺一斑。

皇宮中，普通宮人的月錢都有定數，一年也不過二、三十兩。就算謝素馨當了幾年的掌事嬤嬤，月錢上漲不少，還能收到旁人的孝敬，加起來至多也不過是千兩之數。

而她出宮已經十多年，那千兩銀子可支撐不了謝家過上十年眼下這樣的日子。

謝老夫人不敢隱瞞。「老奴出宮時攜帶經年積攢的月錢不到千兩，但容主子在世時賜下過不少其他東西，悉數變賣後，總數一共是三千二百三十六兩現銀。這些年老奴自立門戶，在府城經營十餘年，家財共翻了十餘倍。如今有五萬兩是以容主子的名義存在府城的彙通銀號，殿下只要拿著這銀鐵匕首前去，隨時可以取用。」

他挑了挑眉，臉上同樣還是不達眼底的笑。「我之前還奇怪，嬤嬤這樣聰慧的人，為何選了那樣兩個兒子過繼？」

他點到為止，謝老夫人聞弦歌而知雅意，說：「是，若換成太聰慧、有主見的孩子，在我身邊這些年，早該發現不對勁，所以我選了他們。即便知道我把家中絕大多數銀錢存於別處，他們也不敢置喙。」

他纖長的手指在供桌上輕點。「所以……嬤嬤是早就做好了準備，想用這五萬兩買謝家其他人的命？」

謝老夫人嘴唇翕動，想說不是的，想說她是因為心中煎熬，才夙興夜寐、不敢懈怠，將浸淫宮闈學到的本事悉數用到了商場上，加上早年有些運道，掙下了這副身家，想著來日把這部分銀錢連同自己的殘命償還給眼前的少年，也不枉費她苟且偷生這些年，這才能活到如今。

方才若不是成哥兒他們突然來打了個岔，她就準備接著提這樁事，但事已至此，解釋這些也沒必要了，謝老夫人只再次深深地拜下去。「求殿下開恩！」

他幽幽一嘆，說：「可惜了。」

這五萬兩，確實解了他的燃眉之急。

只可惜了，這份商場上的運道落到謝老夫人這樣年紀老邁且必死之人的頭上，否則，若換成旁人有這錢生錢的本事，那麼他只要把這人捏在手裡，怕是再也不用為軍費發愁了。他的好父皇並不給他後頭自己收編的那些士兵發軍餉，眼下時間尚短，前線戰事還未結束，尚且能趁亂運作一番，但終歸不是長久之計，長此以往，怕是只有熊峰那種憨直的死心眼會無怨無悔地跟著他。

「素馨嬤嬤有沒有想過，我大可以先殺光妳謝家人，而後再去取那五萬兩？」

不出意外的，謝老夫人的臉上浮現出驚恐愕然之色。

她似乎未曾想過，寬容善良的容嬪所生的、昔日那個愛膩在她跟前甜甜喚她嬤嬤的小殿下，在無人教養的環境中長大，並沒有成長為什麼正人君子。

他再次伸手拿起匕首，蹙起眉頭沈吟了半晌——當時江月問他出來做什麼？他下意識地說了謊，說他也不知。但他既然特地跟江月要回了匕首，便是想用這把有「意義」的匕首來結束這場經年的恩怨。

只是眼下倒有些犯難了，江月的醫術似乎還遠在他的認知之上，像那胖丫頭說的，她一眼就能從骨骼變化分辨出那個叫素銀的奶娘懷過孩子，那麼如果用這把匕首殺人的話，就算他把血跡清理掉，她會不會也能發現蛛絲馬跡？

而且謝家的人這樣多，就算是他，不能動用太多內力，又沒有稱手的兵器，殺起來也得好一會兒工夫，多半趕不上回去吃子時前的年夜飯了。

在謝老夫人膽戰心驚中，他最後輕聲道：「五萬兩不夠，我要謝家的所有。」

聯玉從謝府出來的時候，時間已經到了亥時。

平常這時候，小城早該陷入一片沈寂，只是年節上頭不設宵禁，時下百姓又重視這個闔家團圓的日子，因此街上還是熱鬧非常。

穿過熙攘熱鬧的人群，聯玉腳下一頓，說：「出來。」

下一瞬，熊峰一邊搓著手指上的乾麵粉，一邊踱著步子走到他身前。

「不是我自己偷跟來的，是夫人……她說不知道公子做什麼去了，好久沒回，讓我出來找找看。我想著公子應當是到謝家來了，就在這附近等著。」

聯玉漫不經心地點了點頭，表示自己知道了。

幾日前在謝宅門口，聯玉見到謝老夫人的第一眼，便覺得有些莫名的熟悉，保險起見，他還是先避開了，後頭便讓熊峰去仔細查了查。

當年事發的時候，他不過三歲，只記得跟前曾經有過一個這樣的宮人，喚作素馨，卻並不大記得其模樣和姓氏。而等他略大一些，想細查的時候，卻也沒有權柄去翻閱宮人的檔案。

時間實在太久，這縣城中的百姓也只知道個大概，大多還是人云亦云，道聽塗說的。還是熊峰跑了一趟，從當年謝家的老鄰居口中問出了謝老夫人的閨名，才算坐實了謝老夫人就是素馨嬤嬤這件事。

可惜熊峰查完，江月便去了謝家給她診病，還因那奶娘從中作梗，留到了今日方才出府。

熊峰能知道他的動向，再正常不過。

二人一前一後走了一程子，熊峰實在憋不住了，開口道：「公子。」

聯玉放慢腳步看他一眼，卻看他喊完人之後，好幾次張嘴，都是欲言又止。

「有話就說。」

「謝家……」熊峰頓了頓，又立刻解釋道：「我是粗人，不知道那個曾經在宮裡當差的老太太做過什麼，但想來能讓您記到現在，必是做了極不好的事情。雖有老話說斬草要除根，但是……但是……」

聯玉耐心不多。「再不說，便不用說了。」

「但是老話常說，一人做事一人當。罪不及父母，禍不及妻兒……」越說下去，熊峰的聲音越低。

聯玉聽到這兒就明白了。「你想為那個孩子求情？」

成哥兒在江家老宅待的那幾日裡，熊峰也帶著他玩了好幾次，感情談不上深厚，但也不能說半點都沒有。

五歲的孩子，懂得什麼呢？因為祖母犯過的錯要丟了性命，委實是有些冤枉。

熊峰點頭，又愧疚地低下頭。他的性命是公子在陣前救下的，發過血誓要用一輩子來報答這救命之恩，眼下卻為了旁人，勸著恩人改變想法，可若不說出來，他心裡又實在有些不安。

聯玉看著他，恍然才想起，他麾下的這些人，大多都如同熊峰這樣，是普通百姓出身，連熊峰這般對他最忠心的，都會對這件事心存異議，若他真的把謝家老小殺了個乾淨，弄出個滅門慘案，但凡走漏一點消息，被人拿來作文章，那些人還能和眼下一般效忠於他嗎？

畢竟培植勢力的時間尚短，在那些人面前，他也不敢表現自己最真實的一面，只是一個雖不受寵卻想著忠君報國的皇子。

果然，他並非什麼全知全能，困於深宮的那段時間，更是無人悉心教導，所以思慮也還是有不周的時候。

他略有些煩惱地曲起手指敲了敲眉心。「現在說這個，會不會太晚了些？」

若不是最後關頭他想到了江月，怕是熊峰在替死人求情了，而他也不會想到後頭那一層。

熊峰曲解了他的意思，臉色頓時大變，吶吶地道：「成哥兒和謝家人都……」

「沒有，我只要她一個人的命。」

熊峰呼出一口長氣，又聽他接著道——

「我另外有事需要你去辦。」

兩人走到梨花巷附近，就看到梨花樹旁，好些個孩子正湊在那裡放爆竹和鞭炮。

江月也在那裡，她還是和小孩不大玩得來，便只是站在一旁，一邊對雙手呵著暖氣，一邊時不時地抬頭張望。

此時已經接近子時，空中焰火此起彼伏不斷，明明滅滅的，為臉上凍得發紅的少女身上鍍上了一層柔軟光影。

天空中忽然飄起細小如微塵的雪粒子，她抬頭看了看天，一邊繼續張望，一邊又轉身看了另一個方向，似乎是在猶豫要不要回去拿傘，讓人見了不由得就心頭發軟。

聯玉和熊峰的身形都各有特點，隔得遠遠的，江月便瞧見了他們。

她並沒有問他到底去做什麼，只是輕快明媚地笑著招手。「回來就好，快回家吧，餃子都包好了，只等著你們回來就下鍋了。」

夜間的寒風吹過，她縮了縮脖子，率先往家跑。

下意識地，聯玉也加快了腳步，跟上了她。

如江月所說，家裡其他大菜都已經端上了桌，只剩下餃子還沒下鍋。

人到齊之後，房嬤嬤把幾盤形狀各異的餃子下了鍋，要等水沸騰過三次，白白胖胖的餃子才會被盛出鍋。

等待餃子出鍋的工夫裡，堂屋裡的許氏往江月和聯玉手裡一人塞了一杯熱茶，而後挺著日漸渾圓的肚子，接過聯玉脫下來的大氅，拿撣子撣上頭沾染的雪粒子。

寶畫拿來三大塊乾淨的布帛，塞了一條給熊峰，讓他自己擦擦頭。

她自己則站在江月後頭，給自家姑娘擦頭髮。

熊峰隨便給自己扒了兩下，然後也有樣學樣的，拿起另一條乾布帛，站到了聯玉身後。

這兩人都有些粗手粗腳的，所以很快地，江月的髮髻被弄得散開，聯玉束起的高馬尾也被擦得斜到了一邊，兩人額前細軟的碎髮更是被擦得炸了毛。

看到對方的狼狽模樣，江月和聯玉不約而同地都抿了抿唇笑。

「還有臉笑？」許氏把大氅掛起，難得地柔聲對二人說教。「都成家的人了，還一個兩個的不省心。幸好雪才落下來，不然淋了雪、吹了風，你倆就準備躺在炕上過年吧！」

江月張了張嘴。

許氏看過去，在她開口之前道：「知道妳醫術了得，風寒這種小病，妳隨便就能看好。」

看她是真有些不高興了，江月連忙賠笑道：「我哪敢這麼說啊？病是能看好，但是真要生病了，不是讓您擔心嗎？我是想說，我知道錯了，下次一定注意！聯玉，對吧？」

江月說著，拐了拐身邊的聯玉，聯玉便也帶著笑意道：「是，下次注意。」

許氏素來好性情，聽他們乖覺地認了錯，便嗔怪地看了他們一眼，沒再接著念叨。

很快地，房嬤嬤端著餃子過來，年夜飯正式開飯。

八仙桌上，雞鴨魚肉齊全，房嬤嬤還給準備了一小罈果子酒，這東西跟甜水差不多，即便是孕婦也能喝一些。

江月讓房嬤嬤坐下，不必給每人倒酒，只把酒罈子放在飯桌上，大家自己輪流倒。

等一人手裡都有了一杯果子酒，江月作為家主，舉杯祝福道：「新的一年，否極泰來！」

話音落下，外頭噼哩啪啦的鞭炮聲響成一片。

新年了。

一頓年夜飯吃完，時辰已經實在不早。

一家子一道在門口放過鞭炮，便各自回屋休息。

熊峰和寶畫兩個閒不住的，已經去外頭看熱鬧——小城裡娛樂活動不多，但年節上，一些財大氣粗的富戶回鄉過年，會在今夜放上一整夜的焰火。

他倆一個身板壯實過一個，房嬤嬤也沒有不放心的，只叮囑兩人早些回來，不要玩得太晚。

轉頭，房嬤嬤看到江月臉上帶笑，趴在了桌子上。

飯桌上，江月不知不覺多喝了幾杯，加上前頭本也沒有休息得太好，便已經有些迷糊了。

「姑爺和我一起把姑娘扶回屋裡吧。」房嬤嬤一邊捶打著微微發疼的腰，一邊笑著提議。

聯玉卻說不用。

清瘦的少年彎腰俯身，毫不費力地把桌前的江月抱起。

房嬤嬤笑得越發開懷，也不再多說什麼。

他一路把江月抱回了屋，放進了帷帳中。

從帷帳中退出後，他發現自己的袖子被一隻小手給拽住了。

聯玉伸手，想把自己的袖子從她手裡拽出來，卻發現她抓得那麼緊。

他一陣無奈，輕聲道：「幾杯果子酒也發酒瘋？」

他沒看見床幔裡頭的江月已經睜開了眼。

今晚，江月並非如許氏所說，是不讓人省心地跑到外間看別人放鞭炮，而是自從聯玉走後，她心中的不安感越來越重，甚至即便讓熊峰出去尋他了，那份不安感依舊沒有消滅。

聯想到聯玉之前的話和把匕首拿回去的行為，她有個模糊的猜想——他可能是要去尋仇。

而這場尋仇的結果，將非常不好。

畢竟他雖然會武，但身上的傷並沒有痊癒。

而和他有仇的人，想來也不會是什麼普通之輩。

她同樣並非全知全能，還以為……他會死。

幸好，他全鬚全尾的回來了，而她心中的不安感也消失殆盡。

一切都只是虛驚一場。

酒勁上湧，短暫清醒了一陣的江月抵抗不住睏意，鬆開了手，只在昏睡過去之前，模模糊糊地想著，靈田差不多就要成了，左右也想不到要種什麼，不如就先把治療他內傷的藥種出來，治好他的傷，往後也就不用擔心他會不會輕易丟掉性命了……

皇宮之內，除夕夜反而還不如民間熱鬧。

皇帝帶著一眾妃嬪及皇子、公主用過宮宴，看過焰火後，便擁著新晉位分的年輕妃子離開了。

他一走，眾人也沒了聚在一道守歲的興致，各自回宮。

八皇子親自送了胡皇后回宮。

皇子成婚後便要出宮建府，後頭若不得傳召，又沒有其他正經事，一旬才可進宮一次問安，所以他們母子倆也不是日日都能見到。

見她眉頭緊鎖，八皇子沒有立刻離開，而是坐下勸慰道：「母后莫惱，不過是一個小貴人。等父皇過了這程子新鮮勁兒，也就記不起來了。」

除夕這樣的日子，皇帝本是要宿在中宮皇后這裡的。

胡皇后氣憤地咬牙道：「我曉得，這一個個的小貴人、小美人的，又值當什麼？論容貌，跟從前那個姓容的賤婢都沒得比，不過是勝在新鮮罷了。」提到這個，胡皇后想起來了，問道：「陸玨那個小畜生呢？怎麼許久沒聽到他的信兒了？」

「可能是死了吧？」八皇子滿不在乎地說。「受了那樣重的傷，就算叫他逃了，又有什麼用？」

「夜長夢多，不見他死，心裡總有些不安生。」

八皇子看了她一眼，無奈地道：「那母后當年就不該心慈手軟。」

胡皇后說你不知道。

當年她還不是中宮皇后，只是比容嬪早一年得寵的新晉妃嬪。因娘家得力，進宮沒多久就獨得恩寵，很快有了身孕，得了個宸妃的封號——宸，指北極星，甚至可作帝王代稱，何其榮寵！

前朝後宮都在說，等纏綿病榻多年的元后過世，下一任皇后多半就是她了，連她自己都這樣覺得。

卻沒想到那一年，後宮中會出現容嬪這樣一個人——她沒有家世背景，也沒有什麼才情技藝，只因容貌甚美，就入了皇帝的眼。

那時還是宸妃的胡皇后起初並沒有把她當成對手，沒想到對方很快有孕，獲封為容嬪。

而容嬪所生的小皇子，更是玉雪可愛，機靈無比。

她眼睜睜看著皇帝從一月去一次容嬪那兒，變成半月一次、一旬一次。

這時再想伸手，便已經晚了。

雖說她是高門出身的妃，對方只是民女出身的嬪，但在後宮之中，宮人眼裡，她們兩人都是誕下皇子的年輕妃嬪，容嬪又榮寵正盛，說不定回頭再懷一個，誰笑到最後還不一定，因此並沒有人願意擔著身家性命，幫著她去害容嬪和她所生的九皇子。

容嬪肚子裡雖沒多少墨水，卻也不是傻子，日常行事十分謹慎。

而且那時候元后還沒死，已經因為宸妃的封號，對她十分忌憚，諸多掣肘。

「我那時託你外祖父幫忙，尋摸了不知道多久，才找到一種無色無味、太醫都診斷不出來的奇毒。又不知道費了多少功夫，才尋到適宜的機會，把那毒用到了容嬪身上。果然她一病，從前那些我驅使不動的宮人便立刻倒戈，紛紛投誠。因她那病已經來得十分稀奇古怪，怕你父皇起疑，我不敢同時要了那小畜生的命，這才只弄了那麼一場大戲，只讓他被厭棄了……」

八皇子道：「這些外祖父都和我說過，外祖父還說那奇毒少有，只夠藥死一人。但當時那小畜生也才三歲，沒了母親庇佑，又被父皇厭棄，要他的命，不就是您抬抬手的事？」

胡皇后蹙著眉，越發憤恨地道：「我可不就是這麼想的嗎？可是……」可是陸玨的命是真硬啊！

胡皇后自己都記不住對陸玨使過多少陰招了，她曾讓看顧他的太監特地在冬日裡把門戶大開；曾讓人對他潑冷水；還曾讓人在他的飯食裡下過巴豆……但陸玨就算病倒，在沒有太醫診治的情況下，居然至多一、二日就能慢慢康復了。

彼時元后病得越發不好了，正是新舊皇后交接的關鍵時刻，宮中風聲鶴唳，盤查森嚴，劇毒之物實在不方便拿進宮廷。

胡皇后既要謀奪后印，又要照顧自己的孩子，另外還得對付繼容嬪之後冒出來的其他妃嬪，也不可能整副心思都撲在弄死陸玨這一件事上，便只讓宮人警醒著，三不五時去「關照」一下陸玨，而後便把這件事拋在腦後了。

等回過神來的時候，已經過去了一年多。

陸玨五歲了，到了進文華殿讀書的年紀，吃住都在文華殿，下手的機會便越來越少。

陸玨年歲漸長，但看著依舊十分不堪大用，在其他龍孫鳳子裡頭極不顯眼，但不知道為何總有幾分好運氣，連著避開了好幾次胡皇后的有心設計。

轉眼便到了他八歲時，開始習武，逐漸展露出練武的天賦，體質也越發強健。

皇帝這才慢慢又把這個兒子看在眼裡——但不是喜愛，只是有心想把他培養成手中利刃。

但甭管什麼理由吧，總之在皇帝眼前掛了號的人，想再悄無聲息的弄死，就真的是難上加難了。

胡皇后是武將家的嫡女，知道自己並不算聰明，能磕磕絆絆地登上后位，一則自然是娘家得力，二則就是她足夠謹慎。除了對陸玨那小怪物伸過手外，她沒再碰過其他皇家子嗣，沒觸過當今的逆鱗。

因此一拖再拖，便到了前兩年，叛軍勢如破竹，日漸壯大。

當今先是想招安，沒想到對方當著使臣的面將招安詔書直接撕了，還嘲笑當今半點沒有太祖、聖祖的氣節風骨，大大地折辱皇家的顏面。

當今知道這件事後，腦子一熱，居然放出狠話要仿效先祖，御駕親征。

後宮一眾妃嬪和前朝群臣一通勸，才把他給勸冷靜下來。

可冷靜下來之後，前朝和後宮都已知道了這件事，便也不好出爾反爾。

於是胡皇后便進言，說自古便有代父出征這種事，陛下何不在眾皇子中挑選一人？

最後嘛，這份苦差事自然落到了喪母又不得聖寵的九皇子陸玨頭上。

而且他雖年幼，但闔宮都知道他是個武癡，當今只要讓人稍微幫著他造勢，說他在武之一道上如何如何有天賦，百姓們便也不敢再明面上說他這個皇帝老子貪生怕死，推了十三歲的小兒子去前線送死。

胡皇后也不是真的蠢到要放虎出山，而是那時候陸玨已經要十三歲了，皇子十五、六就該成親，出宮開府，這要是放他出宮去，由他自己掌管一府，想再朝他伸手，真的可謂是難如登天了。

送陸玨到前線，前線多的是胡家的舊部，想要「關照」陸玨可實在太簡單了。

只是沒想到這小子不知道是聰明還是蠢，去了軍營後，居然和那些士兵同吃同住，一起操練，一起下場殺敵，然後還是跟從前一樣，屢次化險為夷，在軍中的威望也日漸高漲。

一直到前不久，陸玨帶著自己組建的雜牌軍奇襲叛軍大本營，斬獲了對方一名將領的首級，眼看著就要大勝而歸，胡皇后終於坐不住了！這要讓他活著回來，可真的是要讓他建功立業了！

胡家舉傾家之力，招徠了一大批江湖上的高手，又提前從舊部口中問出了陸玨的行動路線，在陸玨和叛軍交手的時候偷襲，重傷了他。

因就在戰場上，事後胡家的人也沒來得及確認陸玨是否斷氣，就連忙撤退。

事後聽說陸玨是讓叛軍的人給抓回去了。

他前腳才殺了對方一名重要的將領，後腳受重傷讓叛軍抓回去，這不用想也知道，必然是沒有活路了。

可最近的一次消息，卻是說他幾個月前居然從叛軍手底下逃了，而後便不知所蹤，既沒回前線軍營，也沒回京，動向成謎。

當今知道他被敵軍所擒之後，也沒怎麼上心，只說了一句「可惜」，怕是到現在還沒翻看過後頭的奏摺，不知道他逃走的消息。

八皇子擺手道：「母后別管了，既然您不放心，兒子就讓人再去尋尋他的屍首。」

母子倆說了會兒話，時辰也不早了，胡皇后便歇下，八皇子也趕在下鑰之前出宮回府。

江月一覺無夢，睡到清晨。

大年初一，不好賴床，醒了之後，江月就立刻起身。

此時家人已經都起了，正圍坐在一處嗑瓜子、剝花生、聊家常。

寶畫是對著門口坐的，見江月過來就立刻往裡挪了挪，給她騰位置。

江月隨便坐下，環視了一圈，見只有熊峰不在，便問寶畫。「熊峰這是又出門看熱鬧去了？妳怎麼沒有一起？」

寶畫笑著縮了縮脖子，沒敢吱聲，只用眼神掃向一旁的房嬤嬤。

房嬤嬤回應道：「姑娘快別撩撥她了，這丫頭是半點分寸都沒有！子時出去看焰火，我以為至多看半個時辰也該回來了，沒想到等我一覺睡醒，天色都發白了她才著家，現下她屁股都還沒坐熱呢！」

這也得虧是過年，不然寶畫這麼一個大姑娘夜不歸宿的，必要挨房嬤嬤一頓捶。

寶畫還是笑，也不敢頂嘴，只敢小聲告饒道：「我第一次看到這種徹夜燃放的焰火嘛，看著看著就忘記時辰了。當時熊峰也在，也不用擔心遇到什麼壞人……等我反應過來的時候，天都快亮了。」而後轉頭回答前頭江月的話。「熊峰說他有事，根本沒回來，天亮的時候就直接離開了，說過幾天才回。」

熊峰本也不算自家的一分子，江月便沒再多問他什麼，只無奈地看了寶畫一眼。

這差不多的年紀，寶畫可真的是精力旺盛，生龍活虎，尤其是近來靈泉水的產出穩定，江月不時會用這泉水給家人補身子後，寶畫的精力已經到了一個恐怖的地步。

年二十九那晚，她倆一起給謝老夫人守夜，守到大年三十清晨才回家。她一覺睡到晚上，爬起來用了年夜飯就又睡下了，睡到眼下，方才覺得疲憊感消退。

但寶畫回來後，據說只是補了三個時辰的覺，又熬了一夜，卻半點不見疲憊。

這精力要是能給她，她還發愁什麼生計啊？說不定醫館都已經開起來了。

也是湊巧，她才剛想了謝家一遭，天光大亮的時候，謝老夫人身邊的嬤嬤就上門來了。

江月親自去迎。「嬤嬤新年好，快請屋裡坐。」

嬤嬤笑著擺手。「江娘子不必客氣，這大年初一，正是各家走親戚的時候，本不該來打擾的，但老夫人交代了，說臨走前怎麼也該給江娘子把診金結了。」

江月驚訝道：「老夫人今日就回府城嗎？」畢竟謝老夫人前頭才差點被那素銀害得出事，這會子理當靜養休息才是。

說到這個，嬤嬤的眉間也泛出一點憂愁之色。「是啊，府裡大老爺、二老爺還有兩位夫人都勸過，不過老夫人的意思，誰也不敢違逆。」

謝家兩房人都勸不動了，可見謝老夫人去意已決，江月便也不多說什麼。簡單的寒暄結束，嬤嬤將紅封給了江月，而後便告辭離開。

等江月回到屋裡，寶畫就催著江月拆。

紅封打開，裡頭有兩張銀票，一張面額大，有一百兩。另一張面額小，是十兩的。

江月想，這百兩應當是診金。而那十兩，應是老夫人給自己的新年紅包了。

抬眼卻看寶畫正拿著那紅封倒過來，倒了好幾次，又不死心地伸手進去摸。確認裡頭再沒有東西了，寶畫才死心道：「就沒啦？」

江月好笑地挑眉。「什麼就沒啦？不是都在這兒嗎？一共是一百一十兩銀子呢！」

善仁堂的大夫出診，十分棘手的疑難雜症也不過收個十兩、二十兩左右。

而時下人們成家之後便不算孩子了，便也不會給什麼壓歲錢。且一般也只會給幾文錢，圖個吉利而已。

所以說，這紅包絕對是稱得上豐厚了。

寶畫嘟囔道：「我還當按著謝家那富裕的程度，怎麼著也該給個幾百兩呢！」

不怪寶畫貪心，謝家的事雖說不像穆家那般，牽扯到什麼罕見的毒物，但同樣也是多虧了江月，才讓謝老夫人不至於卒中、喪命，更是一下子就找到了始作俑者。

謝家那般富裕闊綽，當時留她們在府裡，伙食頓頓燕窩湯，燒的還都是無煙的紅蘿炭，寶畫不由得就想多了。

「別想了。」江月輕拍她的額頭一下。「人家闊綽是人家的事，咱們只管好自己就行。在謝家那兩日吃得好、住得好，加上前頭尋回成哥兒得的酬金，那就是二百餘兩了！況且，謝老夫人大年初一就急著趕回府城，想來必然是遇到了一些棘手的事。謝家人都在縣城這兒，能讓謝老夫人那般著急的，估計就是謝家的生意出問題了，說不定是遇到了什麼難處。」

「難不成是遇到了大年初一上門討債的，討得謝家都沒錢了？那也太不講究了吧，哪有人大年初一討債的？」寶畫嘀咕著，莫名覺得後頸有些發涼。

她飛快轉身，家裡當然也沒有什麼外人，只有聯玉坐在她後頭，正閒閒地翻了家裡的藏書來看，寶畫便只當是自己多想了。

上午，江月和聯玉去了大房一趟，給江河和容氏拜年，大房的宅子裡此時正熱鬧非常。江家本支的長輩都已經故去，城裡的親戚也不多，但架不住江河的門生眾多，而時下的師生如父子，故而上門拜年的人極多。

另外，大房那個在外求學久矣的兒子江星辰也回來了。

看大房的人都在忙著應酬，江月便在午飯前提出告辭。

臨走前，容氏和江靈曦齊齊上陣，說本來江靈曦和江星辰也該去給許氏拜年的，無奈家人實在多，脫不開身，也怕打擾許氏養胎，所以就只多給江月一點壓歲錢，略盡心意。

於是江月和聯玉便都一人收到了二兩銀子的紅包。

從大房的宅子出來後，江月已經在唸唸有詞地算帳了。

開藥膳館之前，江月一共從許氏那兒得了四十五兩本錢。後頭置辦東西花去了一半多，而藥膳館的生意一直半死不活的，收入還抵不上家裡的開銷。花到現在，經歷了一個年關，那四十五兩也沒剩下什麼了。

但好在其間她給江靈曦治病，得了十兩診金。

穆家的事結束後，她花一半、用一半，攢下了二十五兩銀子。

另外謝家那兒得了二百一十兩，合計前頭剩下的，鋪子裡的帳上應有二百五十兩左右的現銀。

算完，江月忍不住嘆了口氣。

聯玉走在她身側，聽她一會兒念叨、一會兒嘆氣的，忍不住好笑道：「這還不滿意？從進城算起，這才多久？」

不到三個月的時間，江月已經掙了二、三百兩，這種速度別說放到這小城裡，放到京城也算得上進項可觀了。

「確實可觀，但是……」但是往後怕再難有這麼快的掙錢速度了。

她現在治過的幾個病患，江靈曦是自家親戚，穆攬芳是兒時舊相識，都是沾親帶故的。

而謝家，則是偶然撿到了他們家走失的孩子，這才有了後頭給謝老夫人治病的機會。

再往後，總不能再寄望於親友中再出什麼疑難雜症，或是再去撿人家的孩子吧？

怕是年過完後，藥膳館還是生意冷清，再難尋什麼病患了。

銀錢倒還好說，二百餘兩，不論是聯玉治傷，還是許氏產子，都足夠應對了。

主要是她想著早些把靈田開闢出來，現下就差臨門一腳。

聯玉瞥她一眼，等著她的下文。

靈田的事即便對聯玉也不能透露半個字，因此江月頓了頓後，接著道：「但是我本身擅長的也不是做飯，還是想弄個自己的醫館。祖父留下的鋪子不能改弦更張，所以便還得另外租賃一個鋪子，到時候花銷就大了。」

半晌後，面容昳麗的少年垂眸沈吟，開口說：「我可以……」

江月看他一眼，擺手道：「你那紅封，自己留著吧！」她雖然缺錢，但是也不至於要聯玉手裡二兩銀子的紅封。雖說他吃住都在自家，不必花什麼銀錢，但身邊留點錢，總歸是方便些。怕他覺得自己看不上那點錢，江月便接著解釋道：「過年紅封嘛，本身就是長輩們給咱們的祝福，所以我不要你的。而且是我自己的醫館，也該我自己想辦法。」

聯玉無奈地笑了笑，說那算了。

第十六章

轉眼很快到了初五，親戚多的人家可能還在忙碌熱鬧著，但江家本就親戚少，前一天穆攬芳過來給許氏拜了年後，就已經徹底閒下來。

左右閒著也是閒著，這日江月見日頭好，又無風，便打算搬一套桌椅置放在梨花樹下，而後再讓聯玉幫自己寫個「義診」的幡子，看看有沒有人願意來瞧病。

兩人剛搬好桌椅，熊峰就從外頭回來了。

他風塵僕僕、鬍子拉碴，滿面的風塵，若不是身形實在好辨認，江月都差點瞧不出他本來的樣貌了。

熊峰跟江月拱了拱手，算是見了禮，而後把聯玉請到一邊說話。

「公子，謝老夫人已經過世，謝家其他人都沒有起疑。老太太走之前，謝家的資產經過清算和變賣，加上錢莊裡本有的五萬兩，共計得了八萬餘兩銀子。」說到這兒，熊峰的呼吸都不由得粗重了幾分。一來當然是窮苦人家出身的熊峰，這輩子就沒見過那麼多銀錢；二來則是自家公子把這事交給他去辦，足見對他的信任，讓他十分鼓舞。「如今已經都存到了您名下，您可以隨時取用。」一邊說，熊峰一邊遞出那把銀色匕首。

前頭謝老夫人存的那五萬兩，需要這匕首作信物，眼下都歸攏到聯玉本人名下了，便也不需要這個了。

聯玉神色不變，接過匕首。「後頭計劃不變，你稍後取一萬兩送回去，做軍需費用。」

熊峰鄭重地點了點頭，過後又忍不住問：「那您……什麼時候回去？」

聯玉沒有直接回答，而是看向梨花樹下的江月。

似乎是察覺到他們二人有事要商量，三言兩語說不完，少女已經自己捲起袖子，露出一截雪白的皓腕開始磨墨，準備自己動手寫。

冬日裡的墨容易凝固，那墨汁不多時就成了半固體，她連忙放下那用到只剩一半的墨條，開始找毛筆，卻在桌上摸了個空，然後她的眼神便尋了過來。

發現聯玉在看她，江月指了指他的手。

聯玉低頭，才發現自己沒注意，把那唯一的一枝筆順在了手裡。

她也不催他，只伸手把硯臺攏住，想用手的溫度來延緩墨水凝固。

他們搬到梨花巷已經有段時間，而江月的外貌也令人十分有印象，因此很快就有街坊四鄰過來詢問她大冷天的，坐在這兒幹什麼？

江月笑著耐心地回答道：「年頭上沒什麼事，鋪子也不開門，就準備在這兒擺個義診的攤子。」

都知道現在的江家是開藥膳坊的，雖說時間尚短，但吃過的客人還沒有給過不好的評價，因此她會點粗淺的醫術倒也正常，就也沒人說她胡鬧。

「那敢情好！」其中一個上了年紀的老太太笑道：「冬日裡我這身上正好有些不舒服，跑去醫館也不值當，就麻煩妳給我瞧瞧。」

老太太說是這麼說，但看著江月的眼神十分慈愛，明顯就是不怎麼相信她的醫術，可樂意哄著她這小輩過家家。

江月也不在意，笑著說好，請老太太坐下，而後為她搭脈。

診脈的時候，江月臉上的笑容不變，但眼神中卻是鄭重而嚴肅，有著超脫年紀的鎮定和成算。

聯玉收回目光。「至多……再半年吧。」

起初江月初步給他診斷的結果，說是腿傷得一年半載，內傷則要更久。

但她那時並不知道他體質與常人十分不同，且經過無數次的「捶打」，恢復能力驚人。

近來他的腿行走時，已跟常人無異，只是還不怎麼能動武。

內傷的話，瘀血也已經咳得差不多了。

江月近來也給他透了一句，說想到了更好的法子給他治傷，時間上也能縮短不少。

而他也不需要完全康復，只需要好上個七、八成，則也有能力應付那些事。

半年，也不是很久。畢竟叛軍和朝廷的軍隊已經打了好幾年，眼下失去了自家公子這麼個得力將才，戰事繼續拖個一年半載的再正常不過，熊峰便也沒多說什麼。

說完話，聯玉回到梨花樹下，一邊提筆蘸墨寫幡子，一邊就聽江月不疾不徐地同那老太太說話。

「您肝腎虧虛，早年勞逸不當，又外感風寒濕熱，身上有風濕痺症，近來天氣寒冷，您幾處關節應當有痠麻脹痛之感。」說到這兒，江月適當地停頓了一下。「《傷寒論》中說『風濕相搏，骨節疼煩，掣痛不得屈伸，近之則痛劇』，說的便是您這樣的病症了。」她其實一直都沒有掉書袋的習慣，但怕對方不相信，便只好將近來看的醫書拿出來給自己背書了。「我給您開個祛風除濕、活血化瘀的方子。」

說著話，她往旁邊一伸手，聯玉已經寫好了幡子，把筆遞到她手裡。

她提筆寫方子，餘光掃了一下老太太的穿著打扮，便沒給開丹參、蒼朮、杜仲這樣的貴價藥，而是給開了其他價格低廉一些的常見藥材。

老太太方才還笑呵呵的，此時卻忽然跟被點了穴似的，呆愣愣的，還止住了笑。

其他街坊鄰居見狀，便七嘴八舌地開口——

「怎麼啦？是不是江娘子說得不對？」

「江娘子若說得不對，錢家阿婆也別計較。這大過年的，江娘子也不收銀錢，沒得為了這點事傷了和氣。」

「是啊，咱只當是陪小輩玩了！」

錢家阿婆回過神來，立刻搖頭說不是。一開始她真的只當是陪小輩玩，她雖然家境一般，但子女孝順，早在聽她說過冬日裡身上不舒服的時候，就花了大價錢請了善仁堂的大夫給她診治。善仁堂的大夫在經過一連串的望聞問切之後，給出的也是同樣的診斷。可眼前的江月，根本沒有問她任何一個問題，單單只從脈象上，就已經分辨出了這些！這哪裡是說得不對？是說得太對了，把她給驚住了！

錢家阿婆連忙解釋了來龍去脈。

有人幫著她肉痛道：「哎呀，早知道江家娘子有這份本事，阿婆也不必捨近求遠，去尋善仁堂的大夫了！」

其他人也跟著道——

「我前兩天把腰扭了，沒捨得去醫館看，江娘子幫我瞧瞧吧！」

「我是這幾日身上沒力氣，不知道是不是生病了？」

「還有我！年節時吃得雜，覺得肚子不舒服！」

於是，自錢家阿婆之後，小攤子上很快排起了隊伍。

當然，江月心裡也有數，這些街坊身上大多都沒有什麼病症，也未必真的相信自己的醫術有多麼高明，只是聽錢家阿婆替自己作保，加上義診不收取診金，所以大多數還是來湊熱鬧的。真要是生了重病的，怕是還不會信任她，也沒那個力氣來排隊。

她也並不嫌煩，就一個個給他們診過去。

「您的腰沒有傷到筋骨，我幫您推拿一下就好。」

「您身上並沒有病症，乏力應該是沒休息好。」

「您的腸胃問題不嚴重，多喝些溫水，少食油膩葷腥……」

一整個白日很快過去，江月一共診過了三十二人。

其中最嚴重的病症，也不過是錢家阿婆那樣的風濕痺症、風寒感冒之類。

江月都給他們開了方子，讓他們若是不放心，可去善仁堂抓藥，然後讓掌櫃的幫著掌眼——那位掌櫃旁的不說，對病患還是十分盡責的。

忙過一整個白日，江月隨便對付了一口夕食，就洗了個澡，爬上了炕。

她閉眼進入芥子空間，果然，靈泉的出水量增加了一些，但委實不多。

不過左右也沒付出什麼成本，只是累一點罷了。

而且街坊四鄰雖然沒有給銀錢，卻也不是全然沒有表示，很多人都送了他們自家的年貨。

晚上的夕食，吃的幾乎都是附近鄰居送來的小菜，也算是給房嬤嬤節省了許多工夫。

江月再凝神感受了一番，按著現在的速度，大概再過一旬，就能開闢出靈田了。

她心中稍定，聽見帳子外響起了細微的動靜，是聯玉從外頭回來了。

江月聽著他窸窸窣窣地解了大氅，而後出去洗漱，半晌後再次輕手輕腳回來，卻沒有直接上炕。

她撩開帷帳看了一眼，卻看他並未寬衣解帶，而是正坐在炕沿上，恰好也把目光投過來。

「有事？」江月一邊問，一邊坐起身，掛起半邊帳子。

燭光下，少女烏髮如瀑，臉孔白淨嬌嫩，但或許是因為累過了頭，所以眼底下有一片明顯的青影。她不自覺地打起了一個呵欠，眼底泛起一片水光。顯然是累極、睏極，卻強打起精神來同他說話。

「嗯。」聯玉應過一聲，先把匕首放到她帳子旁邊。「用完了，這個給妳。」而後又停頓了下，斟酌著措辭道：「我早先說過，可以給妳支付診金，現下便可兌現了。」

江月把匕首塞回枕頭底下，想了想，問道：「熊峰幫你弄來的？」

他既沒有出過門，也未曾找到什麼營生，卻憑空冒出來銀錢，而最近忙來忙去的，也只有熊峰了。而且他眼下說這話的時間，恰好是熊峰從外頭回來的今天。

「是。熊峰幫我去要了一筆陳年的舊帳，」聯玉說著頓了頓。「很大一筆。」

前幾日從江家大房拜完年回來的路上他就提過，但當時江月想也不想就給拒絕了。

他也不是善心到嫌銀錢燙手，非得往外送的人，本不準備再提，可是夜間看到她一邊用夕食，一邊睏倦地揉眼睛，彷彿累得隨時能在飯桌上睡過去的模樣，不知為何，他莫名覺得那畫面有些刺眼。

所以夕食後他出去了一趟，拿著印信去了分號遍布全國的錢莊，取了一部分錢出來。

「有多少？太少了可不夠。」

這便不大好回答了。即便是對著江月，他也不大願意交底。人心，是最禁不住考驗的東西。

也只有熊峰那樣的，魯直忠心，且沒有家人，榮辱性命都繫於他一人身上的，暫且算得上可靠。就算背叛，也翻不出他的五指山。

江月和熊峰不同……雖暫且想不到哪裡不同，但總之就是不大一樣。

他無言了半晌，抬眼去看江月，卻發現她滿臉的狡黠笑意，眼神中滿是促狹。

只是在逗他罷了。

江月擺手，說不開玩笑了。「真不用，我其實也不是只想著掙銀錢，總之就還是有別的奔頭。你有銀錢也自己留著，將來……」將來等你好了，從這兒離開了，還多的是要用銀錢的地方。要用那筆銀錢吃得好、住得好，做自己想做的事，不要再那麼輕易受傷，拖著百孔千瘡的身子，像孤狼似的獨來獨往。但是不知為何，話到嘴邊，她卻莫名有些說不下去。江月也沒有細想，只覺得大概是現在的日子雖然不算特別富足，但家裡充滿了人世間的煙火氣，熱鬧而融洽，是她上輩子從未體驗過的，所以她不想同家裡的任何一個人分開。「將來再說吧。」江月放下帳子，躺回被窩裡，聲音悶悶的。「我睏了，先睡了。」

江月的義診攤子，一直擺到了元宵節前，幾乎把梨花巷一帶的街坊四鄰都給瞧了個遍。她的靈田也終於成了，花了幾兩銀子，買了一批藥材種子種下。

在普通的田地裡，藥材很少一年就能收穫。一年育苗、一年栽種，兩、三年能有收成已經算快了，而若是人參那樣的，時間則要更長，得五、六年起步，十幾年才能長出效果不錯的。

她的芥子空間雖被這邊世界的法則大大壓制住，但到底是修仙界的東西，種下去之後並不需要特殊侍弄，只靠靈泉水溫養，幾個月便能有收穫。雖然不能生死人、肉白骨，卻絕對稱得上藥效絕佳。

這期間她也把藥膳鋪子給開了，藥膳不必她時時盯著，只需要提前加入靈泉水即可。

梨花巷一帶的人已經在義診的時候知曉了江月的醫術，不少人按著她的方子去抓藥，還真的藥到病除。為了感謝她，便也來照顧藥膳坊的生意——左右一份藥膳雖不便宜，但五十文的價格比起請大夫的診金，那絕對不算什麼。

藥膳坊的生意不好，本就只是因為市口差，又沒有客人積累，而不是東西不夠好。

眼下江月通過義診，換來了一副人情牌，生意便比年前又好了一些，口碑也更上了一層樓。

照著這個趨勢發展，藥膳坊的進項足夠應付一家子的日常吃喝了。

而若是再遇到穆家、謝家那樣的大主顧，江月掙的銀錢就可以全部攢起來開醫館了。

正月十五，同樣是時下人們很看重的節日。

小城裡不只有盛大的燈會，還有年輕女子盛裝走出家門，去過那「走橋渡危」、「摸門釘」的習俗。

這日黃昏時分，寶畫手腳俐落地幫著收拾好了杯碟，就催著江月回屋換衣裳。

自從看焰火那次之後，這丫頭就被房嬤嬤關在家裡好些天，今日總算能正大光明出門了，自然是急不可耐。

江月換好衣服之後，和寶畫手拉手出了家門。

聯玉和熊峰已經在巷子口等著了。

熊峰現下已經不在江家住，另外在附近尋了一個小院子，但他白日裡幾乎都會出現在聯玉身邊。聽說過完這幾日，他便要動身離開了。

一行四人便結伴出門。

熊峰和寶畫兩個人腳程快，但還是耐著性子，走在江月和聯玉後頭。

這兩人很是玩得來，剛出家門就已經在計劃著今晚的行程。

「聽說今晚城門口附近還放焰火呢！」寶畫興致勃勃地道。「而且是最後一日了，後頭想再瞧，就得等明年過年了。」

熊峰這些天並沒有像她似的，被拘著不得出門，就道：「焰火瞧了好幾日，都有些瞧膩了。還是去看花燈吧？不只能看到各色花燈，還能猜燈謎，聽說還有獎勵可拿呢！」

兩人各有想法，最後就都眼巴巴地看向江月和聯玉，讓他們二人拿主意。

江月聽到聯玉迎著風輕咳了幾聲，他現下已經吐空了瘀血，再咳嗽就不是什麼好事了。

她把出門前房嬤嬤塞過來的手爐塞到他手裡，這才開口道：「那先去看花燈吧？那裡暖和些。至於焰火，晚些走橋的時候，也能看到。」

寶畫也聽到了聯玉咳嗽，便也沒再說要往風大的城門口跑。

花燈會選在城內最繁華的一條街上，整條街張燈結綵，掛滿大小、形式各不相同的花燈，而花燈下頭還綴著寫了燈謎的紙條，看完猜中之後，可拿著紙條去附近的攤位上解謎，答對了便能收穫一條紅布帶，最後憑藉紅布帶去兌換獎勵——兩個布條就能換一個提在手裡的小花燈，另外還有一些更好的東西，則需要更多的布條。

當然，若是答錯了，不只要負責把字條原樣放回，還得在小攤子上消費，或者直接支付五文錢。畢竟這燈會就是城內的大小商家聯合舉辦的，算是他們營利的手段，猜燈謎其實也是營利的一個環節。

江月他們是天色徹底暗了才出的家門，梨花巷也不在小城的中心，所以到了此處的時候，街上已經是人滿為患，而街口絕大部分的花燈，則都已被人摘走了燈謎字條，只剩下一些艱深難猜的。

寶畫看什麼都新鮮，即便是常見的兔兒燈、蘑菇燈之類的，都能讓她嘖嘖稱奇。

但是花燈賣得不便宜，最普通的也要十文錢一個。寶畫身邊那是一文錢都沒有，也不要江月花銀錢買給她。

後頭她聽旁人說花燈會最大的獎勵，是一個異常精美的走馬燈，便睜著一雙大眼睛，滿眼都是嚮往的神色，然後看向江月——在她的認知裡，自家姑娘從小就識文斷字，猜幾個謎語而已，那不是信手拈來的事嗎？

前頭為了聯玉的身子，江月已經沒順著寶畫去城門口看焰火了，此時也不好再打壓她的興致，便找了個角落的花燈，仔細去看掛著的字條。

花燈裡頭都點了蠟燭，為了避免傷人，加上時下能識文斷字的多是男子，因此都掛得比較高，江月仰頭看了一會兒，才辨認出字條上寫的字——

一抔淨土掩風流，打一中藥名。

這還真是運道好，一來就遇到了合適的謎語。

「是沉香。」江月立刻給出了答案，然後在她準備踮起腳去搆字條的時候，一隻纖長白皙的手已經越過她的頭頂，幫她把字條揭了下來。

江月跟聯玉道了謝，拿了字條去一旁的攤子上換來了一個紅布條。

他們接著往前走，很快又遇到了下一個沒有被猜走的燈謎——

四邊屯糧，打三國一人物。

這便不是江月的強項了，原身也沒怎麼讀過三國時期的經史子集，對三國時期的爭霸史也不甚感興趣。

但好在很快地聯玉已經伸手把字條揭下，開口道：「是周倉。」

於是第二個紅布條也順利到手。

他們很快遇到了第三個無人問津的花燈，燈謎的謎面是：傷心細問兒夫病。

寶畫一聽江月讀完謎面，就跳了一下，直接把字條揭了下來。

「什麼『病』的，這個姑娘肯定會！」寶畫笑呵呵地將字條遞到江月眼前。

寶畫也沒說錯，看字面上的幾個字，應該還是跟江月的技能對得上。

無奈江月蹙著眉思索了半晌，還是沒有頭緒。

這時候已經有路人不耐煩地催促道：「猜出來沒有啊？猜不出就把字條給我們，沒得在這兒擋道，也免了你們交那五文錢！」

寶畫不客氣地插著腰回道：「我們姑娘才猜了不到半刻鐘，這街上多的是久猜不出的，怎麼不見你去催別人？」

這自然是因為對方看這裡猜謎的是女子，打心裡看輕她。

原本縮在一旁的熊峰立即上前一步，居高臨下地看了那人一眼。

那幾個書生便立刻灰溜溜地走了。

「姑娘別理他們，您慢慢猜！」

江月便只能偏過臉看向聯玉，對著他擠了擠眼睛。

花燈之下，細心裝扮過的江月梳了個比平時略微繁複一些的婦人髮髻，流光溢彩的燈火映照在粉面桃腮上，賦予她一種介於少女和婦人之間的風韻。

他不禁彎了彎唇，把到了嘴邊的答案嚥回肚子裡，也跟她一道做冥思苦想狀，為難地道：「我好像也不知道，不然去付那五文錢吧？」

「五文錢不是重點！」江月掃了一旁滿眼希冀的寶畫一眼，踮腳湊到他耳邊，壓低聲音道：「主要是寶畫太相信我了，我連醫藥相關的謎語都猜不出來，沒面子嘛！」寶畫可是篤定她能猜出來，才信心滿滿地去揭字條。

溫熱的呼吸掃過耳畔，聯玉莫名覺得有些癢，接著為難道：「唔……那我再想想。」

江月連連點頭，目光灼灼地看著他，烏黑的瞳孔裡只倒映出他一人的身影。

過了幾息工夫，聯玉才做出一副總算想出來的模樣，正要說出答案，卻聽一道男聲在旁邊響起——

「謎底是『杯盤狼藉』，乃『悲盤郎疾』的諧音。謎面上雖有『病』字，卻並不是和醫藥相關的，所以月……二娘子猜不出，也很正常。」

「答對了！」攤販並不認識他們，只當他們是一道的，立刻笑呵呵地接過聯玉手上的字條，換成紅布條。

江月下意識地轉頭，循聲望去。

聯玉也在看見她扭頭之後，淡了唇邊的笑意，跟著她一道看過去。

出聲的也不是生人，正是頭插木簪、一身細布書生袍的宋玉書。

他手裡已經拿了不少紅布條，顯然已經來了好一陣子。

倒也不出奇，這種文謅謅的猜謎本就是讀書人的強項，這條燈謎街上大多是書生打扮的年輕後生。

雙方稱不上有什麼交情，但也沒有什麼深仇大恨。年頭上宋玉書作為晚輩來給許氏拜年，連門都沒有進，只是為了還十兩欠銀，足可見他真的是兢兢業業在掙錢還債，而且他方才的話也是在替自己解圍。

「原來是這個意思。」江月對著他微微頷首，算是打過招呼。

宋玉書回以微笑，上前兩步，突然聽到一聲輕咳，眼神落到聯玉身上，便又站住了腳，臉上的笑也有些僵。

江月沒再看宋玉書了，只拉過聯玉的手腕，摸上他的脈。「怎麼還在咳？不然咱們早些回去吧？」

聯玉微微搖頭，臉色有些發白卻說無礙。「難得出來一趟，只是這兒有些悶。」

確實，太空曠的地方風大，人太多的地方則會氣流不暢，對傷患都不是很好。

「是我思慮不全，沒想到這處人這樣多。那讓熊峰陪著寶畫看燈，咱們去別處吧。」說完，江月就去知會了熊峰和寶畫一聲，說他們先走，回頭各自回家。

寶畫也沒歪纏著江月非得陪她，而且她也覺得猜燈謎好像沒啥意思，還不如拉著熊峰再去城門口吹風、看焰火。

然而熊峰一聽說自家公子身體不適，立刻就道：「那我揹……」被聯玉涼涼地看了一眼，他才趕緊把話嚥了回去，改口道：「那我陪著寶畫。」

簡單地交代完後，江月回到聯玉身邊，卻看見他手上的布條沒拿緊，飄落到了地上。

聯玉彎腰去撿，咳得卻越發厲害。

江月立刻把他攙住，跟攤販致歉說：「實在抱歉，我夫婿的身子不大舒服，這兩個布條連同地上的都給您吧，再煩勞您撿一下。」

這布條能兌換獎品，而買獎品的錢其實還是攤販手裡出的。

彎彎腰的工夫，就能拿到三個布條，那就是十幾文錢的進項，攤販自然樂呵呵地應好。

「娘子儘管照顧夫婿吧，我來撿就好。」

宋玉書的眼神落在那個被棄之不顧的紅布條上，半晌後，他才重新抬眼，看向他們的背影。

男子身形瘦削而頎長，女子纖瘦而小巧，兩人離得極近，即便是依偎著的背影，都是極相襯的。

或許是宋玉書盯得太久了，男子轉頭看來，此時，他臉上不再見任何不適和虛弱，只有輕慢怡然的笑……他方才是假裝的！

宋玉書不自覺地捏了捏拳，上前兩步，卻又生生地站住了腳。

「回頭看什麼呢？」江月一邊詢問，一邊就要循著他的視線往後瞧。

聯玉已經轉過臉來，蹙眉輕咳兩聲，說沒瞧什麼。

辦花燈會的一條街都沒有什麼清靜的角落，兩人就離開了這條街，到了河邊。

這是小城裡唯一的內城河，河上的平安橋也是城中女子走百病的必經之地，同樣也是人滿為患，江月便沒有直接去登橋，而是先去摸門釘。

「摸呀！」江月把一戶人家的門釘簡單擦了一下後，催促聯玉。

「這是女子的傳統。」聯玉無奈地提醒。

所謂摸門釘，其實是因為「釘」諧音「丁」，未婚或者婚後子息不豐的婦人摸這個，藉此期望早日有孕，綿延子嗣，家族人丁興旺，後繼有人。

江月並不知道這個，還當這是走百病一樣的環節而已。「總之是祈求身體健康的傳統嘛，難道神佛保佑信眾的時候，還分什麼男女？你摸一下唄，我都給你擦乾淨了，心誠則靈嘛！」

她這話一說，立刻引來其他人的輕笑。

其實也不是惡意的，就純粹其他來摸門釘的年輕女子聽到之後，忍不住發笑了一下。

聯玉瞧了過去。

那笑出聲的女子本準備給江月好好講講裡頭的門道，但看清了他的臉，就不自覺止住了笑，臉頰和耳畔都有些發紅。

聯玉臉上的笑淡了下去，警告性地看了她一眼。

女子莫名有些發寒，便立刻摸完離開，衝著閨中密友小聲抱怨道：「這個小郎君生得那般好，怎地那麼凶啊！」

兩人快步離開時，卻聽到那看著很凶的小郎君正無奈地溫聲回道——

「那我就摸這一次。」

江月也不是真的寄望於神佛能讓聯玉不藥而癒，只是想要讓他圖個好意頭，就點頭說好。

摸完門釘，兩人再回到內城河邊，發現平安橋上的人也少了一些，不至於連個站腳的地方都沒有了。

江月和聯玉相攜著往橋上走。「時辰也不早了，外頭人又實在多，你既然不大舒服，那咱們走完這一趟，就回家去吧？」正說到這兒，卻聽到撲通一聲，而後人群中忽然爆發出一道稚嫩的尖叫聲。

「來人啊！救命啊，我家夫人掉進河裡了！」

路安縣雖然地處北方，但城裡既然有內河，便也有不少臨水而居、擅長泅水的人，下一瞬，就先後有人跳進河裡開始施救。

未多時，一個年輕婦人就被人從水中救起，放到了岸邊。

那年輕婦人看穿著不像是貧家出身，雖然江月站在橋上，卻也能看清對方外頭穿著的是純白的狐裘。

也是因為她這身富貴的打扮，路人救人的時候都沒敢嫌狐裘吸水後礙事，把她救上來之後更是不敢靠近。

而那個喊人相救的小丫鬟看著不過十二、三歲，好不容易撥開擁擠的人群，擠到婦人跟前，卻是驚慌失措，只知道蹲在她身邊，一個勁兒地喊著「夫人」，而不知道該如何是好。

江月見了便不由得蹙眉。

這個世界的民風雖然已經算得上開放，但對女子還是嚴苛，若放任那婦人在那兒躺著，就算落水沒對她造成身體上的傷害，對她的名節卻是不好。

江月耳畔一癢，就聽見聯玉在她耳邊輕聲詢問。

「要過去？」

江月點頭。

聯玉攬住江月的肩膀，足尖一點，就帶著她從平安橋上躍到了岸邊。

兩處距離不遠，尋常習武之人都能做到這樣的騰挪，便也不用擔心太過惹人注意。

河岸上，那婦人周圍已經裡三層、外三層地圍滿了人，比平安橋上還擁擠。

圍觀眾人議論紛紛——

「這是想不開跳橋的吧？穿得這麼好，怎麼還想不開？」

「在這元宵節走百病的時候想不開，也太晦氣！」

「你們裡頭的看清那婦人的模樣沒？是哪家的媳婦啊？」

「哪顧得上看長啥樣啊？那婦人躺那兒就沒反應了，別是已經……」

情況果然跟江月想的差不多。

這次不用江月開口，聯玉直接伸手幫她分開了人群。

「借過，我是醫者。」

江月直接亮明身分，被擠開的人便也不好意思再阻攔或罵人。

半晌後，江月總算到了那婦人身邊。她解下身上的披風，先把婦人的身體蓋住，而後將婦人擺好，按壓其胸腹處的穴位。

也就眨眼的工夫，那昏迷不醒的婦人便咳嗽著醒轉過來。

「醒了、醒了！」也不知道誰吆喝了一聲，繼而周圍越發喧嚷。

江月一手拿出帕子遞到她唇邊，為她清理口內的污水以及污物，另一手快速且用力拍打她的後背。她又嘔了一陣子，總算咳出了體內全部的污水。

「多、多謝……」年輕婦人張了張嘴，氣若游絲地吐出了兩個字。

不等她說更多，江月就豎起食指到了唇前，對她比了個噤聲的手勢。

平安橋邊不比花燈街那邊燈火通明，加上婦人髮髻散亂，頭髮擋住了半邊臉，這才到了這會兒，看熱鬧的眾人還未分辨出這年輕婦人的身分。

但若是發了聲，便很容易會被人認出。

江月用自己的披風把婦人圍住，再抬臉看了聯玉一眼。

他再次開出一條路，讓江月和那小丫鬟一起扶著年輕婦人起身。

四人一路行至清靜之處，江月感覺到婦人腿腳也有了些力氣，這才撒開手。

的。

夜風寒涼，她的披風已經在婦人身上呈現半濕的狀態，若在外頭耽擱，必然是要著涼

江月就道：「快些回去吧。披風稍後歸還到梨花巷江記藥膳坊即可。」

那年輕婦人卻並沒有立刻離開，而是聲音虛弱地詢問道：「不知道方不方便，我直接跟著小娘子回去整束一二？我會支付銀錢的。」

家裡如今只許氏和房嬤嬤在，倒是確實沒什麼不方便的。

只是不明白她為何要跟著自己回去？畢竟此處距離梨花巷還挺遠的，而附近多的是客棧、民居，也不擔心尋不到整束落腳的地方。

她略帶不解地看過去，卻看那年輕婦人眼底一片水光，隱隱有哀求之色。

江月本來也準備回家去了，眼下既然對方說了願意支付銀錢，她想著幫人幫到底，就點頭應下了。

她和聯玉走在前頭引路，小丫鬟扶著婦人跟在後頭。

一行人步行了大概兩刻鐘，回到了梨花巷的鋪子。

途中雖也遇到有人帶著探究的目光看過來，但都讓聯玉給擋過去了。

摸門釘、走百病一般要到午夜才結束，此時時辰尚早，巷子附近便也沒什麼人。

房嬤嬤和許氏正坐在炕上給未出世的孩子縫製小衣服，聽到響動，房嬤嬤走出來。

聽說江月救了個落水的婦人，房嬤嬤也不多問，立刻道：「灶上就有熱水，我去放上一

桶。薑湯也有現成的。」

那年輕婦人連忙道謝。

小宅院逼仄，而且總共只幾間屋，聯玉便沒往裡去，只說自己再出去轉轉。

「若身體不舒服得厲害，就早些回來。」江月不由得多叮囑了一句。

很快地，洗澡水準備妥當，小丫鬟扶著年輕婦人進了江月那間屋。

那婦人和有孕前的許氏身形相當，後頭房嬤嬤便把許氏的衣服送過去了，另外再送了個炭盆，讓那小丫鬟可以烤乾她們主僕的衣裙。

江月進了許氏的屋子，簡單解釋了一番來龍去脈。

不到半個時辰，年輕婦人就收拾好過來。

她已經換上了自己的衣裙，頭髮也已烘乾。

江月這才發現對方長得很美，皮膚白皙，眉目如畫，行動之間更是姿態娉婷卻不顯妖嬈，一看就是出身、教養十分不錯。

年輕婦人客客氣氣地福了福身致謝，聲音也溫溫柔柔的。「多虧了小娘子，不然我還真不知道該如何是好。」

江月伸手扶起她。「夫人不必客氣，我也沒下河去救人，真的只是舉手之勞。」

那年輕婦人接著溫聲道：「煩勞小娘子回頭尋一尋那把我救上來的人，代為轉交，以示感謝。另外的，便是給小娘子的謝禮。」一邊說，她一邊從身上解下荷包，拿出裡頭的東西，卻發現荷包外頭雖然烘乾了，但小丫鬟做事沒有分寸，並沒把裡頭的東西拿出來。銀票已經讓河水泡過，烘乾之後變得字跡模糊，不能再用。

唯一能用的，便只有兩個銀錁子，一金一銀。

她白皙的臉頓時漲得通紅。這麼點銀錢，在她看來，實在是有些寒磣了。

江月倒沒覺得如何，那金錁子不大，但是也有一兩左右，銀錁子大一些，有二兩。

一兩金子便是十兩銀子，酬謝跳水救她的人。

自己只是舉手之勞，幫她排出了嗆到腹中的水，另外提供給她一個可以用來整束自己的房間而已，能拿到二兩銀子又怎麼會嫌少？

江月點頭應下。「那我回頭幫妳找找。」說著，江月示意婦人伸手。「我給妳搭個脈吧，回頭染了風寒便不好了。」

說話一直細聲細氣的婦人卻猛地拔高了聲音，說：「不用！」察覺到自己失態了，她連忙歉然地解釋道：「小娘子救了我，我並不是不相信妳的醫術，只是我不習慣旁人為我診脈。」

江月便也沒有強迫。

後頭婦人也沒在江家多留，帶著小丫鬟告辭。

主僕二人前腳走了，後腳熊峰就把寶畫送回來了。

他們二人沒跟著江月和聯玉去平安橋，而是在城門口看了好一會兒焰火才過去的，過去後就聽人還在議論有人落水的事。

當時橋上人多口雜，誰也沒注意到那婦人到底是怎麼從橋上掉下去的，更不知其身分，只是因為其特別富貴的穿著，而有了各種猜測議論。

江月和聯玉的外貌實在打眼，聽著他們的描述，寶畫和熊峰也就知道他倆參與其中了。這話傳來傳去已經變了味兒，寶畫還當是自家姑娘跳進水裡救的人，所以便著急慌忙地往家趕。

得知只是旁人傳錯了，寶畫這才放下心來，然後詢問道：「那位夫人呢？已經走了？」

江月回答她是的。

寶畫撓著後腦勺，好奇地問道：「沒說她姓甚名誰嗎？平安橋那兒傳得可厲害了，說她是什麼城中富戶的小妾，不想活了才往河裡跳，到底是不是……」

江月拍了她一下，說不是。「她言行舉止落落大方，進退有度，並沒有求死的樣子，應當只是巧合。畢竟那會兒橋上確實人多，摩肩接踵的，一個不注意讓人擠下去也是有的。至於她的身分，倒確實不知道。」

不過是夜間遇到的一樁小插曲，隔天江月讓熊峰幫忙跑了個腿，尋到了當時救到那婦人的人，轉交了那個金錁子，便就此揭過，誰也沒再提這件事。

後頭偶有好事者順藤摸瓜，來跟江月打聽，江月也只作一問三不知，說「我只是恰好遇到，順手去施救，後頭人醒了，她託我轉交給了銀錢便分開了。那時天暗，大夥兒都沒看清對方是誰，我又哪裡知道去」，於是漸漸地，這小小的風波便也過去了。

轉眼就到了正月底，天氣漸暖，梨花巷一帶也總算暖和起來，不再那麼冷清。去年的舊客回來了不少，加上年節時積攢的新客，江月的藥膳坊生意漸好。

這日天色陰沈，剛過午時就下起了雨，鋪子裡便跟冬日裡一般冷清。

這種天氣委實適合睡覺，江月站在門口，正想著要不要把鋪子關了，卻看見雨幕之下，有兩人打著傘過來了。

很快地，兩人到了鋪子門口，拿下了擋住頭臉的油紙傘。

穆攬芳的笑臉出現在江月眼前。「看妳愣半晌了，難不成大半個月不見，就又不認識我了？」

不怪江月沒有一眼認出她，穆攬芳如今的變化確實大。

從前她整個人腫胖得跟發麵饅頭似的，後頭解了毒，吃著江月開的排毒藥，人便一日一日的瘦下去。

年頭上她來江家走動過，當時看著就只比普通女子圓潤了一圈。

現下她比年節時又纖細了一圈，身形再也跟肥胖、圓潤這樣的字眼不沾邊了。

而且穆攬芳從小就酷愛馬球，只是後頭不知為何發胖了，才漸漸沒再涉獵那些，近來她應當是又撿起了這項愛好，膚色看著比之前深了一些，卻並不難看，看起來越發康健英氣。

兩人雖然一段時間未見，但是前頭過命的交情也不會變。

江月便一邊笑說：「妳越來越好看，可不是讓我認不出了？還當是畫上的仙女來了呢！」

穆攬芳笑著啐她油嘴滑舌，然後親熱地挽著她的胳膊進了鋪子。

坐到一處之後，江月順手拉過她的脈摸了摸。

穆攬芳見了，又是一陣忍不住的笑。「見過各種打招呼的方式，就沒見妳這樣，見人就搭脈的。」

「診個安心嘛。」江月凝神感受了一番。「妳現下餘毒已清，而且近來也調養得很不錯，但到底也算是大病初癒，若下次再遇到這樣惡劣的天氣，便不要冒然出來了。」

穆攬芳連忙合掌求饒，直說是。「江大夫交代得是，我下次再也不敢了！不過我也不是沒事，是有事跟妳說呢！」

江月細問起來，才知道穆攬芳是請她出診的。

年節時，她遠在江南的外祖母特地託人來瞧她了，託的也不是旁人，是她外祖母林老夫人的閨中密友。

那位史老夫人雖也是江南人士，但嫁得遠，就在府城一帶。

如今身子不適的，便是那位史老夫人了。

「史家老夫人本是這幾日就要動身回府城的，但是近來天氣反覆，她身子有些不好，便想讓妳去為她瞧瞧。」

出診而已，江月並不奇怪，只是帶著若有所思的笑，盯著穆攬芳瞧，直把穆攬芳瞧得不好意思了。

穆攬芳只好告饒道：「好啦，那位老夫人規矩大，日常只用醫女，不用男大夫。我家就有醫女，借調過去十分方便，確實沒必要特地來請妳，這不是……這不是想讓妳幫我掌掌眼嘛！」

史家老夫人和林老夫人雖然也有半輩子的情誼，但時下女子嫁人之後，都是以夫家為先，加上兩人長年分隔兩地，倒也沒有那麼深的情誼能讓史老夫人在年節時特地來探望穆攬芳這小輩的病。

探病只是個名目，其實是兩家正在相看親事。

穆攬芳年歲不小了，前頭因為中毒，胖得那麼厲害，加上後頭尤家醜聞事發，樁樁件件都影響到了她說親。

林老夫人得知外孫女身子好了，便為她張羅了這樁親事。

史家雖是府城的商戶人家，家中無人為官，但子孫中也有讀書人，且家裡門風森嚴，有「三十無子方可納妾」的規矩，人口上頭便比許多高門大戶簡單許多，大房的長子嫡孫更是娶到了翰林家的小姐為妻。

史家老夫人只生養了兩個兒子，穆攬芳現下相看的，就是大房的么子，若是成了，將來和那位翰林小姐成為妯娌，也不會墮了身分。
那位史家公子，比穆攬芳小一歲，據說是因為在外求學，耽誤了年月，所以這會兒還未說親。
江月斟酌著措辭道：「治病倒是無礙，但是這種事讓我掌眼……我哪裡會？」
「婚姻大事，一般是由家中女性長輩或者已經成親的同輩姊妹幫忙相看，可我外祖家遠在江南，外祖母年事已高，舅母、表姊那些也不熟絡。我家中的境況妳也知道，再沒有旁人了，而同我親如姊妹的便只有妳和靈曦。」
「那怎麼不讓堂姊……」江靈曦從前沒生病的時候，可是幫著容氏掌管中饋的，這方面比江月練達多了。
穆攬芳無奈地道：「虧我才誇過妳比小時候聰明了，靈曦自己都還未成婚呢！妳雖也才成婚不久，但我年頭上來拜年的時候，聽伯母提過一嘴，妳的夫婿算是自己相看的。」
話說到這兒，恰好聯玉過來送帳本——近來藥膳坊的生意漸好，零零碎碎的收入多了，便不得不開始記帳。
江月侍弄藥材那是有無盡的耐心，做撥弄算盤的活計，耐心便不怎麼夠了。
原身似乎也對這方面不感興趣，打算盤學得很是一般。江父在世時也由著她，左右家中就有帳房先生，將來並不需要女兒自己算帳，只要能看懂帳簿，不被下頭的人糊弄就行。
因此，眼下江月這方面的不足就顯了出來。

去外頭找人算帳得另外花銀錢，她就讓聯玉幫忙。

聯玉也不嫌煩，每過幾日就幫著算一次，不只算支出和盈餘，還會根據帳本上的紀錄，提醒她該補充新的藥材。

像現在月底，聯玉就還會再把一整個月的帳整體盤一遍，看看有沒有哪裡錯漏。

穆攬芳原先是對男子避若蛇蠍，生怕旁人多瞧自己一眼的，現下身子康健了，又在生死關頭走過一遭，心境也越發開闊，便能以正常的眼光來看待異性了。

她自然不會覬覦好友的夫婿，只是覺得聯玉不只生得好，更是進退得宜，規矩端方，沒有覺得贅婿的身分辱沒了自己而神情鬱鬱，或者非得在人前打腫臉充胖子去證明什麼。

像眼下，他過來瞧見江月在和她說話，便只是客氣地頷首算是打過招呼，然後目不斜視地將帳簿放進櫃檯，再接著去後頭做自己的事。

這便足可證明江月這方面的眼光確實很不錯啊！

怕江月壓力太大，她又接著道：「妳也別想太多，畢竟史家老夫人和我外祖母是多年的密友，而且已經來了半個多月，這段日子接觸頗多……」

江月這就懂了，這門親事林家是十分滿意的，而且穆攬芳這段日子已經跟史家來往過了，並沒有其他不滿意的地方，自己就是去走個過場而已，主要還是給人治病。

還有一層，穆攬芳沒提，江月自己品出來了——

這史家老夫人和林老夫人既是多年的密友，想來娘家和夫家的境況都不會差很遠。

加上史家能以商賈的身分娶到翰林家的小姐之後，又來相看知縣家的小姐，自然是家底頗豐，不會差銀錢的。

所以自己跑這一趟，收穫也不會少。

於是江月便沒再推辭，和穆攬芳約定好明日一早碰頭。

第十七章

翌日一早，穆攬芳便坐著馬車來接江月，兩人一道出了城。

史家在縣城並沒有房產，此番老夫人都出動了，帶了不少人出行，所以城中一般的宅子都不合用，便在城外租了個依山傍水的別院落腳。

馬車停穩之後，就有門房過來幫著牽馬。

在馬車裡的綠珠都不必動手，史家的丫鬟就已經幫忙放好了腳凳。

等到江月隨著穆攬芳下了車，就聽那丫鬟福身笑道——

「老夫人一起身就問起您呢，如今您來了，老夫人怕是都不用吃藥，便能胃口大開了。」態度既親熱，也恭敬。

隨後丫鬟引著兩人往宅子裡走，路上還問起江月怎麼稱呼，又對穆攬芳恭維道：「江娘子不愧是您的朋友，跟您一樣容貌出眾。站在您二位身邊，奴婢都自慚形穢了。」

所謂見微知著，光看這丫鬟的態度，即便是江月也明白史老夫人是極為屬意穆攬芳這孫媳婦的。

這別院是三進的院子，在府中走了大概半刻鐘，兩人到了史老夫人的院子。

史家老夫人年約六旬，花白的頭髮攏在一條鑲了紅瑪瑙的抹額後，身穿一件藏藍色四喜如意雲紋錦緞立領對襟襖子，見了穆攬芳就笑道：「妳這丫頭來得巧，快過來一道用些，我讓廚房加兩個妳愛吃的菜。」

是個看起來十分慈祥的老太太。

老夫人此時正在用朝食，身旁另外還立著幾個同樣身著錦緞的婦人正在幫她布菜，年紀大小不一。

想著穆攬芳說過史家雖然是商戶，但是規矩比一般讀書人家還大，江月便猜著這幾個應當不是什麼僕婦，而是史老夫人的兒媳婦或孫媳婦。

果然，史老夫人先是笑著讓穆攬芳和江月一併在她身邊坐下，而後就讓那幾個婦人也跟著一道落坐。

「這便是我日前跟您說的，最近遇到的手帕交。您別看她年輕，她的醫術委實高超，連外祖母給我配的醫女都遠不及她呢！」穆攬芳毫不吝惜溢美之詞，將江月引薦給史老夫人。

史老夫人拍著她的手背，慈愛地笑道：「好好好，妳的話我還能不信？」說完她又看向江月，不著痕跡地將她打量了一番，接著道：「那稍後就麻煩江娘子為老身診治一二了。」

江月應下之後，史老夫人又把飯桌上其他人介紹給她認識。

老夫人另一邊坐得最近的婦人，年約四旬，就是她的大兒媳婦朱氏，也就是穆攬芳的未來婆婆了。朱氏長得吊梢眼、容長臉，不笑的時候看著有些凶。她生養了三個兒子，前頭兩個都已經娶親。

另一個看著才十八、九歲的，就是朱氏的二兒媳婦趙氏。

坐在最末尾的，就是朱氏的大兒媳婦衛氏，也就是前頭穆攬芳說的，那位出身清貴的翰林家的小姐。

作為醫者，上門給人看病，其實也不需要把患者家裡的所有人一一介紹認識。眼下顯然是史老夫人愛屋及烏，為了顯示對穆攬芳的重視，因此把江月當成貴客來招待。

江月便一一跟她們頷首打招呼，最後視線落到那位翰林小姐的身上，不由得多留了一瞬，而後不著痕跡地挪開。

很快地，丫鬟便添了兩副碗筷來。

史老夫人親自用公筷給穆攬芳挾菜，又笑著讓江月自在一些，想吃什麼就自己挾。

從飯菜上來說，史家確實家底豐厚，也就比謝家的飯菜稍微遜色一些。

席間，老夫人跟穆攬芳說話最多，偶爾也會帶上江月兩句。

大夫人朱氏和她二兒媳婦趙氏也是會說笑的，飯桌上氣氛很是不錯，並沒有冷場。

一頓朝食用完，下人進來將膳食、碗碟撤走。

也就到了江月要給史老夫人診脈的時候。

江月搭上老夫人的脈，沈吟半晌後，給出了診斷。「老夫人是水土不服引起的脾胃失調、食慾不振。另外，老夫人身上有風濕痺症，所以每到變天的時候，身上會難受得厲害。」

史老夫人拍著穆攬芳的手背，笑道：「其實也不是什麼大問題，不過是胃口差些，不值當什麼，也就是攬芳這丫頭一直放心不下。至於痺症，那是我從前跟著他們的爹東奔西跑忙生意，落下的積年毛病了。沒得因為這些，去喝那苦不拉幾的湯藥，喝完那可是真的再沒有半點胃口了。」

聽老夫人話裡話外的意思，就是並不把這兩項病症放在心上，也不準備喝藥。

穆攬芳拉著老夫人的手搖了搖。「生了病怎麼能諱疾忌醫呢？我特地請了月娘來，您就讓她為您治一治嘛！」

史老夫人對她真的是十分疼愛的模樣，無奈地應了幾個「好」字，繼而對著江月道：「那就麻煩江娘子了。」

「您不必客氣。」江月說完，想著這史老夫人既不愛喝湯藥，便沒有準備開方子，而是拿出銀針匣子。

她讓丫鬟給史老夫人捲起一截袖子，取出三支銀針，插入史老夫人拇指第一掌骨外側上下三處。

「這三處是水土穴，顧名思義便是治療水土不服的。」江月一邊說，一邊下手穩健。接著又拿出另外兩根，道：「配合手背上的靈谷穴和大白穴，治療腹脹，效果更佳。」

這一手針灸的功夫展現出來，史老夫人和朱氏等人都是頗為吃驚。

這幾處穴位都不算難尋，難的是江月並不像其他大夫那樣，需要用手仔細摸骨，丈量穴位，而後下針。

也是因為這個，史家女眷都不用男大夫。

江月不同，她是一邊解釋，一邊只掃過一眼，便已經準確找到了穴位！

若尋常大夫也有她這份本事，她們又何必介意大夫的性別呢？

史老夫人臉上的笑意真切了幾分。「那痺症也就麻煩江娘子了。」

自己之前被小瞧，江月並不見怪，神色不變地點頭道：「老夫人的風濕痺症，用艾灸療法更合宜。」

史老夫人便立刻讓丫鬟去準備艾條了。

艾條還沒準備好，就有丫鬟來通傳，說大少爺和四少爺過來了。

大少爺，也就是那位翰林小姐的丈夫，史家的長子嫡孫。

四少爺，則就是眼下正跟穆攬芳相看的那個大房的么子，在史家兩房所有男丁中行四。

史老夫人笑道：「這一大一小兩個秀才，素日裡只知道讀書，出了府城，也不知道陪我這祖母散散心，今兒個倒是稀奇，這會子就來瞧我了。」一邊說，她一邊掃了穆攬芳一眼。

意思再明顯不過，史四少爺就是來瞧穆攬芳的，而那大少爺則是來作陪的。

兩個身穿圓領綢衫的男人很快進來。

為首的史家大少爺，看著約莫二十五、六歲，面容還算端正，但是繼承了親娘朱氏的吊梢眼，也略顯凶相。

後頭跟著的四少爺，看著不過十八、九歲，很是清瘦，容貌上倒是比史家大少爺周正斯文不少。

「才剛進來就聽到祖母編排我們。」史四少爺笑著上前行禮問安，又對著穆攬芳拱了拱手，臉上浮現一層薄薄的緋色，接著便垂下眼睛接著道：「不知道的，聽您這樣說，還當我和大哥不夠孝順您呢！」

老太太笑罵他一句賣乖，而後把江月引薦給他們兄弟二人。

同樣地，看在穆攬芳的面子上，史家兄弟也客客氣氣地跟江月頷首，而後落坐。

史家四少爺坐到了穆攬芳身側，當然因為兩人的親事還沒有過明路，所以兩人中間還隔開了一個空位。

史家大少爺則自然地坐到翰林家出身的妻子衛氏身側。

衛氏還恭順地起身，給他騰了個位置。

江月神色不變地收回視線，沒多大會兒丫鬟就將艾條呈了上來。

艾灸需要寬衣解帶，就不方便在人前施展了。

江月隨老夫人進了內室。

內室裡沒了外人，史老夫人也並沒有換了副面孔，而是依舊表現得十分慈愛，在這個略顯漫長的過程中，跟江月多攀談了幾句。

得知她父親去世不久，現下招了贅婿自立門戶，老夫人還語氣憐惜地道：「我夫君也走得早，四十歲不到就守了寡。但妳瞧，我現在的日子也不比旁人差。妳是個有本事的，將來也能帶妳母親過上好日子。」

江月對老夫人觀感還不錯，便也陪著她閒聊了一會兒。

暖融融的艾條懸於施灸部位上，平行往復移動，很快地，近來沒怎麼休息好的老夫人便開始昏昏欲睡。

江月並沒有喊醒她，讓丫鬟扶著老夫人躺下，接著完成後頭的步驟。

等艾灸結束，史老夫人也已經徹底睡熟過去。

江月淨了手出來，就看到其他人都沒有離開。

大夫人朱氏換了位子，坐到了穆攬芳和史四少爺中間，正親熱地拉著穆攬芳的手，跟她介紹府城裡頭的新鮮玩意兒。

「祖母如何了？」史大少爺先瞧見她出來了。

「老夫人已經睡下了，不過老夫人沒說錯，她身上的風濕痺症是積年的毛病，所以一次艾灸可能效果並不明顯。」

朱氏笑道：「江娘子謙虛了，婆母近來睡得不好，妳能讓她這麼會兒工夫就沈沈睡下，足見醫術過人。」

穆攬芳招手讓江月到自己的另一邊坐下，而後跟她擠擠眼睛，道：「我才誇過妳呢，說妳什麼病症都能治。他們讀書人常年勞心勞力，身上也多不爽利呢！」

江月會意，這是要讓她給史家四少爺診診脈。

這確實很有必要，畢竟再好的家境也沒有一副好身體來得重要。

她讓江月來幫著掌眼，主要也是想看看這位史家四少爺的身體有沒有什麼隱疾。

隨後，江月便以「為史家兩個讀書人調理身體」為名目，先後搭上了他們兄弟的脈。

她先看的，是坐得離他們更近一些的史家四少爺。

搭上沒多久，江月便悄悄遞給穆攬芳一個讓她安心的眼神。

史家四少爺雖然看著瘦，但脈象磅礴有力，身子骨好得很，並沒有什麼隱疾。

穆攬芳對她笑了笑，又同史四少爺的眼神不期而遇，略顯羞赧地垂下了眼睛。

後頭便是史家大少爺了。給他診脈不過是走個過場，便只隔著袖子搭了一瞬。

江月神色不變地道：「大少爺有些勞累過度，想來是舟車勞頓和讀書太過辛苦，但正當壯年，便也不用吃什麼藥，注意勞逸結合就好。」

給他們二人診完脈後，丫鬟出來說老夫人已經醒了，只是難得睡得好，還不想起，只說請穆攬芳留下多玩一陣子，另外還讓丫鬟詢問江月方不方便後頭幾日接著來給她艾灸。

江月倒也沒什麼不方便的，便應了下來。

後頭史家大少爺和四少爺沒有久留，如史家老夫人所言，兩人都是讀書人，日常都在做學問，能抽空過來一趟，便已經顯出足夠的重視了。

江月吃著點心、喝著茶，不時聽一耳朵朱氏和穆攬芳的聊天內容，便也拼湊出了整個史家的人員構成。

史家兩位老爺都沒走讀書的路，都是繼承家裡的衣缽，走商路的。

孫輩裡頭有五位少爺，老大和老四在讀書，其他幾位少爺則都跟著長輩做生意，日常都事務繁忙，所以其他人都沒能陪著老夫人從府城到縣城來。

而重孫輩，也只有大少爺和衛氏、未成家的四少爺還沒有為家裡開枝散葉。

用過午飯之後，晴好的天驟然變了臉色，隱隱地又要下雨，穆攬芳便提出告辭。

睡過一個上午的史老夫人氣色顯得更好了一些，笑著讓人給她們準備好油紙傘，還讓孫媳婦代自己相送。

二少夫人趙氏便起了身，翰林小姐出身的衛氏也跟著相送。

趙氏活潑愛笑，上午眾人說話的時候，就是她陪著朱氏說話，活躍氣氛。

也難怪她男人沒空過來，朱氏這當婆婆的也願意把她帶在身邊出來玩上一趟。

相比之下，衛氏則沈默寡言得多，一個上午幾乎沒怎麼說過話。

送她們出府的時候，趙氏和穆攬芳走在前頭，說說笑笑。

江月和衛氏走在後頭。

「多謝江娘子幫我保守秘密。」衛氏主動開了口，聲音一如既往的溫柔。

她正是半個月前，江月在平安橋邊上順手救治過的那個落水的年輕婦人。

前頭雙方互相介紹認識，江月神色不變，衛氏卻是嚇得面色發白，連忙垂下眼睛。只是衛氏素來寡言少語，不怎麼與人交際，這才沒讓史家的其他人瞧出來什麼。

江月微微搖頭道：「不是什麼大事，不必道謝。」

衛氏也就沒再接著說下去，抿唇略顯靦覥地說：「明日江娘子過來，我做一道京城的糕點給妳嚐嚐可好？」這是她表達謝意的方式，而且也並不是需要掩藏的秘密，衛氏便也沒有壓低聲音。

穆攬芳聽到了，轉過臉，以略顯誇張的口吻說：「好呀，我前頭來了那麼幾回，還從未聽過衛家姊姊要親自下廚，怎麼我家月娘一來，姊姊就願意給她一人做糕點吃？」

從前穆攬芳因為江靈曦處處照顧江月，那是實打實地吃過好幾年的醋。現下她長大了，跟江月的交情也非昔日可比，自然不會因為這種小事真的生出怨懟，純粹是有心跟衛氏交好，藉機賣乖。

衛氏秀美的臉上浮現紅暈，細聲細氣地說：「穆家妹妹說的哪裡話？妳若是想嚐，我也是願意給妳做的。」

穆攬芳說那敢情好，又酸溜溜地道：「那我可是沾上我們月娘的光了！」

見她如今越發有朝氣，江月也樂意配合，忍著笑點頭說：「我確實是比妳討人喜歡一些。」

穆攬芳嬌笑一聲，便要回身去擰江月。

江月連忙告饒，說別鬧。

說笑間，就聽那趙氏忽然出聲道——

「其實我出嫁的時候，還特地帶了廚娘陪嫁呢！穆家妹妹和江娘子若是想嚐嚐別處的糕點，讓我家廚娘做也是一樣的。」

這話一說，穆攬芳便有些尷尬地淡笑。

衛氏自己提出下廚，這很是正常，畢竟大家小姐，學一手廚藝那也是錦上添花。

但趙氏卻忽然提到廚娘，沒得把衛氏和家中下人比到一處去了。

好在說話的工夫，幾人也已經到了門口。

穆攬芳請她們妯娌二人留步，而後和江月一道上了馬車。

馬車駛動起來，江月透過車簾看了一眼，就見那方才還言笑晏晏的趙氏已經止住了笑，不怎麼高興地看了衛氏一眼，而後先掉頭往宅邸裡頭去了。衛氏也不惱，又目送了馬車半晌，才轉身回去。

見江月多看了會兒，穆攬芳抓著她的手搖了搖，問道：「看什麼呢？」等順著江月的視線看過去，穆攬芳又接著說：「挺奇怪的，對不對？」

自古這妯娌之間，處不好的多了去了。

早先穆攬芳也擔心過，有個身分如此貴重的大嫂，成婚後會不好相處。

趙氏是商戶女，和衛氏的娘家背景相差甚大，兩人說不到一處、暗暗較勁那是再正常不過的。可眼下看著，倒是那商戶女出身的趙氏更得婆婆朱氏的喜歡，而她們妯娌之間，也是趙氏處處壓衛氏一頭——前頭穆攬芳不過才順著衛氏的話說了一句，那趙氏立刻不高興了，話語間很是讓衛氏下不來臺。

她們都聽出來了，衛氏自然也聽出來了，但也並沒有同她爭執，只微微笑了笑，便不說話了，彷彿早就習以為常的模樣。

前頭幾個女眷在一起時也一樣，朱氏稱得上是長袖善舞，連江月都能照顧到，卻是懶得多給大兒媳婦一個眼神。

綠珠陪著自家姑娘進出史家好幾回，知道的比江月多多了，便接過話茬道：「這個奴婢知道，史家二少夫人過門只比大少夫人晚一年，卻是三年抱倆，已經生了兩個男丁。大少夫人還無所出，低了二少夫人一頭也正常。」

「那也不大對吧？」穆攬芳說：「那史家大少爺據說一心向學，以功名為重，在府城的書院讀書，半個月、一個月的才回家一趟。這夫妻之間聚少離多，沒有孩子不是很正常嗎？總不能因為這個，怪罪到她頭上吧？」她說著話，語氣裡不覺間已經帶出了一些義憤填膺和擔憂。

她跟衛氏沒說過幾句話，對衛氏身上端方溫柔的大家風範雖有幾分欣賞，卻也談不上有什麼情誼。是因為史家那四少爺也在書院裡頭求學，往後也會那般。總不能說往後她也沒有生下子嗣，就像衛氏那樣讓人欺負吧？

江月說：「那倒不用擔心這些，妳們的境況不怎麼一樣。」

「怎麼不一樣？」

馬車裡只她們三人，也沒有外人在，江月就直接道：「我說那位大少爺身體有些虧空，並不是隨口說的，只是當時當著眾人的面，沒好意思說得那麼具體。他是常年的腎陰損耗，腎水不足……是那方面的虧損，所以他子嗣上頭本就艱難，跟旁人無關。四少爺這方面同樣是康健的。」

到底是還未成婚的女子，穆攬芳聽到這兒耳際也有些發熱。「人前確實不方便說這些，怎麼這會兒和我說得這麼具體……」

江月伸手摸了摸她紅得滴血的耳朵，沒吱聲。

半晌後，穆攬芳正色，臉上的紅暈褪去，明白過來為何江月跟她說這個了。

那個史家大少爺美其名是一心在書院求學，卻是常年的腎陰耗損，而史家又有「三十無子方可納妾」的規矩，絕對不會派什麼通房小妾去隨侍他左右的，所以他在外頭肯定有相好！

見微知著，史家所謂的規矩森嚴，怕也只是明面上做給人瞧的，總不可能朱氏那當親娘的，這麼些年都不知道親兒子身邊有其他女人吧？

而且那史四少爺極為孺慕長兄，又跟長兄在一個書院裡讀書，難保往後不會也被帶著學壞。到時候他若也打著在外讀書的名頭，穆攬芳根本管不了啊！

「能看出來是多少年的病症嗎？」穆攬芳問完，又搖了搖頭，想到江月給那史家大少爺搭脈象本就是走個過場，手指就在對方衣袖上稍微靠了一下而已，能診出現下這麼多內容來，已經是夠令人咋舌了，須臾之間要是還能診出那些，那真跟活神仙差不多了。

江月不緊不慢地回答道：「至少也有十年了。」

這話一出，綠珠先啐出了聲。

史家的子孫成婚都不早，十年前，翰林家的衛氏都還沒進門呢！

穆攬芳也氣得不輕，她跟史家四少爺一共只見了沒多少次，每次也是點到為止地打個招呼而已，並無任何踰矩的私下相處，更談不上什麼兩情相悅。她之所以覺得這門低嫁的親事不錯，是看在史家老夫人對她很是慈愛，加上史家男子爭氣，家風清正，順帶還因為有個衛氏那樣出身清貴的妯娌，想著衛氏都能看中史家，低嫁而來，自己作為知縣家的姑娘，難道還能比翰林家的小姐眼光更高嗎？

綠珠勸道：「那大少爺不是什麼好東西，但是四少爺還沒有那樣呢。史老夫人對姑娘是真心疼愛，往後姑娘讓老夫人對四少爺多加管束一二，他也不一定會像大少爺那般放浪形骸……」

江月又說出了另一個要緊的訊息。「史老夫人的壽數……怕是也沒多久了。」

老夫人沒有什麼病症，純粹就是年紀老邁，身體裡的生氣所剩不多，快到壽終正寢的時候了。這種情況是最難辦的，江月的靈泉水也沒用——靈泉水能固本培元，調度人體內的生氣，但也得有「本」可固，有「元」可培才成。

史家老夫人大抵也是心有所感，所以面對小病小痛，她也懶得吃藥折騰，只想舒服地過完後頭的日子。

等到史家老夫人過身，大房管事的自然是大夫人朱氏。

朱氏雖然看著跟穆攬芳也挺親熱的，但對大兒媳衛氏可著實稱不上好，連最基本的人前一視同仁都做不到，放任二兒媳踩到當長嫂的衛氏頭上。更別說還有放任大兒子尋花問柳、沈迷女色那樁事。

在這樣的婆婆手底下討生活，很難保證未來境況如何。

當時衛氏那般戰戰兢兢，生怕在外頭行差踏錯的，不惜冒著寒風跟江月回梨花巷整束，想來也是怕回府之後，在婆婆面前露出端倪，使得往後的日子更難過。

「我知道了，我今日回去就給外祖母寫信，說我對史四無意。這親事還未過明路，就算不成，也不至於傷了和氣。」穆攬芳神色凝重地說著，又忍不住嘆了口氣。「我這是懸崖勒馬，未曾損失什麼。只是那衛家的姊姊，那樣好的人，委實可惜了。」

誰說不是呢？江月也不免為她輕嘆一聲。

兩人說著話，不覺間已經進了城。

此時春雨也落了下來，穆攬芳將江月送到梨花巷，拉著她的手道：「這次真是多虧了妳，不然說不定我真就糊裡糊塗的同意了。下回再議親，我一定一早把妳請過去。」

「我也沒做什麼，只是給幾個人診了脈，然後告訴妳一些他們身體上的症狀。」江月說著話，看到巷子口出來一個高瘦頎長的身影。

他穿著一件輕便的春衫，撐著油紙傘，走得施施然，像雨幕下的一竿翠竹，讓人忍不住想探究他傘下的面容。

江月便不和穆攬芳多聊什麼，拿了馬車裡的傘下去。

「大雨天的，穿得這麼薄，這是要去哪兒？」她聲音裡不覺間多了幾分擔憂，完全不似方才那般老神在在、寵辱不驚。

清朗的男聲隨後響起。「不去哪兒，只是看著天氣差，不知道妳是不是跟前頭似的，要去好幾日，想去穆家問問那史家的宅邸在何處來著？也不覺得冷。」

江月已經走到了聯玉身邊，手一招，他就乖覺地遞出手腕。搭了一瞬，發現他確實無事，便也不說什麼，只轉過臉跟穆攬芳揮揮手再見。

聯玉也把油紙傘往上提了提，跟穆攬芳頷首打了個招呼。

穆攬芳對他們夫妻二人笑了笑，含笑的眼神在聯玉身上多留了一瞬，而後放下車簾，回家去了。

聯玉奇怪地蹙了蹙眉，這穆攬芳看他的眼神怎麼怪怪的？好像在說……你自求多福？

翌日差不多的時間，穆攬芳又過來接江月。

前一夜，她不只寫信給了外祖家說明情況，也跟穆知縣通了個氣兒。

穆知縣原先就對她十分疼愛，經過尤氏的事情後，對她更多了好幾分愧疚，哪裡捨得她受委屈？便讓她隨心所欲，不必顧忌什麼，這樁親事不行還有下樁，萬事都有他這當爹的兜底。

因此今日再去史家，穆攬芳就準備直接表明自己對史四無意了。

史家本就是為了她而留在縣城，把話說開了，也不會再留下去。

江月今日出完診，拿到結算的診金，往後也不用過去了。

怕穆攬芳尷尬，江月上了馬車就道：「其實我自己去也成，我認得路。」

穆攬芳擺手說沒事。「親事不成，但通家之好的情誼還在，史老夫人也對我很不錯，還是當面跟她回稟一聲好些。」

江月也就不再多說什麼，轉而問起。「妳方才那眼神怎麼幸災樂禍的？」

昨兒個穆攬芳已經眼神古怪地多看了聯玉一眼，當時雨幕大，江月也未放在心上。但是今兒個正好聯玉說有事要出門，跟她一起出的門，穆攬芳又看了他一眼，江月想不注意到都難。

說起這個，穆攬芳便捂嘴笑道：「我還能為什麼看他？還不是因為妳本事大！從前只知道妳會針灸、解毒，未曾想過妳還能從脈象上知道那麼些事。我只是好奇，他日他要是做出如同史家大少爺那等事，教妳發現了……妳會怎麼收拾他？」

這個問題若早些被問起，江月可能只覺得好笑，並不會在意，畢竟她和聯玉成婚是假，各取所需罷了，往後他若有了其他相好，兩人大可和離。

可到了眼下這時候，她大概設想了一下，便已經蹙起了眉頭，下意識地說：「不會。」

「是他不會做那等事，還是妳不會對付他？」

江月認真地思考了半晌，抬眼卻看到穆攬芳憋笑把臉都憋紅了，純粹是在打趣她。

半個多時辰後，兩人到了城外的史家。

負責接引的還是昨日那個丫鬟，上前問了安後就扶著穆攬芳的胳膊，親親熱熱地說話。

穆攬芳今日卻沒有再接她的話茬，還不著痕跡地鬆開丫鬟的手，只得體地笑。

不久到了史家老夫人的院子，史家老夫人和前一日一樣，兒媳婦朱氏和孫媳婦趙氏侍奉在左右。

史老夫人見了穆攬芳就笑道：「妳這小饞貓今日沒有口福，朝食剛都撤走了。」

其實哪有空著肚子去旁人家作客的道理呢？

前頭穆攬芳出門，自然都是用過朝食的，特地陪著史老夫人一道再用一些，也不過是為了表示親近罷了。

眼下穆攬芳就笑道：「我和月娘都是用過了朝食才過來的，謝謝您的好意。」

這禮貌到有些疏離的態度和昨兒個判若兩人，史老夫人不由得多看了她一眼，但在人前也不說什麼，笑容不變地道：「江娘子醫術高超，昨兒個雖然又下了一場雨，我身上的痺症卻發作得不甚厲害，今日還得麻煩妳。」

「您客氣了。」

寒暄結束，江月還是進內室給史老夫人艾灸，這次穆攬芳沒陪著朱氏說話了，也一道跟了進去。

史老夫人方才便已經看出了一二，此時就讓人把內室的門關好，對著穆攬芳道：「攬芳有話就直說，這裡都是我的人。」

穆攬芳也就不再兜圈子，開誠布公地道：「承蒙您的厚愛，不遠百里來探我的病，我跟您也投緣，想認您做乾祖母，您看如何？」

認了乾親，也就是成了一家人，不能再聯姻了。

史老夫人立刻明白了她的想法，也不覺得惱怒，只是拍著穆攬芳的手背，連聲說緣分不夠，可惜了。

說完，老夫人也不追問為何穆攬芳突然變了心意，而是笑道：「我跟妳確實投緣，沒有妳這樣的孫媳婦，有個妳這樣的乾孫女也不錯。」

她們商量著認乾親的事，江月手下不停，接著幫老夫人艾灸。

她們兩人今日明顯是不會多留的，因此艾灸結束後，史老夫人並沒有立刻睡下，而是又到了外頭說了會兒話。

聽說史老夫人要認穆攬芳為乾孫女，方才還言笑晏晏的朱氏頓時不幹了，絞著帕子說：「前頭不是……怎麼好好的突然要認什麼乾親了？」說完便看向穆攬芳，一副要打破砂鍋問到底的模樣。

穆攬芳對朱氏觀感並不好，且朱氏也不再是她未來婆婆，沒必要奉承著，便笑容淺淡地說：「就是因為前頭好好的，我覺得跟老夫人特別投緣，這才要認乾親呢！」

論打起官腔，朱氏這樣的商婦，還真不是官家小姐出身的穆攬芳的對手。

朱氏不由得看向史老夫人。

史老夫人老神在在地喝完了手裡的茶，像是沒聽到她方才的話似的，說：「昨兒個聽丫鬟提了一嘴，說姝嵐答應下廚給妳們二人做糕點，今兒個一大早就開始準備了，想來這會兒也做得差不多了。妳們年紀相仿，能說到一處去，就也沒必要一直陪著我這老婆子。」

姝嵐，也就是大少夫人衛氏的閨名了。

昨兒個江月和穆攬芳確實說好要品嚐衛姝嵐親手做的京城糕點，知道她一大早就準備上了，兩人自然得把這含有她心意的糕點吃了再走。

江月被穆攬芳攬著出了老夫人的院子，老夫人身邊的大丫鬟帶著她們七繞八繞的，走了一刻多鐘，才到了一個偏遠幽靜的小院。

小院大概只有主院的四分之一大小，雖然不至於荒僻，卻也稱不上是什麼好地方。

怕她們二人誤會，大丫鬟特地解釋了一句。「這院子是大少夫人自己選的，她愛清靜，在府城的時候也是這般。」可絕對不是史老夫人或朱氏這般苛待她。

小院裡日常只衛姝嵐和她的陪嫁丫鬟並另一個小丫鬟住著，因此也沒人守門，還是老夫人的大丫鬟喊了幾聲「大少夫人」，才看見衛姝嵐的陪嫁丫鬟從灶房裡探出腦袋來。

沒多會兒，衛姝嵐一邊在身上的圍裙上擦手，一邊走出來。

「穆家妹妹和江娘子怎麼過來了？我的糕點才剛出鍋，正想給妳們送過去呢！」一邊說，衛姝嵐一邊請她們二人進屋，又客客氣氣地對著那大丫鬟柔聲道：「糕點我特地多做了一些，足夠孝敬祖母和婆母。另外還有補元氣的燕窩湯，是我替夫君和四弟熬的，一事不煩二主，也煩勞妳幫著送一回。」

說是兩樁事，但是史大少爺和四少爺讀書的地方，距離老夫人的院子很近，也就是順道的事。

大丫鬟應下後，很快地衛姝嵐便收拾出來一個食盒，讓她送過去。

江月和穆攬芳不動聲色地對視一眼，兩人的眼中不由得都替衛姝嵐有些不值，可為人處世，最忌交淺言深，她們跟衛姝嵐交情不深，若是直接說「我們知道妳丈夫在外頭尋花問柳」，這也太奇怪了些，因此兩人便都沒有冒然言語，而是品嚐起衛姝嵐特地做的糕點。

衛姝嵐一共做了三種糕點——水晶鮮奶凍、奶油燈香酥和桂花糕。每一樣都是色香味俱全，又香又甜。尤其是那桂花糕，香氣撲鼻，軟糯得恰到好處。

穆攬芳忍不住奇怪道：「都這個時節了，哪裡來的桂花？吃著也不像是乾桂花，沒有那股乾巴巴的澀味。」

衛姝嵐一面笑著回答說：「這是我秋日裡自己釀的桂花醬，用它來製糕，比乾花瑩潤，而且有了蜜糖調味，也不用另外放糖。」一面為她們二人倒了茶。

江月跟原身一樣，並不愛喝發苦的茶湯，但衛姝嵐特地給倒了，她也就拿起茶杯抿了一口。這茶雖也有一絲苦澀，卻是恰如其分地調和了糕點的甜，喝到口中，只覺得唇齒留香，回味無窮。

「這茶也好香！」穆攬芳同樣驚嘆。

衛姝嵐還是溫溫柔柔地抿唇笑。

她的陪嫁丫鬟幫著她邀功道：「這茶也是我家少夫人自己炒的，泡茶水也有講究，是冬天的梅花雪水。我家少夫人到了縣城後一共只收集到一罐子，都在這裡啦！」

「別聽她的，沒有那麼金貴。妳們若是喜歡，往後我還能給妳們再送。」說著，衛姝嵐笑著看丫鬟一眼，擺手道：「快去吃妳的，沒得在這兒聒噪。」

她的陪嫁丫鬟福了福身，對著立在一邊的綠珠招了招手，兩人自去分衛姝嵐留給她們的糕點。

等到屋裡只剩下三個人時，衛姝嵐就直接問道：「可是有話要和我說？」

隱藏情緒這方面，江月倒還好些，不至於把想法直接寫在臉上，但穆攬芳卻是個爆炭脾氣，已經欲言又止好幾次了。

衛姝嵐早就都看在了眼裡。

她既然問起，憋了半早上的穆攬芳也實在憋不住了，便直接道：「方才衛家姊姊說往後，想來是沒什麼機會了，我來妳這兒之前，已經跟老夫人說好要認她當乾祖母了。」

衛姝嵐同樣聞弦歌而知雅意，臉上也流露出惋惜的神色，但也同樣沒有追問。

畢竟親事這種事，光有雙方長輩的同意也不夠，還得當事人自己同意才成。

史老夫人既已知道了，也輪不到她這當孫媳婦的來置喙。

「我直說了吧，我也不是冒然換了想法，而是昨兒個月娘幫你們家兩位讀書人把過脈後，我這才拿了主意的。」穆攬芳一邊說，一邊仔細打量衛姝嵐的神色。

衛姝嵐疑惑道：「可是我家四弟的身體……」

穆攬芳搖頭說不是。「是姊姊的夫婿，他的身體狀況，讓我知道了史家的家風遠沒有我想的那麼清正。」

也就眨眼的工夫，衛姝嵐就品出了她話裡的意思。

她既尷尬又赧然，神色還略有些發白，卻並不見驚訝，只稱讚江月道：「江娘子醫術之高超，非我等凡人可以想像。」

江月和穆攬芳又碰了碰眼神，兩人這才知道，原來衛姝嵐早就知道衛家大少爺的事了！

「四弟和他大哥不同。」衛姝嵐抿著唇，一副難以啟齒的模樣，猶豫了半晌才艱難地道：「是我身子不好，所以他才在外頭那般。」

穆攬芳直接被氣笑了。

她是不忍心見到衛姝嵐這樣的妙人插在史家大少爺那樣的牛糞上，這才多言語了幾句，想給衛姝嵐提提醒，沒想到衛姝嵐話語之間，卻是把責任全往自己身上攬，如何不叫人哀其不幸，怒其不爭呢？

穆攬芳的語氣不由得衝了幾分，說：「這天下女子身子不好的多了去了，難道她們的丈夫都會那般嗎？」

衛姝嵐垂下眼睛，接著溫聲解釋道：「我和她們……和她們不同。」

「若是身體上的問題，我們月娘的醫術高超，讓她幫妳看看。」看好了身子，總不會還像現在似的，只把丈夫的錯處歸咎到自己身上吧？

衛姝嵐還是搖頭。「我的病症沒人能治。」

「不試試怎麼知道呢？」穆攬芳同樣堅持。

於是本來融洽輕鬆的氛圍，驟然爆發出一股針尖對麥芒的火藥味。

江月伸胳膊碰了碰穆攬芳，讓她止住了話頭。

「出來也有一陣子了，我們去跟老夫人打過招呼，也該回了。」江月說著，挽上穆攬芳的胳膊起身。

穆攬芳也忍下怒氣，對著衛姝嵐福了福身見了禮，喊上灶房裡的綠珠，便直接離開了。

出了衛姝嵐的小院後，穆攬芳跟江月咬耳朵道：「還是多虧了妳昨兒個瞧出來這史家有問題，否則要是稀裡糊塗嫁過來了，旁的且不論，只看她這麵團似的性子，天天讓人欺負到頭上都不知道反抗，就夠我每天生悶氣了，也難怪那趙氏也敢踩到她頭上！」

江月就勸道：「我知道妳是路見不平，仗義執言，但沒必要太過氣惱，氣壞了身子。畢竟如妳所言，往後也不會嫁進他們家，便也不用日日看著這等不平事。現下妳已經提醒過了，無愧於心。她不要我診治，要繼續過這樣的日子，那都是她自己的選擇，她自己得承擔後果。」

被江月這麼勸著，穆攬芳的氣才順了一些。

兩人尚未走到老夫人的院子，就聽見衛姝嵐的聲音從身後響起——

「穆家妹妹、江娘子，請等等！」

就見衛姝嵐提著食盒跟了過來，因為走得急，額前髮絲都有些凌亂。

穆攬芳現下冷靜下來了，再見到她也有些尷尬，便對著江月道：「我先去和老夫人知會一聲。」

江月點頭，鬆開穆攬芳的手，讓她先行一步。

老夫人的院子是史家最熱鬧的地方，兩人站在門口，衛姝嵐又有些形容狼狽，難免讓史家其他人看見，產生什麼誤會。江月自己倒是無礙，但是衛姝嵐畢竟要經年累月地在史家生活，沒得讓她再因為這個小矛盾而被人非議，因此江月環視一圈，看到了附近的一座假山，便請了衛姝嵐去那邊說話。

「糕點還剩不少沒動過的，我都給裝起來了。另外還有我自己炒的茶，也一併裝了兩份。」說著，衛姝嵐伸手抿了抿額前凌亂的髮絲。「煩勞江娘子幫我轉告穆家妹妹，我知道她說那麼些話是為了我好，不然非親非故的，她何至於那般義憤填膺？我感念她的好心，但是……」她說到這兒頓了頓，眼眶也有些發紅。「我知道她現下還在氣頭上，不肯聽我說話，只能麻煩妳幫忙轉告致歉，讓她莫要氣壞自己的身子。」

這樣一個通身書卷氣的大美人，因怕她們生氣，前腳她們剛走，後腳她就內疚地裝了食盒立刻趕過來致歉，誰還能硬得起心腸來？

江月拿出帕子遞給她，放柔了聲音道：「她沒有生氣了，方才避開也不是不想跟妳說話，只是覺得有些尷尬罷了。一會兒等她出來，妳們把話說開就好了。」

衛姝嵐接過帕子擦了擦眼睛，感激地朝江月笑了笑。

江月再次轉身環顧，確定沒人過來，便接著道：「其實我也有一事想問妳，元宵節那日妳可是自己往河裡跳的？」

當著穆攬芳的面，江月都沒問這個，顯然是她到現在還保存著那個秘密，連對穆攬芳都未曾透露過。

衛姝嵐心中越發觸動，連忙搖頭說不是。「那日真的是巧合。我的陪嫁丫鬟鬧了肚子，只小丫鬟和我去走百病。走到平安橋上，我腳崴了一下，又恰好被人撞了，這才掉進了河裡。妳眼下也知道了，婆母對我不甚滿意，若是渾身濕透的回家來，或者生出不好的流言，必是要被她責難的，所以當時我便把江娘子當成了救命稻草，跟著妳回家整束。」

知道她沒有一心求死，江月便沒再多問什麼。

衛姝嵐閉了閉眼，總算下定決心，解釋道：「我幾次不讓妳診治，也不是不相信妳的醫術。江娘子幫我保守秘密至今，足可見妳是個守口如瓶的人，其實是我的身體……」說到這兒，她忍不住閉了閉眼，唇色慘白。

江月看她這樣，心下也不忍，正要讓她若真的不想說不必這般勉強時，就聽見假山外頭響起了腳步聲。

衛姝嵐立刻把到了嘴邊的話嚥了下去。

江月起先還當是穆攬芳和綠珠出來了，正要從假山後頭出去，卻聽見那兩道腳步聲猛地停下，史家大夫人朱氏煩躁尖細的嗓音響起——

「穆家那丫頭也不知道發什麼瘋？前頭明明好好的，今兒個突然就不想認這門親事了！我特地等在老太太的院子裡，又問了她一遭，她跟吃了秤砣鐵了心似的，就只裝傻，不接我的話茬。老太太的意思是，眼下她身子沒什麼不舒服的，明日便可回府城了。你弟弟的這門親事，怕是就這麼黃了！」說著話，朱氏重重地嘆了口氣。

隨後一道年輕的男聲跟著響起——

史家大少爺道：「大丈夫何患無妻？來日等四弟考上舉人，甚至金榜題名，這知縣家的小姐又算得了什麼？」

朱氏跺腳恨聲道：「你也說來日了，咱們也得有銀子等到那個來日才成啊！老太太最近都不理事，眼瞅著就沒幾年可活了，到時咱們兩房也得分家。照理說，你爹是長子，你又是長子嫡孫，這家裡的產業本該是咱們這一房分到更多一些，偏偏你沒個子嗣，你四弟又還未成家……來日分家，萬一給二房分得多，你爹和你二弟做生意上又不如二房的那幾個，咱家要供養兩個讀書人，你平日的花銷又這般大，如何過到什麼『往後』？我想著還是先要緊眼下，把那穆丫頭娶回來，她的嫁妝想來也不會比衛家給得少。眼下煮熟的鴨子飛了，哪裡再去尋這樣的人家？」

史家大少爺似乎是經年累月地聽這些，立刻就不耐煩道：「我是讀書人，母親說這些給我聽做甚？叫外人知道我們一房謀算媳婦的陪嫁，豈不是叫人笑話？」

「平時就數你在外頭開銷最大，花的時候倒不見你不耐煩！而且是衛氏自己願意的，你情我願，又不是我這當婆母的強迫她，旁人知道了又能如何？」朱氏小聲地埋怨了幾句，但也知道名聲對讀書人要緊，便沒有接著再說下去。

「娘再給我些銀子。」

「來縣城後才給了你一百兩，一個月就全花完了？」

史家大少爺便不敢再表現出不耐煩，耐著性子哄著自家親娘拿銀錢。

陰差陽錯地聽了一耳朵人家母子的體己話，內容還是這般……江月尷尬地放輕了呼吸。

而衛姝嵐比江月更尷尬，額頭已經出了細密的汗。察覺到江月的視線，她努力擠出一個笑。

假山外頭，史家大少爺總算討到了銀錢，立刻準備離開。

朱氏跟著他走了兩步，壓低聲音道：「莫在外頭留宿，也莫讓那些鶯鶯燕燕的在臉上、脖子上留下什麼痕跡。讓你祖母瞧見了，出動家法，你娘我都保不住你。另外也要注意，別讓人認出你，你可是有功名在身的秀才。」

果然，朱氏是知道長子在外頭尋花問柳的，甚至連這方面的銀錢都是她提供的。

「都多少年了？我何曾出過什麼岔子？我曉得。」史大少爺帶著笑應了一聲，腳步輕快地離開。

朱氏也沒多留，只是臨走時還壓著嗓子恨聲道：「說來說去還是那個石芯子害人，不然我兒何至於變成這樣。」

話音落下，朱氏的腳步聲遠去，衛姝嵐一陣踉蹌。

江月連忙伸手把她扶住，就看她面無人色的臉上，擠出一個比哭還難看的笑。

「現下……江娘子應該知道我為何這般了？」

石芯子，也叫石女，指身體構造異常，無法與男子結合，無法孕育子孫後代的女性。

如此私密的病症，也難怪衛姝嵐對著江月這樣幫她恪守秘密的醫者，都羞於啟齒。

無奈她一心想保住的這個秘密，如今卻成了笑話——朱氏如此輕易地將她的病症脫口而出，私下裡也不知道說過多少次、告訴過多少人了！

想到此處，衛姝嵐的臉色越發慘白，呼吸都急促了幾分，身形微晃。

江月扶著她從假山後頭緩慢地挪了出來。

未多時，穆攬芳從史老夫人的院子裡出來，看到衛姝嵐這隨時能暈死過去的模樣，嚇了一跳，也顧不上前頭剛拌過嘴，立刻上前，攙住了衛姝嵐的另一條胳膊，兩人將衛姝嵐又攙回她住著的僻靜小院子裡。

喝了熱茶，歇過一陣子後，衛姝嵐才緩過來一些。

穆攬芳趕緊開口道：「衛家姊姊莫生氣，是我多嘴。妳既不愛聽那些，我下次再也不說了，妳千萬莫要同我一般見識。」

穆攬芳並不知道朱氏和史家大少爺出來後說了那起子混帳話，便以為是之前兩人拌嘴，把衛姝嵐氣成了這番模樣，但此事牽涉到衛姝嵐的隱私，所以江月沒有代為解釋。

瞧著穆攬芳臉上的擔憂和歉然，衛姝嵐主動開口道：「穆家妹妹不必致歉，我不是因為妳才這般，而是方才婆母和夫君出來，沒瞧見我和江娘子在假山後頭，說了些難聽的話，我一時心裡難受，這才如此。」

朱氏到底是長輩，穆攬芳沒有直接說她，而是氣憤道：「那史文正背後說妳什麼了？」

史文正，便是史家大少爺的姓名。

「我去換件衣裳，江娘子幫我跟穆家妹妹解釋一二。無礙的，都這般了，沒必要再為我隱藏什麼，把前頭元宵節的事也一併告訴穆家妹妹。」說完，衛姝嵐自去更衣。

江月便也沒有隱瞞，將來龍去脈都說給了穆攬芳聽。

一席話聽完，穆攬芳的臉沈了下來，拳頭死死捏緊，恨不能現下立刻去找到那史文正，一拳搗在他的面門上！

第十八章

半晌後，衛姝嵐換下了被冷汗濕透的衣裳出來。

衛姝嵐的陪嫁丫鬟名叫巧鵲，知道她的病症和在史家的處境，卻並不知道元宵節那日她落水，和今日朱氏母子私下說的話。

此時聽完後，巧鵲也氣得不輕，見衛姝嵐出來便立刻迎上前去，哽咽出聲道：「您是咱家老爺和夫人的掌上明珠，何曾受過這樣的委屈？奴婢這就寫書信回去，讓老爺和夫人為您作主！」

衛姝嵐輕拍她的後背，柔聲安慰道：「莫要把事情鬧大，父親在朝為官，最注重官聲。還有兩個弟弟，今年都要下場呢。我承蒙家人疼愛，無憂無慮地過了十幾年，哪裡還能讓他們為我操一輩子的心？」

巧鵲張了張嘴，還真想不到其他辦法，便只能默默流淚。

衛姝嵐坐定之後，努力朝江月和穆攬芳笑了笑，而後才開口說起一些往事。

她父親是翰林院侍讀，正五品的官職，在京城那樣的地界，可能不算什麼達官顯貴，卻是天子近臣。加上她母親出身也不低，所以衛家的日子過得很不錯。

無奈她出生便與常人不同，因不同的地方是那處，一開始連衛夫人也不知道。

直到衛姝嵐到了十五、六歲，姿容、才情都十分出色，可謂是一家有女百家求，都要談婚論嫁了，還不見來信期——她是衛家長女，她的婚事不落實，下頭的弟弟、妹妹不好說親，因此衛夫人才找來擅長婦科的醫女，為她仔細診治。

那醫女診完脈，面色便已經沈凝下來，但仍然不敢光從脈象上判斷什麼，又讓衛姝嵐褪下了裙褲，做了一番仔細的檢查後，才敢下定論。

衛夫人和衛姝嵐這也才知道，她是石女。

這消息無疑是一樁噩耗，衛夫人當場昏死過去，醒來後內疚欲死，只覺得是自己沒給女兒一副好身體。

反而是看著柔弱的衛姝嵐突然成長起來，勸慰母親不必這般，說「左右只是不能嫁人、生子罷了，往後我自去尋個廟宇，青燈古佛當姑子去」。

衛夫人如何捨得女兒當姑子？可處理不好這樁事，衛姝嵐必然會成為京中笑話，而家裡其他孩子的名聲也要受到牽累。於是，衛夫人把這件事告訴了衛老爺。

二人思來想去，還是認為得給長女安排個好去處。

既不能往高門大戶和門當戶對的人家去說，那就低嫁，再配上豐厚的嫁妝和得力的娘家，誰能欺負了衛姝嵐去？

衛夫人的娘家就在府城，早就知道史家家風清正，那時她藉故帶著長女回娘家省親，悄悄打聽了一二。

一開始，衛夫人相中的並不是大少爺史文正，畢竟長子嫡孫在這個時代意義非凡，自家女兒不能生育，沒得耽誤史家養育嫡重孫。

她屬意的，是當時同樣尚未婚配、年紀相當的史家二少爺。

只是打聽了一番才知道，史家二少爺雖尚未訂親，但跟趙家姑娘是青梅竹馬，親事只差過個明路而已，衛夫人便想作罷。

但朱氏已經知道了衛家私下裡打聽自家情況之事，驚訝於居然有這種天上掉餡餅的好事發生，哪裡肯輕易放過？

她立刻親自上門拜訪衛夫人，同時帶上的，還有自家大兒子的庚帖。

衛夫人幾次謝絕她的好意，她也不惱，只是依舊數月如一日地展現自己的誠心。

後來史文正也同他親娘一道，極盡虔誠地求娶。

衛夫人本也不是硬心腸的人，看朱氏母子這般誠心誠意，便透露了一絲口風，說自家長女身體有恙，不能有孕。

在京城的時候，衛夫人肯定不會把這件事外傳，但史家這樣的人家，擔心則要少很多。

一來是山高路遠，史家的根基在府城，影響不到京城那邊去。

二來，史家是商戶人家，敢亂傳官家女眷的是非，想整治他家再容易不過。

沒想到朱氏當場說「原還當是犬子才疏學淺，面目可憎，入不得夫人的眼睛，沒承想只是因為這樣的小事」。

衛夫人詫異極了，這算小事嗎？誰知朱氏又道「可不是？說來不怕您笑話，大姑娘那是神仙妃子一般的人物，月前您剛帶著大姑娘回府城，我那傻兒子恰好經過，隔著車簾匆匆見了大姑娘一面，便一見傾心，再難忘懷，跟失了魂魄一般。若能叫他達成心願，莫說是沒有子嗣，便是損他半數陽壽，他也再沒有二話。何況我有三個兒子，將來從他嫡親兄弟那裡過繼兒子過來，也不擔心什麼香火」。

由於朱氏說得言之鑿鑿，還做下擔保，說會把這樁事爛在自己的肚子裡，除了他們母子，不會再讓史家的第三人知道，衛夫人便信了她，後頭安排衛姝嵐和史文正在訂親之前見了一面。

二人在府城的寺廟「偶遇」。

衛姝嵐便開誠布公地再次重申了自己身體有異，不能夫妻敦倫，更不能有孕。

史文正如朱氏說的那般，滿眼都是對她的傾慕，拍著胸脯道「我心悅於大姑娘，若承蒙大姑娘不棄，肯下嫁於我，我們春日踏青，夏日泛舟，秋日賞景，冬日煮茶，有那麼多的趣事，哪裡只想著那等事情」。

衛姝嵐在京中見慣了各種青年才俊，史文正不論是樣貌和才華，都只能算得上是一般中的一般，但她身體有異，只覺得哪裡還輪得到自己挑挑揀揀？

那次相看結束後，衛夫人向她確認，她也只說自己願意，並無任何不滿。

於是，兩家的親事便就此定了下來。

三書六禮之前，衛大人和衛家兩位公子都特地來了府城一趟，對史家和史文正本人考察了一番。

當時衛大人寡言了許多。

而衛家公子尚且不知道長姊身體的具體病症，只知道她子嗣上頭可能會有些艱難，這才不怎麼好說親，當時對史文正可真的是如何都不滿意，只納悶長姊是不是被豬油蒙了心，居然看上這樣平庸的人？但衛姝嵐本人願意，衛家父母也同意，便也沒有他們兩個半大小子說話的分兒。

於是七年前，衛姝嵐在家中過完十八歲的生辰後，便遠嫁到了府城史家。

一開始，史文正表現得如他所說那般，並未展現出任何不滿，對她敬愛有加。

兩人夜間雖然同床共枕，卻是各睡各的被窩，相敬如賓。

而朱氏對她這個長媳也十分慈愛。

加上那時候史家後院當家作主、主持中饋的，還是身體康健的史老夫人。

衛姝嵐的日子過得很是不錯，她對朱氏母子心存感激，加上自小受到的教導，也是出嫁後要敬愛長輩、照顧夫君，所以在朱氏為難地提出需要銀錢周轉的時候，她也毫不吝惜地拿出了自己的陪嫁。

可隨著時間的推移，二少夫人趙氏進門，不久後就生下兒子，開枝散葉，接著老夫人的身體日漸衰弱，掌家權分到了大夫人朱氏手上，她的日子便不好過了起來。

朱氏更喜歡能說會道又能生養的二兒媳趙氏，衛姝嵐覺得很正常。趙氏掐尖要強，對她處處排擠，她也不覺得如何，畢竟當年自家不知內裡，差點就相看了趙氏的未婚夫。那會兒衛家很快歇了心思，若是打定主意非史二少爺不可，怕是趙氏和二少爺的親事也要黃，因此趙氏對此心存芥蒂。

讓衛姝嵐不能接受的，是她偶然在史文正的白色中衣上頭，聞到了一絲女兒香。

兩人感情本就平淡，也確實是衛姝嵐不能盡為人妻的本分，所以她並不覺得惱怒嫉恨，反而主動對史文正開誠布公道「雖說史家的組訓是『三十無子方可納妾』，但我們的情況與旁人不同，不若由我去和祖母說，讓她為你納一房良妾」。

史文正那時已經不宿在她屋裡很久了，難得回家卻被她喊到屋裡說話，本已經十分不耐煩，聞言更是冷著臉道「妳去和祖母說，那祖母肯定要問起妳的情況，妳自己丟人就算了，難道要叫全家上下都知道我娶了個石芯子？妳管那麼多做甚？我自有我的打算」！語氣裡是不加掩飾的嫌惡和鄙夷。

從那之後，衛姝嵐就對他徹底寒了心，再也不管他在外頭如何。

而自從她不肯再像從前似的拿出嫁妝貼補，朱氏以為是她的嫁妝已經花銷殆盡，便對她越發冷漠。

史老夫人精神尚好的時候，也會關心她一二，回頭再提點朱氏和史文正兩句。

不過終歸是治標不治本，每次折騰過一陣，朱氏和史文正又會故態復萌，還會以為是衛姝嵐告狀，遷怒於她，惡言相向。

衛姝嵐也著實懶得同他們較勁，後來便只說自己愛清靜，選了個清幽的小院子，過起如她早前所說，吃齋唸佛、長伴青燈古佛的日子。

這次她陪著老夫人回府城，是知道史家跟穆家相比，門第略低了一些，需要她這翰林小姐出身的孫媳婦來幫著抬抬身分。

朱氏和史文正雖叫她噁心，但趙氏以外的其他家人卻待她不錯，尤其是史家四少爺，早先因為史文正待她冷漠，還幾次仗義執言，為她這長嫂抱過不平，所以她才願意相陪。當然她也不會上趕著促成這樁親事，因此前頭便也沒有主動和穆攬芳套近乎。

「所以我前頭才說四弟和我夫君……和史文正是不同的。」衛姝嵐低頭飛快擦去眼尾的淚，再次抬頭衝著江月和穆攬芳笑了笑。「婆母也沒說錯，若我是個正常女子，說不定他也不會變成現在這種模樣。」

江月搖頭道：「先前只想著為人處世最忌交淺言深，所以沒有跟妳說得太過具體。那史文正腎陰損耗甚為嚴重，冰凍三尺非一日之寒，少說也有十年了。他並不是和妳婚後才漸漸變成現下這般模樣，而是打從一開始就是如此。你們婚前和剛成婚後的模樣，不過是他假裝出來的。」

衛姝嵐早就對史文正寒了心，也早就認清自己信錯了人這樁事，聞言雖也有些驚訝，情緒上頭卻也無甚起伏，只苦笑道：「原是這般……難怪穆家妹妹聽我把錯處歸到自己身上時，會那般氣憤。」

兩人都說了好一陣子話了，原先最為衛姝嵐抱不平的穆攬芳卻是未發一言。江月和衛姝嵐不約而同地偏過臉去瞧她，卻看她臉色漲紅、眼尾發紅，手指用力地扣在桌上，指尖都泛著青白色。

顯然是氣憤到了極致，以至於失了言語。

她身子才好了沒多久，江月怕她氣出個好歹來，立刻一手按壓她腦後的風池穴，一手搭上她的脈。

穴位揉按過了半晌，穆攬芳總算平復了情緒，咬牙切齒地替她抱不平道：「姊姊身上與常人不同，卻是從未隱瞞，成婚之前便與他們說清楚了的。是他們母子信誓旦旦，說不在意這些，才騙得妳進門！如此背信棄義，叫人噁心！姊姊何不與那史文正和離？有姊姊的娘家在，難道還怕那朱氏和史文正到處亂說？對外便只說是感情不和。」

衛姝嵐給她重新倒上熱茶，坐到她身旁幫著她順氣。「妹妹說得不錯，若我想和離，倒也不算什麼難事。可和離之後歸家，父母少不得又得為我操心往後。我家中的兩個妹妹都已經出嫁，兩個弟弟還在科考，得一個和離歸家的長姊，對他們的名聲總是不好。」

「若我是姊姊的親妹子，莫說是一點名聲，便是終生不嫁，也不願見妳這般委屈。」

衛姝嵐頷首道：「他們確實和妳一般赤誠，可也正因為如此，我才不捨得。」

穆攬芳沒再接著說下去。她也是有弟弟和妹妹的人，雖說同父異母，且弟妹還是加害過她的尤氏所生，可兩個小傢伙才那麼點大，從不覺得穆知縣更疼愛身體不好的長姊有什麼不對，每次看到她就親親熱熱地喊姊姊，然後問她最近身體有沒有好一些了？

從前她「病」的時候，他們不知道是親生母親對她下毒，以為她就是生病，每日都會抽出時間去家中佛堂誠心跪拜。

極偶爾的時候，穆知縣會放下衙門裡繁雜的事務，帶他們出去玩耍，而他們每次都是去縣城附近的大小廟宇，給她求各種各樣的平安符，塞滿了穆攬芳的妝奩匣子。

穆攬芳也是真心疼愛他們，更遑論衛家那樣，家中氛圍和睦，兄弟姊妹俱是一母同胞，感情肯定更加要好。

衛姝嵐又笑了笑，忽然眉頭微蹙，一隻手不自覺地捂住小腹。

「姊姊怎麼了？莫不是也氣得不舒服了？」

衛姝嵐笑著說無礙。「只是肚子有些不舒服，從前偶爾也有這樣不舒坦的時候，只是沒有疼得這麼厲害，想來是前頭落水那次著了涼。」

穆攬芳道：「那還是讓月娘給妳看看吧，免得落下什麼寒症的病根。」

話都說開了，衛姝嵐再沒有什麼好隱瞞的，便如釋重負地遞出手腕，笑道：「不怕妳們笑話，過去小心隱藏著這個秘密，自從離京之後，便是有什麼不舒坦，也都是自己看醫書，自己學著給自己配藥，都不記得有多久未曾讓人為我診過脈了。」

「姊姊會製膳、煮茶，還會自己配藥？委實是我見過最有才情之人了。可惜無緣跟姊姊當妯娌，不然往後若是日日在一處，我定能受益匪淺。可惜……」

「有什麼好可惜的？後頭我雖要回府城，但我們可以日常通信。今日的糕點妳要是真的喜歡，我回頭把方子一併寫給妳，妳自己試著做做。」

穆攬芳和衛姝嵐的性格可謂是南轅北轍，但現下分享了秘密，便徹底忘記了之前的不快，甚至還惺惺相惜，要好起來。

江月搭著衛姝嵐的脈，沒有加入她們的話題。

穆攬芳的餘光瞧見她神色認真，便止住了笑，詢問道：「可是衛姊姊身上有什麼難治的病灶？」

「衛姊姊脈內氣血充盈，寸、尺、脈三部平滑流暢……」

「那應該是……沒什麼病症？」不通醫理的穆攬芳半懂不懂地試探著問，卻見粗通醫理的衛姝嵐也跟著變了臉色，穆攬芳越發不明白了。

江月又細心診脈，確認過一遭後，這才解釋道：「這是女子來信期時的脈象，所以衛姊姊才會在前幾日受寒之後，小腹脹痛越發明顯。」

穆攬芳驚訝道：「可衛姊姊不是……」

「脈象是不會騙人的。」江月看向衛姝嵐。「妳願意讓我為妳看看嗎？」

江月所說的「看」，便不只是把脈了，而是像早年那個醫女那般，需要查看那處。

衛姝嵐毫不猶豫地頷首，站起身和江月一道進了內室。

也就一刻鐘後，淨完手的江月一邊擦著手上的水氣，一邊出來。

衛姝嵐也很快出來了，臉上的神情十分忐忑。

江月不喜歡賣關子，直接就道：「姊姊是假石女。」

「這種事情，還有什麼真假的嗎？」衛姝嵐有些呆呆地發問。

穆攬芳雖未插嘴，臉上的神情同樣呆滯。

見她們都不明白，江月便讓巧鵲拿來筆墨，為她們二人畫了一幅女子的人體構造圖。

「真石女是這幾處器官先天性發育異常，」江月在圖上圈了幾個地方。「而衛姊姊的器官沒有問題，也會來信期，是這處呈閉鎖狀態，導致經血無法順利排出體外，也不能與男子結合。想來是時下女子忌諱談論這些，那位擅長婦科的醫女接觸過的病患也有限，經驗不夠豐富，所以當年診斷出錯了。」

穆攬芳是個未出閣的大姑娘，衛姝嵐雖嫁了人卻也未曾經歷過這些事，此時兩人臉上都微微發紅，但都不曾挪開眼，仔細地看著圖，聽著江月的解說。

「那……那能治嗎？」衛姝嵐咬著嘴唇，眼中忍不住生出希冀。

這方世界的三國時期，華佗便已經發明了麻沸散，為人開膛破肚祛除病灶。

和那些開膛破肚、開顱鑽腦相比，衛姝嵐這個病症並稱不上難。

更別說她還有靈泉水在手，用靈泉水泡過所需的器具，能確保衛姝嵐在過程中不會感染炎症。

江月自信地頷首道：「能治。」

衛姝嵐的呼吸瞬間急促了幾分，閉了閉眼才努力鎮定下來。「那……什麼時候可以開始？」

從前雖然是她在寬慰家人，說這病症既不會讓人痛苦，又不會要人性命，看開了也是一樣的。可其實這病症帶給她的心理壓力，又哪裡會比肉體上的痛苦來得輕呢？

尤其又有朱氏和史文正那樣的人，數年如一日地用鄙夷厭惡的態度對待她，彷彿烏雲壓頂一般，讓衛姝嵐透不過氣來。

「衛姊姊寬寬心，這個病不難治，等妳的信期過了，隨時都可以開始，但我需要一些器具。」

江月先開了麻沸散的方子，又接著在紙上書寫所需器具——開瘡刀、三棱針、平刃刀、月刃刀、剪子、鑷子、可融於人體的桑皮線等等。

這些東西一般人家當然不會齊備，商鋪裡也購買不到。

江月就提議，衛姝嵐去善仁堂抓藥的時候順帶購置。多花些銀錢而已，想來衛姝嵐並不會在意這個。

衛姝嵐和丫鬟巧鵲都忙不迭地點頭。

衛姝嵐道：「銀錢不妨事，只是好些東西我都沒見過，就怕買錯了。能不能再麻煩月娘一趟，代我置辦這些？」

幫著買買器具也不是什麼麻煩事，而且自己去購置的話，也確實能挑選更得心應手的，江月便應了下來。

於是約定好，七日之後江月過來替她醫治，另外還交代了一些注意事項。

衛姝嵐一一在紙上記下，而後看著那張紙，久久沒有言語。

甚至後來江月和穆攬芳都起身告辭了，她都沒反應過來要起身相送。

巧鵲正要提醒，江月對她搖了搖頭，表示沒關係，而後和穆攬芳輕手輕腳地離開小院。

小院外頭，史老夫人身邊的大丫鬟和綠珠都還等著。

之前江月和穆攬芳說起衛姝嵐的病情時，綠珠被喊去了外頭，是以現下她和那大丫鬟都不明白情況。

見到她們出來，大丫鬟立刻迎上前。「大少夫人怎麼了？方才老夫人聽說她被您二位扶著回來，特地讓奴婢過來瞧瞧。」

江月和穆攬芳對了個眼神，雖然史老夫人對衛姝嵐確實不錯，但史家到底人多口雜，傳來傳去的，怕是馬上闔家上下都要知道了。

於是江月便只道：「她無礙，就是晨間做糕點累著了，後頭來給我們送食盒又吹了風，有些著涼。我已經開了方子，回頭讓巧鵲去給她抓服藥，休息幾日，我隔幾日再來給她複診。」

大丫鬟頷首道：「那奴婢這就去回稟老夫人了。」說著，她遞出一個荷包給江月。

這便是江月給老夫人做了兩天艾灸的診金了。

江月道了謝，隨後就和穆攬芳離開。

出了史家的大門後，穆攬芳的腳步越發輕快，整個人都喜氣洋洋的。

她一片赤誠之心，自然是為了衛姝嵐的病能得到治療而高興。

只是礙於綠珠還不知內情，許多話不方便說，所以一路上她就對著江月擠眉弄眼地笑。

回到家之後，江月在腦子裡過了一遍流程。她上輩子也給人開膛破肚祛除病灶過，但那會兒並不需要自己動手，都是用意念控制靈力，這是她第一遭親自動手，便也需要再熟練一番。

在腦內構築完後，江月還在紙上寫寫畫畫，力求不出半點錯處。

她太過投入，以至於聯玉進來時，她都沒有發現。

好在聯玉並沒有亂看的習慣，只把視線落在她的臉上。「寶畫說要給家裡添菜，正在詢問大家想吃什麼。妳有什麼想吃的嗎？」

「不年不節的，怎麼突然要添菜？這丫頭亂花月錢，回頭別又挨房嬤嬤的捶。」江月納悶地嘀咕了一句，拿出了之前史老夫人給的荷包。

荷包沉甸甸的，裡頭裝了一兜銀瓜子。這是大戶人家習慣用來賞人的精細玩意兒，江月粗粗掂了一下，怎麼也有十幾、二十兩在裡頭，便讓聯玉幫著把荷包拿給寶畫，讓她從這裡頭拿銀錢添菜。

到了夕食時分，江月發現熊峰也在。

他元宵節後就去忙自己的事了，今日才忙完回來。

江月的視線忍不住在熊峰身上打了個轉，然後笑著看向寶畫。這丫頭若是為了熊峰回來，而特地拿出月錢給家裡添菜，莫不是開竅了？

可轉眼看到熊峰因為體格太大，占了太多位置，被寶畫不耐煩地趕到了旁邊的小桌板上用飯，她便知道是自己多想了。

「姑娘快別站著了，過來吃！」

寶畫招呼江月坐下，只見八仙桌上，不只有出自房嬤嬤的拿手家常菜，另外還有一道紅燜豬蹄、一道四喜丸子、一砂鍋的香蕈雞湯。

兩道熱菜都是濃油赤醬，色澤誘人，雞湯則是清亮鮮香，尤其是香蕈，算是山珍，價格比雞肉本身還貴。

這三道菜色香味俱全，一看就不是自家做的，而是大酒樓裡買的現成的，沒有個二兩銀子下不來。

「都吃啊，今日是我請客！」寶畫一邊說，一邊將聯玉給她的那個荷包原封不動地還給江月。「姑娘日常都給老爺守孝茹素，今兒個吃些肉補補身子，您瞧您近來都忙瘦了。」

江月還有些不在狀況內，只得問道：「是我忘了今日是什麼節日嗎？」

寶畫笑呵呵地道：「其實也不是什麼大日子，就是我生辰。」

江月一拍腦袋，二月初可不就是寶畫的生辰！她也委實是個傻丫頭，自己生辰不想著收禮物，反而自掏腰包請一家子吃喝。

「所以您快坐下。」寶畫拉著她在聯玉身側落坐。「看在我的面子上，多用一些。」

江月忍不住伸手摸了摸她的髮頂。「我給忙忘了，實在對不住。我給妳補個生辰禮好不好？」

寶畫像大貓似的，用髮頂蹭了蹭她的掌心，說不要。「我現在吃喝不愁，還有姑娘給我發月錢，要啥生辰禮？」

兩人正說著話，房嬤嬤起身把堂屋的門給關上了，壓低聲音道：「我去酒樓置辦菜餚的時候，聽說了一個消息——宮裡上前線的那位九皇子……沒了！」

「咳咳！」在小桌子用飯的熊峰立刻嗆得連連咳嗽。

房嬤嬤並不管他，自顧自地接著說道：「聽說是好幾個月前的事了，那九皇子在陣前被叛軍生擒，已經許久都杳無音信，生不見人，死不見屍。也是咱們這兒小城消息閉塞，所以到如今才知道這樁事。」

江月才恍然想起來，自家跟那位九皇子結過梁子。

當時江家弄丟了他的生辰綱，惹下了大禍，不然不過是一批藥材，再貴重能貴重到哪裡去，何至於傾家蕩產？

蓋因為對方身分貴重，賠付了十倍的銀錢上下打點，才落到了後頭那種全副身家不過僅剩百兩的情況。

而且一家子連京城都不敢待，立刻躲回到祖籍鄉下，並為此日夜懸心，生怕哪日他想起這件事，要再次問罪。

到時候自家可再拿不出銀錢，只能用命來抵罪了。

如今知道他多半是沒了，江家人當然不至於幸災樂禍，但總算也能鬆口氣，不擔心他大勝回朝之後再秋後算帳。

得罪皇親國戚的事，一家子之前諱莫如深，連聯玉都沒有告訴。

現下危機解除，許氏便解釋了來龍去脈，對著聯玉歉然道：「其實在你和月娘成親之前就該告訴你的，不是不把你當自家人，實在是茲事體大，且也不確定那位殿下他日還會不會記得這件事？拖到現下，才敢再重提。」

熊峰面色古怪，幾番欲言又止，好在他單獨坐在小桌子旁，也沒人注意到他。

聯玉神色從容不變，甚至唇邊還帶著淺淺笑意。

「母親不必致歉，設身處地，我和月娘成婚也不過半年，成婚之前認識的時日那更短，有所保留再正常不過。不過我是有些好奇，聽聞那位殿下十三歲從宮裡去往前線後，幾年都未回京，是誰在代他主持這些呢？」

許氏也不瞞他，努力回憶了一下，回答道：「當時是月娘她爹管家，我也不甚清楚，只大概知道是禮部一位姓胡的大人在處理這些。也是那位大人提點，說九殿下眼裡容不得沙子，睚眥必報，需要大筆銀錢打點。」

姓胡嗎？這倒是真的難怪了。一邊害他的性命，一邊用他的名義大肆斂財。

江家應當只是其中一家，另外還不知道有多少人家。

聯玉便沒有多問，只笑著用手指輕點桌面。

這是他家公子動了真怒的小動作！熊峰頓時不敢再看。

一頓生辰飯吃完，江月再次回屋在紙上寫寫畫畫。

等到把整個流程都在紙上具體畫出，她心裡也就完全有了數。

把稿紙收起，江月伸了個懶腰，才發現已經月至中天，到了半夜時分。

聯玉外出還未歸，江月出去洗漱了一趟，再次回到炕上的帳子裡，才聽到他回屋。

靈田的藥材即將要長成，長成之後，便能徹底治好他的傷了。

江月出聲提醒道：「我前頭跟你提過，想到了新的法子來治你的傷，等我忙完這程子，便可以開始了。春日天氣漸暖，但是早晚還是有些涼，你出入的時候仔細些，別在這檔口著涼了。」

聯玉久久沒有回應，江月還當他是上炕之後立刻就睡著了。

好半晌之後，江月都快睡著了，才聽到他應了一聲。

聯玉接著問道：「妳恨陸玨嗎？」

江月愣了一下，才想起「陸」是國姓，姓陸而又跟自家有關係的，自然就只有那位九皇子了。聯玉在京城討生活，知道九皇子的名諱倒也不怎麼稀奇。

「我為何要恨他？」

「妳父親若不是接手他的生辰綱，也不會出意外，妳家就不會落到現下這種境地。」

江月想了想，道：「我父親接下商單，運送藥材是職責所在。他殞命，是被山賊所害。賠付銀錢，則是官員藉機收孝敬。你都說了，九皇子十三歲上戰場，多年未歸京，在京城又無任何母族親屬，根本沒有任何自己的勢力，送上去打點的銀錢，其實大家都清楚，是不會到他口袋裡的。對他心存畏懼肯定有，但說恨，那不至於。我覺得不只我這麼想，我母親和房嬤嬤她們也是這麼想的，不然若對他心存怨恨，也不會那般唏噓。真把他當成仇人，今日就該悄悄慶祝了。」

又是許久，聯玉沒有作聲，江月都快睡著了，才迷迷糊糊地依稀聽到他說了句——

「……那就好。」

到了約定的時間，江月準備好了器具，跟家人說了一下自己會過幾日再回，便雇了馬車去往城外。

今日穆攬芳沒有陪著江月一起，而是使人傳了口信，說她已經提前去陪衛姝嵐住下。畢竟這治療要動刀子，而且是在那處動刀子，就算對江月的醫術再信服，衛姝嵐心裡肯定也有些打鼓。而她在這兒只巧鵲一個陪嫁丫鬟，再沒有其他可以信任的人，穆攬芳提前過去陪伴她，也能穩定她的情緒。

江月過去的時候，發現史家的門房都已經不在了，只巧鵲和小丫鬟守在門口等候。被巧鵲引著進去，聽她解釋了，江月才知道史家其他人已經動身回府城了。

而衛姝嵐則藉口染了風寒，留在了縣城。

史老夫人初時還放心不下，想等衛姝嵐好了再一併回去。

衛姝嵐並不想把這件事弄得史家人盡皆知，而且江月前頭也跟她說過，她在治療後需要靜養一段時間，還得耽擱不少時日，便只推辭說沒有晚輩叫長輩操心的道理，勸著老夫人不必管她。

史老夫人離開府城也確實久了，便沒再堅持等她一道回去，只留下一個大丫鬟看顧著。老夫人都要走了，朱氏和趙氏婆媳倆自然更不關心衛姝嵐的死活。

而史家四少爺則是因為親事沒成，也不大好意思在縣城多待。

「也就是說，現下這宅子裡只有衛姊姊自己了？」這倒是挺好的，方便衛姝嵐靜養。

穆攬芳正好出來接她，聽到她詢問，無奈地道：「真要是這樣就好了！」說著話，她挽上了江月的胳膊，氣道：「那史文正也留下了！」

江月聞言也有些驚訝，畢竟以史文正和衛姝嵐的關係，他可不像是會擔心妻子身體而甘心留下相陪的人。

「別想了，根本不是那回事！妳聽我跟妳講……」穆攬芳在史老夫人動身離開前幾天就過來了，那會兒老夫人說讓史文正留下看顧衛姝嵐，史文正還不樂意呢！加上朱氏從旁勸說，說書院的春假也快結束了，沒得在外頭耽擱，老夫人才沒多說什麼。

誰承想，史家動身回府城的前一天，史文正突然變了口風，又說要留下了。史老夫人當他總算知道以妻子為先了，也並未覺得有異。

結果等史老夫人等人前腳一走，後腳史文正就出了府，一連幾日都徹夜不歸。

「我怕他弄出什麼么蛾子，影響衛姊姊的情緒，便託我爹使人查了查。妳猜怎麼著？原是他看中了城中青樓的一個花魁娘子，如今正一心撲在那花魁身上，這才留下的，真是快叫我噁心死了！」

兩人說著話，到了衛姝嵐所在的院子裡。

衛姝嵐這邊，照著江月的吩咐，已經佈置了起來——臥室裡用不上的家具都已經挪了出去，剩下的那些今早也都用烈酒擦洗過，現下還能聞到濃郁的酒香。

衛姝嵐跟前幾日的穿著打扮並沒有什麼不同，只是眼下眉間不再見鬱鬱之色，也不會再被史文正的事牽動情緒，整個人都顯得越發端莊姝麗，聞言也只淡淡道：「管他做甚？穆家妹妹沒得為這種人置氣。」

江月跟穆攬芳對視一眼。

穆攬芳就笑道：「衛姊姊想通了，已經去信給她家中，準備治好病就和史文正那斯文敗類和離了！」

衛姝嵐並不愚笨，也早就對史文正寒了心，她自有官家小姐的驕傲，不過是礙於病症，不想給娘家人再招惹麻煩，這才隱忍至今。

如今既然知道能治好，當然沒有再隱忍下去的必要。

江月不由得也跟著抿了抿唇，微微笑了笑。

閒話不多說，江月讓巧鵲把準備好的嶄新白布巾都拿了出來，用她帶來的「藥水」浸泡一遭再烤乾。

這種體力活就不需要她親自動手了，由巧鵲、綠珠和另外一大一小兩個丫鬟齊齊動手。

其間江月為衛姝嵐再次搭脈，確認她這幾天調養得不錯，信期也已經過去，便準備開始治療了。

她和衛姝嵐兩個人進了屋子後，江月讓她以半坐半躺的姿勢，躺坐於靈泉水浸泡過的布巾上，而後讓衛姝嵐服下麻沸散，看著她昏睡過去後，再從空間裡拿出浸泡在靈泉中的器具。

過程其實並不難，就是在她下身那處的膜瓣上切出「X」形切口，然後在切口邊緣用桑皮線縫合，引流積血。最後用靈泉水清洗傷口，確保不會感染。
整個流程，她已經在腦內模擬了無數次，爛熟於胸，因此實際操作起來，兩刻鐘不到就已經完成了。
完成之後，江月在床前的水盆裡淨了手，再次為衛姝嵐診了一次脈，確認她脈象平和，便從屋子裡出來。
剛出來，她就聽到院子裡一陣喧鬧。
穆攬芳正強壓著怒氣道：「衛姊姊正在治病，不得驚擾，萬事你都等她治完病再說！」巧鵲和綠珠還有另外兩個丫鬟雖未吱聲，卻是齊齊擋在了穆攬芳身前。
小院的門口，史文正一臉的不快，但顧忌到穆攬芳官家小姐的身分，他沒敢硬闖，只理直氣壯道：「穆姑娘雖是貴客，也沒有攔著丈夫，不讓見妻子的道理！」發現江月出來了，史文正的視線在她身上打了個轉，接著道：「這江娘子都出來了，診治也結束了，還攔著我做甚？」
江月先給了穆攬芳一個放心的眼神，而後才不緊不慢地道：「診治確實結束了，但衛家姊姊服了藥，已經睡下了，且她後頭也需要靜養。史大少爺要見妻子那確實是理所當然的，但在妻子病中驚擾她，一副不想她好的模樣，卻又是為何？」
史文正被她的話噎住，半晌後才梗著脖子道：「我就是不放心她的病，才想著來探望她的！」

江月伸手輕點了點自己的脖子，嘲弄地笑道：「帶著這個來探望？」

穆攬芳等人經她這麼一指點，才紛紛看向史文正的脖頸處。

只見他脖子上衣領交界處，赫然有一道纖細的血痕，是指甲抓撓的痕跡！

史文正趕緊捂著自己的脖子，故作鎮定道：「這就是被柳枝刮了一道……罷了罷了，妳們不讓我瞧姝嵐，我改日再來吧！」他不敢對穆攬芳如何，便只對著江月放狠話道：「我夫人身分貴重，若她有個三長兩短，江娘子可小心了！」然後便揚長而去。

「還敢威脅人！」穆攬芳氣鼓鼓的。「要不是怕動靜鬧得太大，影響了衛姊姊，看我揍不揍他！」

過了一陣子，衛姝嵐醒轉過來。

麻沸散的效力漸漸散去，她本以為即將會遭受劇烈的疼痛，沒承想，痛確實是有點，倒也並沒有到難以忍受的地步。

要不是自己親身經歷，很難想像，只是睡過了一覺，多年的病症就已經治好了。

接下來的幾日，衛姝嵐按著江月的囑咐，吃著清淡的流食，勤換衣物，很快便能下床，行動自如。

只是她的經血在體內積壓已久，還得再吃上一陣子湯藥調理身體。

這日史文正又來了，衛姝嵐已經能行動，便沒再讓人把他攔著。

放他進來後，史文正先是假模假樣地關心了衛姝嵐幾句，轉頭便說起「正事」。他是來要銀錢的。

當著穆攬芳和江月的面，他說起假話來一點都不心虛。「我在縣城認識了幾位有才學之士，交際應酬都需要銀錢。我先從妳這兒支用一些，等回了府城再還妳。」

一番話聽得穆攬芳又把拳頭捏緊了，卻看衛姝嵐臉上不辨喜怒。

「我身邊也沒有什麼銀錢，只手上這只鐲子倒還值些錢。」衛姝嵐手上的這鐲子是她的陪嫁，上好的羊脂白玉，價值不在五百兩之下。

「這是妳的陪嫁之物……」史文正假模假樣地嘆了口氣。「罷了，這鐲子妳也戴了好些年了，等回了府城，我再給妳置辦個更好的。」說完，他喜孜孜地接了鐲子出去了。

等他走後，穆攬芳立刻著急地問道：「姊姊前頭才說想開了，準備同這廝和離，莫不是眼下又改了主意？」

衛姝嵐唇邊泛起一點溫柔的笑意，不緊不慢地道：「我確實改主意了，不準備不痛不癢的和離了……我要他脫層皮！」說完，不等穆攬芳追問，衛姝嵐就衝她們二人眨了眨眼。「過幾日妳們就知道了。」而後便不肯多說了。

江月又在宅子裡陪了衛姝嵐兩日，見她狀況漸好，想著家中還有其他人，便說先回家去。

衛姝嵐和穆攬芳都讓她放心回去，左右穆攬芳還準備繼續留在城外，如果衛姝嵐情況不好，會使人去找她。

商量好之後，穆攬芳就讓自家馬車送了江月回城。

江月吃過午飯才走的，到家的時候已經是下晌。

今年小城的春雨格外多，這日卻是個難得的大晴天。

江月從前頭鋪子裡進了家門，看到寶畫正守著櫃檯打瞌睡，而房嬤嬤正在收拾客人留下的燉盅碗碟。

見到江月回來，房嬤嬤立刻露出一個驚喜的笑容。

江月瞅了寶畫一眼，對房嬤嬤比了個噤聲的手勢，兩人去了後頭說話。

從房嬤嬤口中，江月得知家裡這幾日一切都好——她走之前在一個個小燉盅裡分好了藥材，放夠了靈泉水，讓房嬤嬤每日直接燉煮即可。過了這麼幾日，已經都賣得差不多了。

江月讓房嬤嬤歇著，自己去後院看許氏和聯玉。

她剛從灶房裡出來，就看到肚子渾圓的許氏捧著好幾床被褥從屋子裡出來。她正要上前幫忙，卻看見另一間屋子的門開了，聯玉快步出來。

「母親有事喚我就好，怎麼自己動手？」俊秀的少年蹙起長眉，溫和的聲音裡隱隱有些著急。

許氏卻只是笑。「難得天氣好，我想把被褥曬曬而已。也就是順手的事，哪裡需要特地喊你。」

聯玉將被褥平鋪在院子裡架好的竹竿上，無奈地道：「可您身子重，若動了胎氣，月娘回來便該說我了。」

許氏拿起藤拍，一邊輕拍被子，一邊臉上的笑容越發溫柔。「我估摸著她這幾日也該回來了。這孩子也是，一忙起來就幾日不著家，回頭我幫你說她。」許氏當然不會對自家女兒有什麼不滿，特地這麼說，也是怕聯玉不滿江月忙起來就不見人影。

「月娘是為了家中生計忙碌，我不能幫得上忙，已經是心中歉然，哪裡會心生不滿？」

「前兒個說起來，我才想起你們成婚都快半年了。猶記得當時阿月說要與你成婚，我還千百個不放心，如今想想，也是這孩子運道好，選中了你這麼好的夫婿。」許氏笑著抬眼，看到了站在灶房門口的江月，不禁嗔道：「回來了怎麼不吱聲？」

江月笑著上前接了許氏手中的藤拍。「這不是看你們正說話嗎？怕突然插嘴，嚇到了您。」說完，江月扶著許氏回屋，給她診過平安脈。

等從屋裡出來的時候，見聯玉還在院子裡，他已經重新回屋把他自己和江月的被褥都抱了出來，一併晾曬在院子裡。

竹竿架得高，江月也搆不著，就學著許氏方才的樣子，拿著藤拍到處拍拍。

「忙完了？」

「還沒，過幾日還得去給衛家姊姊複診，若複診的結果也是好的，才算告一段落。」

聯玉輕應一聲，又回了屋，先搬出屋裡的桌子，而後把書都搬出來晾曬。

這些書大部分都是前頭穆攬芳送給江月的醫書，另外還有之前回村掃墓，滯留在老宅的時候，聯玉百無聊賴，從藏書裡挑揀出來的、他感興趣的。

江月就綴在他身後，跟著他忙進忙出，看他有條不紊地把書一本本分開，攤在桌子上。

等書都晾曬好了，聯玉又搬出兩張條凳，去了一趟灶房。

灶房裡有房嬤嬤最近跟街坊四鄰一起挖的野菜，一部分已經吃掉了，還沒吃完的讓房嬤嬤做成了菜乾，也正好拿出來晾曬。

聯玉將盛放菜乾的竹篩子捧出來，放在條凳上頭。

小院子裡滿滿當當的，也沒有空間再晾曬其他東西後，聯玉這才拿出帕子擦了擦手。轉眼看見廊下的水缸裡也空了，他便去水井邊上打水。

打完水一轉身，他發現江月還跟個小尾巴似的跟著自己，不由得好笑道：「從外頭回來不去歇著，一直跟著我做甚？有事要和我說？」

江月只是笑，殷勤地幫著搭把手，兩人一起把水桶裡的水倒進水缸裡。

「沒什麼事啊，就是覺得母親沒說錯，你真好，特別好！」

梳著婦人髮髻的少女抬眼瞧著他，唇邊帶笑，眼神純摯，口吻無比的認真。

私下裡素來處變不驚、不見太多神情的少年，臉頰頓時升起一絲可疑的紅暈。

他垂下眼，鴉羽似的長睫覆住眼睛，掩蓋住外露的情緒，聲音聽著卻還是波瀾不驚。

「我怎麼好了？」

「你是不知道……」衛姝嵐打定主意要和那史文正和離了，且聯玉素來口風緊，江月也不擔心他往外亂說，便隱去了衛姝嵐的病症，說起那史文正的惡行來。「攬芳姊姊直說他噁心，我雖然未在她們面前多說什麼，其實看到他也反胃。」一說完，江月唏噓地嘆了口氣。

回想在靈虛界的時候，男女皆可修仙，天道也不會偏愛某個性別。

每過一段時間，仙門大開，修仙門派會招攬凡間弟子，男弟子和女弟子的數量都是差不多的。因此，靈虛界男女的地位並沒有差別很大，人間有些國度甚至還是女子為君主。

所以當初需要人入贅的時候，江月在簡單分析了一番利弊之後，很快就定下主意，選中聯玉為婿。

直到經過衛姝嵐這件事後，她才感受到這個世界的男尊女卑，婚事上頭哪來什麼公平？

男人想噁心妻子，那真的是再簡單不過了。

衛姝嵐那樣的，身分背景比一般女子強上許多，只因誤以為自己是真石女，便處處低了史文正一頭，平白蹉跎了好幾年的光陰。

設想一下，若聯玉也是史文正那種婚前言之鑿鑿、婚後暴露真面目的偽君子，即便他是贅婿，也夠叫江月噁心了。

哪能像現在似的，她可以放心去忙自己的事，半點都不用操心家裡。

「跟那史文正一比，你真的很好，特別好！」

江月又重申了一遍，卻沒有等到聯玉接話。
轉頭一瞧，這才發現聯玉不知道什麼時候進屋去了。

第十九章

幾日之後，江月收到了衛姝嵐的帖子，邀請她去天香樓赴宴。

天香樓是小城裡最大的酒樓，地處繁華街道，據說一道招牌菜就得好幾兩銀子，比京城的一些大酒樓還講究。

帖子上還特地寫了，讓江月可以攜家眷一併出席。

江月便詢問家裡誰願意跟她一道去？

許氏月分大了，第一個說自己不想來回折騰。

房嬤嬤則是要守著鋪子，脫不開身。

於是，就只剩下聯玉和寶畫。

聯玉神色淡淡的，聞言也沒有調轉視線，仍在翻看手上的書。

江月便看向寶畫，以為這嘴饞的丫頭肯定會樂意相陪的。

寶畫卻搖頭道：「姑娘和姑爺一道去吧，我哪裡吃得出菜餚的好壞，去了也是……那個詞怎麼說來著？牛嚼牡丹，沒得浪費了。」

江月訝異地挑眉，正奇怪這丫頭怎麼轉性了，又看她湊過來，壓低聲音跟自己咬耳朵。

「我看姑爺這幾日好像不怎麼高興，你倆是不是吵嘴了？」

江月看了聯玉一眼，說：「沒有啊。」

但寶畫也沒說錯，自從前幾日兩人在院子裡說完話後，聯玉的情緒便有些不對勁。江月詢問過一遭，他也只說沒事。

這幾日是靈田裡的藥材將要長成的關鍵時刻，加上她不在鋪子裡幾日，街坊四鄰有些小病小痛的，都沒捨得去善仁堂，正等著她回來。他們手頭不寬裕，看診也就能給個小小幾十文的錢而已，但她也沒有放任不治的道理。

於是江月忙到今日，確實還未弄清他為何不高興。

寶畫都瞧出來了，許氏和房嬤嬤也早就發現了，此時也說他們小夫妻兩個許久沒有單獨外出了，正好出去散散心，吃完席也不用急著回來，還能去城外踏青郊遊，多玩一會兒，天黑前回來就行。

聯玉在人前從不忤逆長輩的意思，便也應承下來。

轉眼就到了赴宴這日，上午時分，江月和聯玉一道出了家門。

時辰尚早，加上這天日頭和煦，微風徐徐，兩人便沒有雇馬車，慢慢走了過去。

午飯之前，江月和聯玉到了天香樓。

快午飯的時辰，本該是酒樓生意正好的時候，未承想，此時的天香樓內卻十分冷清，門可羅雀。

門口立著個木牌，寫明了今日有貴客包場。

木牌旁邊，還站著個酒樓夥計，見到來人便上前問道：「娘子可是姓江？快樓上請。」

江月和聯玉被夥計引著上了二樓雅間。

只見臨街的雅間裡，衛姝嵐和穆攬芳已經先到了。

兩人各帶一個丫鬟，正在說話，聽到上樓的響動，她們齊齊起了身。

江月上前同二人打招呼。「衛姊姊怎麼這般破費？咱們簡單吃一點就行了。」

包下整個天香樓，想也知道必定花費了不少銀錢。

衛姝嵐笑著擺擺手。「請妳們吃飯只是一遭，一會兒還有場好戲要看呢！人少點，才方便看戲。」說著話，衛姝嵐看到了江月身側的聯玉。

這是她第一次見江月的夫婿，落水那晚她怕被人認出來，走回梨花巷的路上都低垂著頭，抵達後江月的夫婿也沒進屋。

前頭聽穆攬芳誇過江月不只醫術高，眼光也好，選的贅婿也是人中龍鳳，衛姝嵐只當穆攬芳是愛屋及烏，才連帶著一道誇江月的夫婿，此時見到眼前芝蘭玉樹的少年，衛姝嵐才知道穆攬芳沒有誇大其辭。

好友的夫婿不只是模樣好，那通身的氣度、清朗的眼神，即便是曾見慣了京中青年才俊的她，都絕對挑不出一點錯處。

江月引薦了二人相識，衛姝嵐福了福身，聯玉拱了拱手，便算打過了招呼。

時下的規矩，男女同桌不大方便，尤其聯玉和其他人也不熟悉。

好在這個雅間很是寬敞，擺著好幾張桌子。

聯玉在旁邊單獨一桌，也沒有任何不快。

很快地，夥計就上來，讓眾人點菜。

江月看著牆上牌子上寫的「碧澗羹」、「山海兜」、「撥霞供」等菜色，一頭霧水，便沒有亂點，讓衛姝嵐和穆攬芳看著點就好。

穆攬芳雖是知縣家的小姐，但天香樓隨便一頓飯就能花掉穆知縣小半年的俸祿，她其實也沒吃過幾次，便也推辭。

至於聯玉，他也說無甚喜好，隨便用點就行。

衛姝嵐問清了幾人的忌口之後，就點了幾道招牌菜。

等夥計離開後，她便開始為江月他們解釋這些名字雅致的菜色的實際內容。

碧澗羹就是用芹菜、芝麻、茴香、鹽等製成的羹，整道湯羹呈現碧綠色，所以得名。

山海兜則是以薄如蟬翼的外皮裹住鮮筍、鯽魚為主的餡料，其實跟餃子、餛飩是一個道理。

她娓娓道來，語氣裡並不帶著炫耀和賣弄，江月和穆攬芳聽得都很認真。

不知不覺就到了飯食呈送上來的時候，衛姝嵐招呼大家起筷。

江月才恍然想起來一樁事，詢問道：「方才衛姊姊說今日還有好戲可看，不知道是指什麼？」

穆攬芳雖這幾日都和衛姝嵐在一道，其實也不明就裡，聞言也一臉好奇地看向衛姝嵐。

衛姝嵐的視線落到了窗外——與天香樓一街之隔的，是一條花街。

並不是賣花的地方，而是煙花柳巷。

花街到了晚上才會熱鬧非常，白日裡則安靜極了。

而此時，一輛高頭馬車突然駛了過來。

「好戲開始了。」衛姝嵐執起裝了果子釀的酒杯一飲而盡。

江月定睛看去，只見馬車停到了一間青樓外頭。

幾乎是停穩的瞬間，馬車上先後下來兩個身形挺拔的男子。

離得有些遠，江月也看不清他們的面容，只能從二人相差無幾的打扮和一高一矮的身高上辨認出是一對兄弟。

等到兄弟二人站定，車轅上的小廝和車夫也一併下來。

為首的男子伸手比劃了一下，很快那個看著體格健碩的車夫便去拍門。

未多時，一個中年嬤嬤打著呵欠來開門。

衛姝嵐選的這個位置實在妙極，加上包場的天香樓和花街都十分靜謐，江月甚至能聽到那嬤嬤依稀在說話的聲音——

「大中午的拍門做甚？要尋歡作樂等天黑了再來！」

為首的男子解下荷包拋給她後，那嬤嬤也不再囉嗦，笑呵呵地把他們往裡頭迎。
也就半刻鐘不到，很快地那青樓裡就鬧出了一些動靜。
一道殺豬似的男聲慘叫道：「輕點、輕點！」
然後一個衣衫凌亂的男子，便被那幾人拖拽著出來了。
「那是……史文正？」江月認出來了。
衛姝嵐但笑不語。
同樣聽到動靜的，還有天香樓附近的其他百姓，眾人都圍了上去。
有那好事者已經在扯著嗓子起鬨道：「喲，這是誰家爺兒們？大白天的讓人從青樓裡拽出來了啊！」
這聲嚷嚷一出，看熱鬧的人便越發多了起來。
史文正立刻用頭髮掩面，嚷道：「看什麼看？關你們何事？都散了！」
在眾人的哄笑聲中，那對兄弟一左一右將他護著頭臉的手拉開。「史文正，你還知道要臉？」
史文正掙扎不開，名諱也叫人直接說了出來，連忙求饒道：「大舅子、小舅子，都是一家人，我怎麼也是你倆的姊夫，何至於這般？」
江月這才知道，那對兄弟就是衛姝嵐的兩個弟弟。
「誰同你是一家人？」衛家小公子啐道。「我們衛家書香門第，怎麼會有你這種白日宿在花樓的姊夫？」

「這、這這……」史文正一時詞窮，接著求饒道：「我知道錯了，下回再也不敢了。你們就算瞧不上我，也得為你們姊姊考慮一二啊！夫妻一體，一榮俱榮，一損俱損，事情鬧大了，對她也不好不是？」史文正自認為自己說得很不錯，抬出衛姝嵐，衛家兄弟怎麼也該投鼠忌器才是。

「確實，我姊姊若是還同你一道，那的確是一榮俱榮，一損俱損，但今日之後便不是了，我姊姊要休夫！」

「休夫?!」史文正被嚇了一跳，但很快就反應過來，梗著脖子道：「我流連煙花之地確實是我的不是，但又不觸犯本朝律法，憑何休夫？」

按著朝廷律法，妻子若是犯了七出之條，可以正大光明休妻。

而女子要休夫，條件則嚴苛很多，得丈夫犯下嚴重罪行才可。而且若是直接由妻告夫，就算丈夫的罪證坐實了，能休夫，妻子本人還得坐三年牢。

「哼，流連煙花之地確實不犯法，但是將宮裡的東西贈與煙花女子，卻是冒犯天家的大罪！」

「我哪裡來的什麼宮裡的東西？」

那衛家兄弟轉頭看向那個為他們開門的嬤嬤，那嬤嬤很快反應過來，顫巍巍地將一個通體雪白的什物從手腕上摘下。

江月看不清具體是何物，只偏過臉看向衛姝嵐，猜測道：「那是……姊姊的玉鐲子？」

衛姝嵐捋了捋額前被風吹亂的碎髮，言笑晏晏地說：「好像還真的是。哎呀，那日我這夫君走得急，我忘了告訴他，那鐲子是我母親家傳的東西，早些年從宮裡流出來的，雖不是御賜的那麼貴重，卻也是帶了宮裡的印記。」

她這邊話音剛落下，那邊史文正也開口爭辯起來。

「這鐲子就是你姊姊給我的！」

「你放屁！」衛家弟弟啐道。「這是我姊姊的心愛之物，從不離身，前幾日給我們二人寫的書信上，說這鐲子不翼而飛，她身體不好才無從查起，已經先行報官，哪裡會輕易給你，還給你用來當嫖資？」

衛家哥哥也道：「莫要說這些了，自去衙門分辯！」

兩人說完也不管史文正作何反應，直接一人扭住他一條胳膊，把他往衙門送去。

「咱們也過去看看。」衛姝嵐說著先起了身。

一行人跟著她下了酒樓，門口已經停好了馬車，顯然一切都在她的計劃之內。

江月跟著她們上了馬車，聯玉則坐在車轅上。

前後腳的，一行人去往縣衙。

穆知縣已經升堂，衛家兄弟也將史文正的罪行娓娓道來。

看熱鬧的百姓將堂前圍得水泄不通。

「你們在外頭等我就好。」衛姝嵐說完，轉過臉便也去了堂前。

方才還言笑晏晏的大美人，到了堂前的時候卻是眼眶通紅，梨花帶雨，對著穆知縣行過禮後便對著自家兄弟怒道：「你倆不是說來探我的病嗎？怎麼突然鬧到公堂上了？」接著又看向跪在堂前的史文正，一臉迷茫地道：「夫君怎麼這般狼狽？你是秀才之身，見官不用下跪，怎麼跪在這兒？」

史文正如蒙大赦，立刻道：「夫人來得正好，快幫我解釋一二！」

圍觀審案的人群突然哄鬧起來——

「這就是那史文正的夫人？天殺的，放著天仙似的妻子在家不管不顧，跑到外面狎妓，這人腦子是不是有毛病啊？」

「沒聽方才那兄弟倆的控訴嗎？這姓史的，敢偷妻子的陪嫁玉鐲送給妓子，腦子沒毛病的人能做出這事？」

「肅靜！」穆知縣拍了驚堂木，接著詢問道：「衛氏，妳來辨一辨，這是不是妳丟失的陪嫁玉鐲？」

衙役呈送那玉鐲上前，驚疑未定的衛姝嵐拿起來仔細看過後，恭敬地回稟道：「確實是妾身丟失的玉鐲。」

「衛姝嵐！」史文正再蠢鈍，此時也反應過來了，今遭衛家兄弟發難，是衛家人早就設計好的！他咬牙切齒，就要從地上掙扎著起來。

穆知縣又拍下驚堂木，讓衙役把他按住，接著傳青樓的嬤嬤來詢問。

青樓的嬤嬤也不敢說假話，直接就說那鐲子是史文正前頭拿來抵嫖資的，她壓根兒不知道這是宮裡的東西，還是今日聽衛家兄弟說了，才知道這東西的來歷。

穆知縣揮手讓她下去，轉頭喝道：「史文正，你還有何話可說？」

史文正連忙求饒。「大人明鑒，這鐲子是衛氏親自給我的！當時……」他想說當時還有人證，但隨即又想到當時史家的人都已經撤走了，在場見到衛姝嵐把鐲子給他的，只有江月、穆攬芳和衛姝嵐的陪嫁丫鬟巧鵲。這幾人不用想也知道，並不會為他作證，尤其穆攬芳還是穆知縣的愛女，真要把她牽扯進來，惹得穆知縣不悅，這罪說不定還得重上三分！因此他只能捏著鼻子忍下這口惡氣，道：「當時我並不知道這是宮裡的東西，實在是有人要害我！」

穆知縣將一份文書扔到他眼前。「這是五日之前，衛氏的丫鬟來報官，說弄丟了家傳玉鐲的文書。你的意思是，衛氏前腳把玉鐲給了你，後腳就讓人來報官，還能操控著你把這玉鐲送給青樓中人是嗎？」

這話一出，公堂前頓時哄笑一片。

再不明白狀況的百姓也知道，現下的重點根本不是史文正算不算偷了妻子的玉鐲，而是他將干係重大的玉鐲充抵嫖資！

史文正百口莫辯，臉上時青時白。

衛姝嵐一臉不忍地道：「大人明鑒，是妾身沒弄清楚狀況，若是夫君拿了妾身的東西，那其實也不算偷，妾身能不能……撤案？」

「縱然他拿妳的鐲子不算偷，但冒犯天家的大罪，豈是他一個『不知』，就能『不知者不罪』的？又豈是妳一個婦道人家說撤案就能撤案的？」

穆知縣話音落下，圍觀的百姓又議論起來，既有說衛姝嵐心腸太過軟和的，也有接著罵史文正豬油蒙心的。

衛姝嵐柔柔一嘆。「既然妾身說的也不算，那便全憑大人發落了。」

最後穆知縣大手一揮，先革除了史文正的秀才功名，又把人收監，等著稍後把他押送回戶籍所在地，也就是府城再最終定罪。

而史文正一旦定罪，因也不是衛姝嵐告發的，而是她娘家人去煙花柳巷捉姦，順帶撞破了這麼一樁事，便也不算妻告夫。

衛姝嵐只要寫下一紙休夫書，便能徹底和史文正這斯文敗類撇清關係。

人證、物證俱在，前後也就兩刻多鐘，衙門裡就退了堂。

從衙門出來後，一行人分了兩輛馬車，再次回到天香樓。

撥霞供剛上桌。

「這撥霞供就是兔肉涮鍋，各家的湯底調得都不盡相同，需要的時間便也不同，兩位妹妹快嚐嚐。」衛姝嵐招呼著江月和穆攬芳坐下，轉頭再看自家兩個弟弟一眼。

衛家兄弟很快上前見禮，自報了名諱。

哥哥名叫衛海晏，現年十九歲；弟弟名叫衛海清，十七歲。兩人都是儀表堂堂，身姿挺拔。

江月和穆攬芳自然要起身還禮。

衛姝嵐伸手，一邊壓住一人的肩膀，並不讓她們動。「他們是我的弟弟，便也是妳們二人的弟弟，安心坐著受他們的禮。」

穆攬芳還好說，她年歲和衛海宴相當，聞言忍不住笑道：「那我們月娘賺了，她還不到十七呢，多了這麼兩個弟弟。」

江月好笑地輕推她一下。

衛家兄弟也跟著彎了彎唇。

衛海晏拱手道：「長姊說得不錯。長姊在家書上寫了，江娘子醫術高超，治好了她多年的痼疾；穆姑娘古道熱腸，仗義執言。全靠您二位，她才能脫離苦海。」

兄弟兩人便又端端正正地給她們二人行了個謝禮。

隨後衛家兄弟坐到隔壁聯玉那桌。

三人又互相見禮，論過齒序，而後寒暄起來。

穆攬芳笑著歪在衛姝嵐身上，敬佩地道：「前頭我想岔了，還當姊姊是心慈手軟，沒承想是心中早有成算。也得虧事情都按著姊姊計劃的發展了，不然若是那史文正將鐲子典當，豈不可惜？」

「他不會。」衛姝嵐同史文正到底做了好幾年的表面夫妻，對他也有些瞭解。「他這人好臉面，若出入典當行讓人瞧見了，豈不是把他小瞧了去？還不如直接給了青樓中人。」一出手就打賞那樣一個玉鐲，多麼的有面子啊！「而且就算他沒給，也無妨。」

衛姝嵐做了兩手準備，若那鐲子是被史文正典當了，衛家兄弟也會把這樁事鬧大。史文正憑何敢素日裡流連在煙花之地？不就是覺得史家人都回府城了，路安縣距離府城又路途遙遠，這才無所顧忌嘛！

事情鬧大，再使人去府城到處傳一傳，保管全府城的人馬上都知道他在縣城裡出了這麼大的洋相。

時下男人尋花問柳固然不算什麼新鮮事，可若是「家風清正」的史家少爺，則另當別論。更別提是讓大小舅子直接把人從青樓裡拽了出來，還當街暴揍一頓。

史家的家法、府城人的唾沫星子，就夠史文正喝一壺的了。

所以衛姝嵐前頭只說讓他「脫層皮」，也沒有把握真的能定他的罪。

「只是可惜了那上好的玉鐲，就算拿回來了，到底是去那種地方轉了一圈。」

衛姝嵐找回玉鐲後就沒再往手腕上戴了，聞言抿唇道：「一個鐲子而已，不值當什麼。」

衛海清年歲小，性子也跳脫，馬上回應道：「穆姑娘沒必要替我姊姊心疼，差不多的玉鐲，我母親給她準備了三、四個。」

這話一說出來，不只穆攬芳，連江月都驚訝地挑了挑眉。

五品京官，照理說也不會富裕到這個地步才是。

衛姝嵐就解釋道：「早先只說了我父親的情況，我外家的情況卻還未跟兩位妹妹仔細說。」

衛姝嵐的外祖家是做綢緞布疋生意的，衛夫人從小就耳濡目染這些，在女紅上很有天賦。嫁給衛大人後，衛夫人也沒有光在後宅裡頭相夫教子，而是用嫁妝在京城開了自己的鋪子。經營了這些年，生意極好，還在京城揚了名，偶爾宮中的貴人都會傳衛夫人進宮，量體裁衣。

那羊脂玉的鐲子，就是衛夫人憑藉家傳手藝得到的賞賜，衛姝嵐才說是家傳的東西。

若真的只靠衛大人的俸祿，衛家的日子自然不能過得這般花團錦簇。

說到這兒，衛海清突然在旁邊輕嘆了口氣，欲言又止。

衛姝嵐聽到後就道：「在場的都不是外人，有話就說。」

「長姊何必對史文正那廝心慈手軟？將宮中的物件轉手給青樓女子，往大了說是冒犯天家，但宮中傳出來的東西多了去了，總有不長眼的人到處挪用，屢見不鮮。史家在府城有些人脈，又有些積財，若為那史文正打點一二，他很快就能重獲自由了。我記得母親給妳的陪嫁裡頭，可還有皇后娘娘賜下的東西呢！若是用那個，這史文正豈止是押回原籍受審？」

衛姝嵐偏過頭道：「我只是要史文正本人脫層皮，休夫最好，和離也成，畢竟史家老夫人待我還算不錯，沒得把罪名弄大，牽扯到全家。何況若牽扯到那位娘娘……」就算在場的沒有外人，可到底是在酒樓裡，衛姝嵐也沒有說得太過詳細。胡家那位娘娘是出了名的睚眥必報，屆時史文正固然會被量以重刑，但說不得那位轉過頭來會連衛家一起記恨上。她頓了頓，才又接著道：「鬧得太大，也終歸不好。」

衛海晏也碰了碰衛海清的衣袖，讓他把話嚥回肚子裡。

衛海清自覺失言，話鋒一轉，接著和聯玉寒暄道：「聯兄一表人才，談吐氣度皆是不凡。我聽你官話的口音，好像也是京城人士？」

聯玉不卑不亢地道：「從前在京城討生活罷了。」

他們那邊聊起來了，衛姝嵐也招呼江月和穆攬芳接著動筷。

加了香蕈、蝦皮增鮮味的湯底鮮美無比，切成薄片的兔肉下鍋來回涮幾下，便可以吃到嘴裡。鮮香軟嫩的口感，讓人齒頰留香，回味無窮。

而天香樓的果釀則清香撲鼻，搭配著菜餚，很是解膩。江月吃著新鮮，不知不覺的就多用了一些。

一頓飯結束，便到了分別的時候。

衛姝嵐今日就要動身去往府城，處理後續事宜。等和史文正徹底撇清了干係，她清點好嫁妝後，也不會在府城多留，會立刻和衛家兄弟一併回京城去。

因此今日一別，往後便是相隔千里了。

時下的車馬很慢，很多人終其一生都不會離家很遠，也不知道來日還有沒有再見的機會。

衛姝嵐一手拉著江月，一手拉著穆攬芳，依依惜別。「等忙完這程子，回家安頓下來後，我會給妳們寫信。來日妳們上京，也一定記得要來尋我。」

江月頷首。「姊姊恢復得很好，照著我的方子再吃一旬的藥，便沒有大礙了。」

衛姝嵐忍住淚意，壓低聲音笑道：「可惜月娘已經成家，不然……我說什麼都得把妳綁回京城去，給妳配個好兒郎，一輩子在我身邊，不再擔心生什麼病。」

穆攬芳甕聲甕氣地道：「那我呢？我沒成婚啊！怎麼不把我綁去？」

衛姝嵐笑著看她一眼，也不言語，只是調轉視線看向自家兩個弟弟。

兩兄弟今日方才覺得替自家姊姊出了一口惡氣，席間高興，飲了不少酒。

衛海晏還好些，他這個年紀，在京城已經出去和同窗應酬了，因此只是臉上有些發紅。

衛海清則是還未怎麼飲過酒，不知道自己酒量深淺，已經喝大了，被自家兄長和聯玉一併扶下樓。

他連人都分不大清了，錯把聯玉認成衛海晏，一個勁兒地把臉往他肩膀上蹭，喊他「兄長」，嘴中還嘀嘀咕咕地道：「兄長聽到史文正那廝在青樓裡說的話不曾？他書都讀到狗肚子裡去了，竟連為長姊治病的江娘子都敢妄想——」

「衛海清！」衛海晏動了真怒，一聲低喝打斷了他的話。

史文正在背後嚼江月的舌頭，那是他的不對。可若是把這種話學出來，那就是衛家人的不是了，何況還是學給江月的夫婿聽。

衛海晏粗魯地將弟弟從聯玉身上扒拉下來，塞到了車夫和小廝手裡，讓他們二人把衛海清扶進馬車裡休息。

「聯兄，實在對不住！我這弟弟喝多了酒就開始說胡話。」

聯玉神色淡淡，不見喜怒地說無妨。「衛二公子性情耿直，顯然是為我夫人抱不平，才會記住了那麼幾句骯髒話。我只是確實有些好奇，那史文正背後是如何說我夫人的？」

衛海晏見他確實不像動怒的樣子，便附耳上前跟聯玉耳語了幾句。

很快地，一行人就在天香樓門口分道揚鑣。

臨上馬車之前，衛姝嵐將一個荷包塞到了江月手裡。「這是我的一點心意。」這便是她支付給江月的診金了。說完她拍了拍江月的手背，上了馬車。

車夫一抖韁繩，駛動了馬車。

之後，穆攬芳也沒有多待，帶著綠珠告辭。

江月轉頭一看，發現聯玉正垂著眼，若有所思，站在自己身後幾步開外的位置，便詢問道：「咱們是回家去，還是出城去轉轉？」

聯玉抬起眼睛，說都成，頓了頓，他注意到江月開始變紅的臉，便又道：「還是回家吧。」

說著話，兩人並肩離開了天香樓。

快到梨花巷附近的時候，江月投降道：「我真不知道哪裡惹你不悅了，你直接告訴我好不好？今兒個回去，若是還沒把你哄好，母親和房嬤嬤非扒我一層皮不可。」

她的酒量還是一如既往的差，眼下眼神雖然還算清明，腳步也穩健，但其實已經有了幾分醉意。不然平時和他說話的時候，不會挨他這麼近，近得連呼吸都好似噴在他的脖子上。

「看路。」聯玉拉了她一把，將她從一個小水坑前拉開。

江月越走越犯睏，挨到他身上之後，乾脆就懶懶地把半邊身子靠在他肩上，等於是聯玉在推著她行走，而她自己不用發力了。

聯玉好笑地看了一眼她這憊懶的模樣，又走了半晌才道：「妳為什麼把我和史文正比？」

「他憑什麼和你比?!」江月下意識回道，然後恍然想起這話好像真的是自己之前說的。「我不是那個意思，而是見到了不好的，才越發覺得你好，沒有要把你們相提並論的意思。」

「嗯。」清瘦昳麗的少年垂下眼，聲音裡多了幾分笑意。「還能說這麼長一串話，倒不算醉得厲害。」

江月感受著他情緒的變化，小心翼翼地呼出一口氣。

還真當她是哪裡做得不好，讓他不高興了，原來只是幾句話的誤會，說開了也就好了。

呼完氣，臉頰酡紅的少女仰起臉看他，語氣無奈。「聯玉啊，你可真是……」

「可真是什麼？」他垂下眼。「可真是敏感、陰鷙、不討喜？」

她或許真的是醉得厲害了，嚥下翻滾到喉間的酒氣，再踮著腳，伸手到他臉邊上。少女的手掌白皙柔嫩，卻沒有覆上他的臉，而是伸出兩根手指，輕輕捏了捏他頰邊的軟肉。

「可真是擰巴得有點可愛……」江月軟軟地倒在了他懷裡。

一覺睡醒，已經是傍晚時分。

江月從自己的帳子裡爬出來，摸來炕桌上的水碗，咕嚕地灌下幾口，才覺得活過來了。

她只記得從天香樓出來，而後和聯玉說著話往家裡走，然後就沒印象了。

「這酒樓的甜釀後勁也太大了……」江月揉了揉發痛的眉心，起身穿戴整齊後下了炕。

後院裡安安靜靜的，江月便去了前頭鋪子裡。

只見許氏、房嬤嬤、寶畫和聯玉都在，正聚在桌前說著什麼。

見江月過來，寶畫立刻招手道：「姑娘快來瞧！」

江月定睛看去，就見桌上攤著一份地契和屋契，上頭還署著「江月」的名字！

「這是……哪兒來的？」

「這是姑娘帶回來的啊！」寶畫說：「姑爺把您抱回來的，我和娘給您脫下沾了酒氣的衣裳，就看到了一個荷包，這就是那荷包裡頭的東西。」

江月這就知道了。「那荷包是衛家姊姊給我的診金，但我只以為裡頭是銀票，不知道竟是書契。」

衛姝嵐以江月的名義購置的鋪子，還在梨花巷，鋪面整體不大，但市口比江家祖傳的這個鋪子好不少。粗粗估算，價值得在二、三百兩左右。

「這史……不是，這衛家小姐當真神通廣大，她怎麼知道咱們姑娘想另外尋個鋪子？」

江月想開醫館的事並不瞞著家裡，寶畫自然也知道這個。

江月想了想，道：「或許是攬芳姊姊說的，之前我跟她也提過，她們在一起住了好幾日來著。」

房嬤嬤回應道：「那就難怪了，這過契須本人到場才行。若是穆姑娘出面，讓衙門的文書幫著操作，這鋪子便能在姑娘不知情的情況下，過到姑娘名下。」

許氏也頷首。「這衛家小姐妥貼細緻，若是直接給銀錢，月娘覺得她給得多，下回通信時託鏢局將多的銀票送回即可。折成鋪子，卻是不能再還給她了。」總不能將人家特地買的鋪子轉手再賣了，折合銀錢歸還吧？既麻煩，也浪費了對方的一片心意。

「衛姊姊闊綽，這筆銀錢可能在她看來並不多……這樣吧，等她回京安頓好之後來信，我再寫幾個養身的方子給她，算是回禮。」

後頭自然就說起這新鋪子的用處。

其實也不用商量具體要做什麼，都知道江月醫術高超，也想著開設醫館，現下有了鋪子，自然要把這樁事提上日程，只是其中有許多細節還需要商定，比如醫館叫什麼名字、要訂做個什麼樣的招牌、得提前準備多少藥材、何時開業等等。

江月對招牌響不響亮並沒有什麼執念，就說：「叫江記醫館就成。」

寶畫道：「那我去負責訂做招牌，梨花巷就有手藝活很不錯的木匠，姓張。前頭姑娘還給他治過手臂的拉傷，只收了十幾文錢，他當時就說過，往後有活計一定要找他。而且我跟他家大丫也玩得好，咱們銀錢照給，只要求張木匠趕趕工，他應當是樂意的。」

至於藥材，確實得收一些，不用跟善仁堂看齊，收一些常用的就好。

她手邊有二百兩存銀，還是秉承著之前的習慣，決定留下一半，先收一百兩的藥材。

江月很快就在紙上列了個清單。

這倒是個繁難的活計，城裡也有得賣，但是價格不會比醫館裡便宜多少，而且若是每樣要得不多，但種類繁多，對方還不一定樂意賣。

想買到便宜又品質好的，得去鄉間藥農那裡收。

就江月這細胳膊細腿的，怕是得把腿都跑細一圈。

「我來吧，」聯玉出聲。「我從前做過類似的採辦活計。我先照著單子去善仁堂每樣買一些，再照著那個品質去收。」

若換成旁人，江月說不定還有些擔心，但做事素來有成算，比她擅長跟人打交道的聯玉，則不用擔心他被人誆騙。

江月就把藥單和一百兩銀票一併給了他。

至於鋪子裡的其他瑣碎事務，例如打掃鋪子及購置藥櫃、石杵、石碾等，則由房嬤嬤一手包辦。

三月的時候，江記醫館就在梨花巷順利開業了。

醫館也分前後兩間，但整體並不很大，前面在放下一牆的藥櫃和一個大櫃檯後，便只能放下一張桌子及幾個條凳。

後院則只有兩個不大的房間並一個小灶房、一個茅房。

前頭自然是江月給人看診、抓藥的地方，後院則並不用來住人，只準備用來安置傷重的病患。

另外熊峰每隔一段時間會過來瞧聯玉，他便可以住在這兒，省得他到處找地方落腳，也能順帶幫忙守著鋪子。

開業的這一日，江月只買了一長串掛鞭，放過之後，揭下招牌上的紅布，便算是完成了儀式。

街坊四鄰不少都承過江月的人情，他們也不嫌棄儀式簡陋，早就準備好了並不貴重卻滿含心意的賀禮，紛紛登門。

那幫著做招牌的張木匠也在其中，正跟人道：「我前兒個就覺得沒胃口，正好讓江娘子給我看看！」

「你傻不傻？還當是義診呢！這醫館都開起來了，人家也是要掙銀錢的！這麼點事，連病痛都不算，難道還花銀錢看大夫？聽我的，咱們放了紅雞蛋就走。真要有個不舒坦，去村裡找赤腳大夫，花個二、三十文……」

「你才傻呢！江娘子在這兒是出了名的心善，給我家裡好幾口人都診過病，都沒收什麼銀錢，我樂意給她賺這個銀錢行不行？」說是這麼說，但張木匠心裡也有些打鼓，暗暗嘀咕著這江記醫館可千萬別像善仁堂似的，診金動輒就一兩銀子起步啊！

二人說著話進了醫館，就看不大的醫館裡頭，除了一些常見的家具和傢伙什物外，居然還有好些籤牌。

首先是櫃檯上立著的一個小木牌，上面直接寫著「看診五十文，接骨一百文，出診和疑難雜症另議」。

而空白牆上的木籤，則詳細地寫了各種藥材一錢的價格。

從來沒見醫館還有這樣的，街坊四鄰不由得都看呆了。

其實也不是江月特立獨行，純粹是她沒有再另外雇人，房嬤嬤和許氏都留在祖傳鋪子裡，支應著藥膳的營生，所以現下醫館裡只她和聯玉、寶畫三人。

聯玉還好，藥材就是經他的手，對各色藥材的價格都記得十分清楚。

但寶畫沒有那麼好的記性，到現在還記不清。

所以江月乾脆就把價錢寫到木籤上掛到牆上，這樣不只是病患不至於因為阮囊羞澀望而卻步，算錢的時候，即便是寶畫也能算明白。

於是張木匠頓時疑慮全消，昂著下巴對同伴道：「你看吧，我就說江娘子人美心善，不指著發黑心財。」說完，他就去排隊等著看診了。

很快就輪到他，江月給他搭完脈後，說：「您這是脾胃虛弱引起的胃口失調，也不用吃藥，開一道『四寶粥』，您多預付五十文，拿個籤籌，明日去我家藥膳坊喝粥就行。」

張木匠確實古道熱腸，當下就道：「娘子別怪我多嘴，我聽妳方才也是能不給人開藥就不開，光開點藥膳粥湯，這哪成啊？掙不到銀錢的！」他也有自己的擔心，怕江記醫館經營不善，回頭給倒閉了，他上哪裡再去找這種診金只要五十文的地方？

眼下醫館都開起來了，江月對銀錢還真是沒有太大的慾望了，但既然對方特地提醒了，她便忍著笑，道：「本也不為掙多少銀錢，而且您放心，這醫館是我名下的，不是租賃的，不會輕易倒閉。」

張木匠這才放下心來。

到了中午時分，人漸漸散去。
江月洗了把手後，去櫃檯邊看聯玉。
前頭她給人看診時，聯玉就負責幫忙收錢和抓藥。
江月才忙完，他也同樣是才有空休息。
他前頭幫著下鄉收藥材，皮膚倒是不見黑，人卻是又清瘦了一圈。
加上近來江月已經開始給他服用靈田種出來的藥材，藥效強勁，對人體多少也有一些負擔。
江月不好意思地撓了撓臉。「不然我還是再請個人吧？」
抓藥的活計十分精細，能分辨藥材是一遭，還得有十二萬分的細緻和小心，用戥子不能有一絲出錯。這種精細活計，江月連寶畫都不放心，便只好交給他做。他也確實做得很好，收過一次藥材，江月又教過一遍，他便幾乎能做到過目不忘。
聯玉把藥櫃合攏，又攤開帳簿，提筆記帳，說：「暫且不用，日後……再尋吧。」
江月也沒細想他的話，將一個沒有合好的藥櫃關上。「我真的很好奇，前幾日你去府城收藥，我還想著府城的物價不是更高嗎？沒承想，一百兩居然能收到這麼多品質上乘的藥材。」
「可能是我運道好，遇到了心善的賣家吧？」還在記帳的聯玉頭也不抬地道。

四月頭，穆攬芳來探望江月，並給江月帶來了衛姝嵐的書信。

書信上，衛姝嵐說自己已經回到了京城，往後按著書信上的位址給她去信就好。

等江月看完信，穆攬芳才壓低聲音道：「衛姊姊的事後頭可真是峰迴路轉呢！她去了府城之後，在衙門寫完休夫書，就去史家清點嫁妝。據說嫁妝讓朱氏虧空了不少，還是史老夫人拿出體己銀子，才堵上了窟窿。後來老夫人幫著求情，衛姊姊也心軟，就幫著去官府說了幾句好話，證明那史文正確實是不知那鐲子的來歷。史家又花費了好些銀錢上下打點，所以那史文正就坐了月餘的牢。」

「這麼快？那廝莫不是追到京城去了？」江月還當自己看漏了書信內容，正要拿起來再看。

穆攬芳噗哧一聲笑出來，說：「沒有！那廝憋了一個月餘，出來後的第一件事就還是……結果卻運道不好，碰到了帶那種病的。噁心人得噁心病，真是現世報！」

醫館開業幾日後，生意漸漸回穩。

江月平均一天能診治二到三人，幾乎全部是輕症。

四月時，聯玉幫著江月盤帳，一個月合計的盈利在五兩左右。

其實已經算進項可觀了，畢竟藥膳鋪子一個月的盈利也就三兩，扣掉房嬤嬤和寶畫的工錢，只盈餘一兩。

但她還沒給聯玉算工錢呢！

聯玉既是掌櫃，也是夥計，還兼任兩個鋪子的帳房先生，身兼數職，幾乎都是腦力活兒，若是按著小城的市價，給他開個三兩銀子的工錢都不算多。

尤其江月對他做工的態度真的是十分滿意——醫館的衛生要求比其他的鋪子高，每來過一次人，江月就會進行一次簡單的灑掃。她這幾日正琢磨著給衛姝嵐寫養身方子當回禮，很多時候幹著活，突然有了想法，把掃帚或抹布一擱，就去桌前寫上幾筆，等回過神來的時候，她那些幹到一半的活計肯定已經讓聯玉做完了，掃帚都已放回了原位，抹布也都洗好晾曬到院中。

也難怪相處得越久，許氏和房嬤嬤對他越喜愛。也不知道從前她忙得不著家的時候，聯玉搶著幫家裡做了多少活計？

不給他開工錢，江月第一個心裡過意不去。

聽到江月要給自己開工錢，在整理帳簿的聯玉好笑地抿了抿唇，說不用。

「怎麼不用？房嬤嬤和寶畫在藥膳坊那兒做的活計多，她倆的工錢走藥膳坊的帳，你的工錢就該從醫館裡支付。」

幾兩銀子而已，他是真沒想拿，但是半年多的相處下來，他瞭解江月在某些方面自有她的執拗。就像房嬤嬤和寶畫之前也不肯要什麼工錢，江月就會很有耐心地擺事實、講道理，把房嬤嬤和寶畫說得都沒脾氣了，也只能聽她的。

沒得因為這麼點事掰扯，加上江月現下手頭也沒有那麼寬裕——置辦藥材就花了一百兩，醫館裡的各種什物也花了二、三十兩。她手頭只有不到百兩，馬上春天過去後，入夏時分許氏就要生產了，到時多的是花銀錢的地方。

「那等醫館的營生走上正軌了，再給我開工錢吧，現下……先用別的抵帳？」

江月說也行，頓時怎麼看他怎麼順眼，彎唇笑道：「那你想要什麼？」

她的唇飽滿紅潤，只是她平時不是逢人就笑，便很容易讓人忽略她的唇也生得極好。聯玉的目光流連了一瞬，而後垂下眼睛道：「暫且還未想好。」

正說著話，就聽見鋪子門口突然喧鬧起來。

兩個五大三粗的漢子扶著一個灰頭土臉、身穿短打的男子進來。

那男子口中「哎喲」聲不斷，坐到條凳上之後就嚷道：「大夫呢？快來給我瞧瞧！我胳膊疼，腿也疼！」

江月立刻上前，開始檢查他的傷勢。

男子的膝蓋處破了個大口子，裡頭的皮肉擦破了好大一片，但並未傷到筋骨。

至於胳膊則是脫臼了，接上就好。

江月一邊簡單地解釋了兩句，一邊讓他稍等，而後去了後院。

後院的小灶房並不開伙做飯，但會燒熱水。

江月便去兌了熱水出來，準備先把他腿上的傷口處擦拭乾淨，再給他止血。

她一走，那兩個漢子知道他只是脫臼，不約而同地鬆了口氣。

那男人沒好氣道：「你倆還好意思呼氣？把老子弄成這樣，不帶老子去善仁堂醫治，還讓老子走了兩、三刻鐘，跑到這小醫館裡頭！」

一人賠笑道：「柱子兄弟別嚷，咱也不是故意的，當時幹著活兒呢，沒注意你在邊上。至於這醫館雖小，可不比善仁堂差。」

原來這三人都是苦力，只是那叫柱子的男子是新來的，而另外兩人是一對兄弟。

這天活計不多，兩兄弟跟人爭搶麻袋時，不小心把重物砸在了他身上，害他直接摔在了地上。

另一人跟著幫腔道：「就是呀！我家姑婆就住在這附近，前兩天一道吃飯時，她還特別誇了這江記醫館呢！」

那名叫柱子的男子把小醫館環視一圈，看到了櫃檯上的木牌後，不滿地道：「你倆放屁！我認識好幾個字呢，人家這兒寫著價錢！你倆純粹是圖便宜，才把我帶來這兒！」

這是自然，苦力一天累死累活也就掙幾十文錢，真要把他往善仁堂帶，豈不是得填進去幾個月的工錢？

若不是這柱子傷了腿，實在是不方便挪動，兩人還想給他攙到村子裡看赤腳大夫呢，那可比城裡便宜多了，還能再省下幾十文。

兩兄弟對視一眼，而後年長的那個壓低聲音道：「別的不說，這醫館的小娘子是不是美得很？那麼貌美的小娘子，比花街裡頭的花魁還好看，蹲在你邊上，給你治胳膊、治腿……」

三人交換了一下眼神，然後不約而同地笑起來。

那柱子清了清嗓子，這才勉為其難道：「那看在小娘子確實貌美的分上，我就暫且不和你們計較了。不過若是她醫術不行，你倆還是得帶我去善仁堂。」

三人自以為壓低聲音的耳語不會有旁人聽見，但隔著半間屋子的聯玉卻已然不動聲色地擱了筆。

江月從後院提著熱水過來的時候，就看到聯玉已經在櫃檯上擺出她需要的紗布和細棉布，還有她之前配好的傷藥。

一家人不用道謝，江月笑看了他一眼，正準備去診室，就聽見聯玉道——

「方才不是問我要什麼抵帳嗎？不如妳教我接骨吧。」

技多不壓身，而且江月知道他早些時候因為不會接骨，吃過很大的苦頭，便應道：「那正好，先從脫臼這課開始學起，你跟我一道過去。」

到了另外半邊的診室，江月讓那陪著來的兄弟倆將條凳拼在一處，讓那男子把傷腿擱在條凳上。

她用布帛沾了溫水，簡單地擦洗了那人的膝蓋後，倒上傷藥。那傷本也不怎麼厲害，很快就止了血。

而後江月就起身，指點聯玉上手操作。

那男子一聽是聯玉接骨，還是當場現學的那種，立刻不幹了！「怎麼不是小娘子給我治？」

江月理所當然地道：「這個需要力氣，我身弱力氣小，讓我夫婿來有何不可？你若是不願，可以去別家，只付處理腿傷的五十文錢就好。」

那扶他來的兩兄弟連忙勸他忍忍——離了這家，哪裡再去找這麼便宜的醫館？

加上男子剛剛見識過江月用的傷藥，眨眼之間就給自己止了血，便也不再出聲。

照著江月說的，聯玉握住那男子的一隻手腕，讓其肘部彎曲、肌肉放鬆，接著就握住脫臼的手臂，延伸牽引。在牽引的同時，他把男子的手臂往外旋轉。

聽到一聲脆響之後，江月點頭笑道：「復位成功了，你學得真快！」

那男子活動了一下胳膊，確實沒有任何問題了，兄弟倆便去結了一百五十文銀錢，準備攙扶著男子離開。

江月提醒道：「這份傷藥已經算在那一百五十文裡頭了，一併帶上吧。」

等那三人離開後，聯玉忽然道：「我出去一趟。」

江月應了一聲，淨過了手，自去櫃檯邊，把進項記帳。

聯玉前腳才走，後腳寶畫就提著食盒過來送飯了。

「姑爺人呢？」

「打人去了吧。」江月頭也不抬地說。

前頭雖然她去了後院的灶房，沒聽到那幾人說了什麼，但她比常人敏感，早就發現這幾人打量自己的視線隱隱有些不懷好意。她自然是有些不悅的，只是懶得計較罷了。

後頭聯玉「恰好」提出要學接骨，江月就順水推舟地讓聯玉拿那人練手了。

寶畫正在把食盒裡頭的菜往外端，聞言不由得愣了下。「啥？」

「沒什麼。」江月笑咪咪地把帳簿擱下。

也就一刻鐘左右，聯玉就從外頭回來了。

江月也不問他做什麼去了，只催他快些洗手，一道用飯。

隔了一日，那兄弟倆又上門了，兩人都是鼻青臉腫的模樣，那哥哥頭上還簡單地包了布條。

不用江月詢問，他們就自顧自地道：「真是倒楣，昨兒個從醫館離開後，走到半道經過小巷，那一排竹竿突然就往我們仨頭上倒。那柱子之前還嚷著腿疼，讓我倆賠他誤工的銀錢呢，竹竿倒下的時候跑得比我倆還快！那小子還不肯把昨天那份傷藥分一半給我們……」

江月將他頭上的布條拆了，重新上藥包紮，波瀾不驚地道：「那確實算你們倒楣。」

第二十章

過了幾日，江月敲定了養身方子，給衛姝嵐寄了出去。

完成了這樁事後，江月便開始琢磨起旁的。

她準備製一點成藥，在自家出售。

前幾日那幾個苦力見識過她配的傷藥後，就回去宣傳了一番，醫館連著賣出去了好幾份。

但苦力受外傷、見血的情況並不多，反而是跌打損傷的情況更常見，江月便想著做些跌打酒，目標受眾不只是苦力，還有時下其他從事體力勞動的人。

原材料也很常見，就是紅花、當歸、桃仁、地黃、牛膝、杜仲等活血通絡的藥材。

她按著自己的方子配比，再加上一點靈泉水，效果自然比別家醫館的好。

她買了幾個大酒罈子用來裝跌打酒，等人上門買的時候，可自帶容器來沽，一木勺收二十文錢。或者直接購置她分裝好的小瓶，一瓶正好是一勺左右的分量，需多給瓶子的十文錢，也就是三十文。

若有個跌打損傷的，直接買藥酒怎麼也比看大夫便宜，而且一小瓶夠用好幾次。

時下酒水也不便宜，賺頭不多，一小瓶能掙個二、三文錢，純粹是薄利多銷。

另外還有普通傷藥和跌打酒的進階版——金瘡藥，有活血化瘀、快速消腫、止血止痛、防止傷口化膿等功效。

金瘡藥通常由松香、麝香、黃蠟、乳香、龍血和兒茶等藥材製成，需要先把這些藥材碾成碎末，再把豬油、松香、黃蠟三樣東西熬化，濾去渣滓後冷卻，和藥末一起攪勻。

用到的藥材昂貴，研磨耗費的工夫也不少，尋常百姓有個小傷，買跌打酒和普通傷藥就好，用不上金瘡藥。

所以金瘡藥的目標客群不是一般人，定價不便宜，一小瓶就需要二兩銀子，利潤在二、三百文左右，畢竟其中最關鍵的、能大大激發藥性的靈泉水，並不需要成本。

最後就是早些時候給江靈曦做過的祛疤膏。

一般男子身上留個疤，也不會特地花費銀錢祛除，可能還會覺得是什麼男子氣概的象徵。

但時下女子處境艱難，若是身上有個疤痕，就會婚配困難。

這個就是江月自己的配方了，原材料也不便宜，還需要用上不少靈泉水，她就買了十來個袖珍小巧的粗瓷盒子，一小份能搽十天半個月，能祛除絕大部分常見的傷疤。

定價是一兩銀子，利潤比金瘡藥少許多，也就十幾文的賺頭。

也算是江月存了私心，希望能藉此幫一幫其他手頭不寬裕的女子。畢竟女子在家中的地位都不高，一般出來做工的工錢也比男子低。

跌打酒炮製了幾大罈，需要密封月餘才能起效。

江月就先把金瘡藥和祛疤膏放在鋪子裡出售。

醫館生意本也一般，兩種藥的價格又不算親民，因此大半月過去，還未售出一盒。

江月本就做得不多，而且這兩樣東西且能存放，便也不急。

這日快到鋪子關門的時候，江月接了一趟出診，是附近的一個阿婆在家跌了跤，不方便挪動。

從外頭回來的時候，江月看到鋪子裡多了個高大健碩的身影。

這身形實在好辨認，江月一下子就認出是熊峰。

他正和聯玉低聲交談著什麼，江月輕咳一聲，提醒他自己回來了，這才抬腳進了鋪子。

進去後，江月先把收到的五十文錢放進錢箱——雖然出診寫的是另議，但就幾步路的工夫，而且那位阿婆傷勢也不嚴重，她便也只收五十文。

放完銀錢，江月輕輕吸了吸鼻子，聞到了一絲血腥氣，看向熊峰詢問道：「你受傷了？」

熊峰不以為意地說：「路上遇到了不長眼的山匪，挨了一刀，也沒砍到實處，當時已經找了大夫看過，包紮過了。可能今日騎馬趕得急，又有些出血。」

「我剛正要讓他試試這個。」聯玉把裝金瘡藥的小瓶子往前推了推。

「我覺得真沒事。」熊峰素來聽他的話，說是這麼說，還是立刻乖乖捋起袖子。

只見他肌肉虬結的小臂處，包著一圈白色紗布，滲出了一塊鮮紅血漬。

他飛快地將紗布撕開，裡頭是一道兩寸長的刀傷，雖然沒傷到骨頭，卻是皮開肉綻，上頭確實如他所說，已經上過了藥，現下還能看到一層白色藥粉。

熊峰還真的是心大，用紗布擦了擦血後，就把藥粉往傷處一倒。

也就眨眼的工夫，那隱隱要裂開的傷口居然就止住了血！

「這藥也太厲害了！」熊峰像是不覺得疼似的，一臉的驚喜。

聯玉朝他遞去一個眼神。

熊峰立刻就對江月道：「我要買這個藥，買很多！」

「很多是多少？」

熊峰又去看聯玉，聯玉想了想，說：「先要五十瓶吧。」

「這麼多？」江月現下總共才做了一、二十瓶。

小半瓶就能止住這血肉模糊的刀傷，一群跑單幫的，一口氣要準備五十瓶這種藥，這哪裡是在做生意？簡直是在做刀口舔血的買賣了！江月忍不住狐疑地看了熊峰一眼。

熊峰努力憋出一句。「京城的兄弟多，我想給他們送一些傍身。」

聯玉也順勢說道：「京城那地界物價高，一瓶這樣的藥得三、四兩銀子。多買一些，還能去京城倒一倒。」

熊峰忙不迭地點頭。「對對，所以先要五十瓶，賣得好的話，我還需要更多！」

跑單幫本就是掙的南北倒賣的差價，江月便也沒覺得有什麼問題。「前頭沒想到這一層，做得不夠，你多留幾日吧，我得做上幾日。」說著，江月又想了想，臉上帶著笑意，還難得主動給熊峰添了一碗茶水。「既需要金瘡藥，那別的需不需要？比如治療小傷的普通傷藥？而且我還能做旁的，例如你們在外行走，總有露宿的時候，會不會需要驅散蛇蟲鼠蟻的藥粉？還有馬上要天熱了，人在外頭跑容易中暑，不得備點解暑藥？」

熊峰撓頭道：「普通的傷藥不是到處都能買？蛇蟲鼠蟻那不是點了艾草驅一驅就好了？中暑就多喝點水唄……」

聯玉輕咳一聲。

得！花的是他家公子的銀錢，他公子樂意就成！

熊峰生硬地止住話頭，說：「成，這些藥我全都要了！」而後豪氣干雲地在櫃檯上拍出一張銀票。

江月倒也不是真的要敲熊峰的竹槓，而是她配出來的藥確實比那些土法子好。試用過後，他就知道。

五十份金瘡藥她按市價算，考慮到路途遙遠，不適合用粗瓷瓶裝，更適合用油紙包成小份，她便扣掉十文錢的瓶子錢，每份給多裝一些，還計作二兩銀子一份，便是一百兩。

加上普通傷藥、驅蟲藥、解暑藥等，也按著五十份的數量配，抹個零頭，算上前頭的金瘡藥，合計一百五十兩。

撥完算盤，江月看著那二百兩面額的銀票，打開錢箱子準備找零。

熊峰這次不用他家公子提醒了，有眼力見兒地道：「不用找零，多的當成下次的訂金。」

江月也就收下了，秉承著交情歸交情，生意歸生意的想法，她還是寫了兩份收據給熊峰，寫明第一批藥物的價格，其餘則是第二批藥物的訂金。

交付清楚之後，江月就讓熊峰去後院的小房間休息，然後開始和聯玉商量起添置藥材的事。

那一百兩的藥材在經過一個月的經營售賣後，用了還不到存量的十分之一。

但現下要做那麼些藥，且熊峰的意思是還需要第二批，那麼幾樣藥材便得及時補貨了。

聯玉說自己曉得。「妳先做完這批，過幾日我會再去跑一趟。」

得了他的準話，江月也不操心了，喜孜孜地開始配藥、碾藥。

聯玉去往後院，就看到熊峰並沒有進屋休息，而是站在那兒一臉的一言難盡。

見他過來，熊峰忍不住嘟囔出聲道：「公子費這麼些事做甚？不麻煩嗎？」

先是費勁巴拉地到各處去收上好的藥材，自己另外撰寫單據帳目，還不是胡亂撰寫，得根據實際價格隱去一部分，讓價格顯得那麼合情合理。

然後現下付銀錢買江月製的藥，再用那筆銀錢去購置新的藥材，等於是把銀錢左手倒右手！

直接說開了多好？

左右江月救了公子，治好了無數大夫束手無策的重傷，自家公子現下也不缺銀錢，莫說這幾十兩、百兩的，便是千兩、萬兩，想來也不會吝惜贈與她。

至於江月會不會懷疑，那又值當什麼？反正再過不久，他們就要徹底離開這裡了。何至於這般麻煩，來回的圓謊？

聯玉偏過眼，看了一眼在櫃檯前笑得眉眼彎彎的江月，神情也跟著柔軟了幾分。「不麻煩。」她開心就好。

熊峰也不難為自己的腦子了，只道：「我雖然不懂醫術，但今兒個見到公子，也能感受到您就要大好了。馬上也就要到您說的半年之期了，您定個具體日子，我好通知其他人來接您。」

熊峰雖然看著每次都是一個人進城，其實從軍營出來都會帶上好幾人，只是怕人多了引人注意，其餘人都留在城外而已。

若聯玉要動身，便需要仔細安排。

「不急。」聯玉轉過眼，想了想，說：「我的傷確實快好了，但怎麼也得等到她母親平安生產後。」

熊峰沒有再勸，他來往江家好幾次了，見過許氏瞧聯玉的眼神——那真的是長輩看自家小輩的眼神，再慈愛和藹不過。

現下許氏已經不需要再接外頭的活計做，但平時也沒什麼事，就還接著做女紅。熊峰看過好幾次，一開始還當她是給未出世的孩子或江月做，後來有一次，許氏瞧見他袖口破了，招呼他到跟前，給他縫補衣袖，熊峰仔細瞧了她的針線笸籮，才發現她是在給自家公子做東西。

上次許氏還送了熊峰一雙鞋墊呢！

他跟許氏接觸得也不算多，許氏憑啥給他納鞋墊子？不過還是瞧著他同公子要好，愛屋及烏，也把他看成半個自家子姪罷了。

女子生產猶如過鬼門關，就算有醫術高超的江月在，也不能說是萬無一失。因此即便是熊峰這樣的大老粗，也說不出讓自家公子不管這樁事的話。

一旬左右，江月做好了熊峰需要的金瘡藥和其他藥粉，讓他帶著一併上路。

時間一下子就來到了五月，天氣熱了起來，許氏的產期也近在眼前。

這日聯玉從外頭回來，發現江月並沒有睡下，而是正在桌前忙著什麼。

天氣一日熱過一日，江月從醫館回來後已經沐浴過，換上了許氏給她做的新寢衣。鵝黃色的輕薄對襟衫裙，裡頭是素白的抹胸，腳上則是家常的軟緞鞋。

這衣裙就是在屋子裡睡覺時穿的，所以下襬做得比尋常的裙子短一些。

像現下她坐在桌前，裙子便上掀了一截，露出一截雪白纖細的腳踝，以至於他一進屋就瞧見了一抹亮色。

聯玉腳下一頓，立刻挪開視線，往上看去，卻看江月嫌袖子礙事，已經把寬大的袖子捋到了手肘處，露出來的半截小臂也白得晃眼。

他一時間有些失措，不知道該看哪裡，便只好把視線停在她的臉上。

江月的神情也可謂是精彩紛呈，她正全神貫注，眉頭緊蹙地提筆寫寫畫畫。

他不由得彎了彎唇，問她忙什麼呢？

畢竟她平時只看醫書，而看醫書的時候並不會這般嚴陣以待。

「忙著弄《生育指南》呢！」

許氏沒多久就要生了，自然需要事先聯絡接生婆，最後就定下了梨花巷附近的黃婆子，據說附近一半的新生兒都是經她的手出生。

另外大伯母容氏和穆攬芳也一起介紹了一個接生婆，姓李，據說是經常出入富戶和官家的。

江月今日已經讓寶畫跑了一趟，把兩個接生婆都約到醫館來了。

她挨個兒考察了一下，兩人確實都是經驗豐富。

江月便把兩人一起定了下來，讓她們六月後就不要再接別人家的活計了。

付完訂金之後，江月隨口問起她們是跟誰學的這門手藝？

李婆子說「這有啥好學的？我去世的老娘就是做接生婆的，等我嫁了人，自己生過孩子，再跟著她學過幾遭，也就會了」。

黃婆子道「是啊，我也是自己生完孩子，又看過我閨女、兒媳婦生過，跟著看過幾次就開始做這行當了」。

聽江月的語氣，聯玉察覺到她不怎麼高興，便問道：「可是她們二人不合妳的心意？我可以再幫妳去尋別人。」

江月說不是。「她們二人雖有些『知其然，不知其所以然』，但確實是經驗豐富，我並沒有對她們有什麼不滿意，不然今日也不會直接把訂金都交了。」江月頓了頓，擱了筆，正色道：「只是有些唏噓罷了。你說這醫書上頭，一個風寒，就能出現不下十種方子。女子生產雖不是病，卻比絕大多數病都來得凶險，而接生經驗卻沒有單獨著書立說，只靠接生婆之間口耳相傳。咱家比普通人家富裕一些，還能提前預定，若是家境貧寒或運道不好些的，豈不是只能自己生產，全看運氣？」

聯玉了然地點頭。「著書立說的大多是男子，他們自然不會寫這些。」

江月聽到這兒忍不住笑起來。「你這話說的，好像你不是男子似的。」見聯玉挑眉，江月有過說話惹他不悅的紀錄，立刻收住笑，道：「我的意思是，你當然和普通男子不同。」

他脫了外衣往炕上一靠，歪頭問：「哦？怎麼個不同？」

「你看，普通男子只知道好臉面，當人贅婿就跟受了多大的委屈似的，卻不想想，時下女子嫁人後，稱謂上便只有某家的夫人、某某氏，怎麼到了他們身上，就成了受到什麼屈辱了？你就不會了，你若是心存芥蒂，咱們哪來現下的好日子？還有這幾日接診，形形色色的人遇到不少，今兒個不是約好的兩位婆婆先後來了嘛，就還有不知內情的人經過看見，說什麼『好好的醫館怎麼全是女人』……」

「誰說的？」

江月擺手。「不認識，那人也沒進來，就在門口嘟囔了一句就走了。若與我成婚的是這種人，能接受我開設醫館，給人診病嗎？暫且只想到這些，以後想到了旁的再與你說。跟這些人相比，你當然不同。」

少女的眼神格外真摯，神色比方才研究生育指南的時候還認真刻苦。

聯玉忍不住悶聲笑起來，笑夠了才道：「那妳好好編寫，回頭我想辦法尋人去印刷。」

江月只想著寫下來，回頭教授給為許氏接生的兩個婆子，卻沒想到推廣這一層。

「會很貴嗎？」

聯玉說不會，又慢慢地解釋道：「時下使用的是活字印刷術，成本比古早的雕版印刷術低了許多，並不需要特別昂貴的價格，就可以去尋書局合作，印刷成冊。」

「原來這麼簡單？那敢情好，等印好後，我把書也放在醫館裡，只在成本上頭加一文錢出售，不指著這個掙錢，就希望能多些人看到。」江月說完便收起了唏噓的心思，接著認真寫自己的東西。

她準備按著接生婆的經驗，然後結合醫理，說清為何要那麼做。

當然還有一些女子生產時可能遇到的問題和應對辦法以及相應的藥方，也要寫一寫。

行文上頭也不能太文謅謅的、掉書袋，要通俗易懂，讀給目不識丁的人聽，也要讓他們一下子就能明白。

聯玉看她興致勃勃的，不由得莞爾。

其實自己印書這種事，也並非那麼簡單。人家書局排活字也需要時間和手腳功夫，印得少了，人家一般會不樂意，或者要價會變得非常高。

而且經營書局的也是男子，許多書商自認做的是清貴生意，也講究風雅那套。要讓這些死腦筋印刷與生育相關的書籍，說不定他們還會覺得有辱斯文，根本不會想到自己家裡也有母親和姊妹。

還有一遭，時下書冊的價格對普通人來說還是貴，一冊書怎麼也要個幾十文錢，想來並不會賣得很好。

若自家出紙張筆墨，請人來謄抄，成本倒是能低不少。但還是那個問題，抄書的讀書人比書商還清高呢！

而且識字的多半是男子，會為妻子購置這種書的還是少數。

女子倒是需要這個，但高門富戶有大夫、有穩婆，而貧家女子卻不一定能掏出那麼多銀錢買，更不會識字。

財帛動人心，這樣內容的書真要能掙錢，也不會讓江月唏噓說這上頭怎麼沒有對應的書籍了。

不過這些沒必要告訴江月知道，交給他來做就好，她只要開心地做她想做的事就好。

也就五、六日的工夫，江月就寫完了《生育指南》。

後續工作，如聯玉所說，由他一手包辦，並不需要江月再費心思。

這日聯玉出去聯繫書局了，只江月守在自己鋪子裡。

午後時分，一個頭戴帷帽、身形窈窕的女子登了門，坐到桌前，江月搭了她的脈，點出她身體有些虧空，另外月事上頭也不大好。

女子鬆了口氣，聲音婉轉悅耳。「是，我近來就是覺得身上乏力得很，另外月事也有些不準，我還以為是……」

「就是氣血失調而已，我開個方子，妳照著吃上一旬，月事應該就來了。」

「謝謝大夫。」女子頓了頓，又接著問：「我聽說，您這兒有祛除疤痕的藥膏可以賣？」

江月的祛疤膏到現在還未開張，便起身去櫃檯裡拿了一盒給她看。「是的，不過價格不便宜，這麼一小盒就得一兩銀子。您的疤痕若是方便展示給我瞧，最好還是給我瞧瞧，因為我這藥膏也不是所有的疤痕都能消，沒得買回去沒用，浪費銀錢。」

那女子聞言，不由得在帷帽下笑出聲，也不客氣地稱「您」了，輕輕柔柔地說：「妳怎麼這樣做生意呀？哪有自己拆自己臺的。」

江月也跟著笑。「肯定要提前說清楚的嘛！」

聯玉不在，江月便一邊同她說話，一邊飛快地抓藥。

那女子又問：「妳抓藥都不用對著方子，顯然都是有數的，怎麼還給我開方子？這紙和筆墨也是銀錢呢！」

「我是不用看，可是若是不想在我家抓藥，拿著方子去別家也可以。另外，若是後頭還有別的不適，要瞧旁的大夫，也得把現下吃著的藥方給大夫看，免得對方開出相沖的藥。」

女子都無奈了，再次出聲提醒道：「妳這樣真的掙不到銀錢。」

江月一邊給她包藥，一邊笑。「銀錢夠用就行。」

若真的要掙黑心錢，她只要在藥中稍稍動些手腳，讓患者的病拖延上一段時間，那就能多掙好些藥錢，還不耽誤積攢功德，畢竟從結果看，她還是把對方給治好了嘛！

兩人說著話，就看門口又進來兩人。

為首的那人同樣也是頭戴帷帽，但看身形和穿著，是個高大的男子。

時下倒是從未見過男子戴帷帽的，而且他的帷帽比尋常的還大一些、長一些，把他上半身都罩在裡頭。

江月和那女子不由得多看了一眼。

那男子身後跟著個小廝，立刻上前理直氣壯地嚷道：「大夫呢？快來給我家公子瞧病！」

這小廝穿得都比一般人好上不少，那戴著帷帽的男子更是錦衣華服。

主僕倆看著都不怎麼好相與，女子就對江月道：「無妨，妳先給他們瞧，我也沒什麼事，再等一陣子也行。」

江月想著還得看看女子身上的疤，判斷自己的藥膏能不能起效，就算可以去後院的屋子裡，但放兩個不好相與的男子在鋪子裡，也讓人不大放心，眼前的女子應該也會不自在，便對她笑了笑。「那勞妳稍等片刻。」

江月從櫃檯離開，示意那主僕二人跟著自己去另外半邊的診室。

搭上那男子的脈，江月沈吟了半晌，便說：「治不了，另請高明吧。」一邊說，江月趕緊起身去洗手。

那男子霍地從位子上站了起來，胸口劇烈起伏，連帶著帷幔上的白布都擺動起來。

他回頭衝著那小廝比劃了一下。

那小廝立刻說道：「聽聞娘子不拘是給城中富戶還是普通百姓治病，還從來沒有治不好這麼一說，怎麼到了我家公子這兒就治不好了？」

江月道：「我是人，又不是神仙，總有我治不好的病症。」

小廝看她態度強硬，便改了態度，賠笑道：「江娘子醫術厲害，若是治不好，總也有個別的法子，暫時穩住我家公子的病情吧？」

「我也沒有這種法子，你們走吧。」

「那、那……」小廝轉頭看向頭戴帷帽的男子。

男子又跟他比劃了一下。

小廝立刻又換了副面孔，怒道：「妳治也得治，不治也得治！若再這麼推三阻四的，我把妳這醫館給砸了！」

江月涼涼地說：「那你砸唄，左右跑得了和尚，跑不了廟。回頭我會清點好損失，拿著單據去找史家報銷。雖說大夫人才吐出前兒媳的嫁妝，但想來也不會差我們這點銀錢吧？」

「好個牙尖嘴利的小賤人，原來妳早就認出我了！」

那戴帷帽的男子出聲，赫然正是幾個月前被衛姝嵐休棄的史文正。

「別往自己臉上貼金，若早認出你，剛進門就該趕你出去了，怎麼會讓你進屋？」江月擦著手，哼笑道：「至於賤，誰能有你賤呢？」說著，江月意有所指地掃了他的帷帽一眼。

「不然把你這帷帽摘了，讓大家瞧瞧你那長了楊梅瘡的臉？」

「妳、妳——」史文正「妳」了半天，身子踉蹌了兩下，都沒說出一句完整話。

那小廝顯然也知道史文正的病，只敢虛虛扶著，不敢真的伸手觸碰到他。

沒得放任這麼個東西在眼前礙眼，江月直接道：「我還是那句，你這病我治不了，你識相就快滾！」

史文正推開假模假樣的小廝，怒喝道：「妳怎麼敢?!」

「這有何不敢？不只現下敢，回頭我還得寫個牌子，禁止你這種賤人入內呢！」

若史文正還是衛家的秀才女婿，說不定江月真的還得忌憚幾分，畢竟衛家那樣的人家，一般人還真的得罪不起。

可他早就被衛姝嵐休棄，功名也被革除，史家也不過是普通的府城富戶罷了，還能手眼通天，管到這縣城來？

更別說現下江月早就憑藉醫術，收穫了衛家、穆家還有自家大伯家的好感。

之前偶爾遇到一些麻煩的患者，例如那日那幾個不怎麼老實的苦力，江月從來沒想過要仗勢欺人。

但史文正這種賤人，絕對是另當別論。

既讓江月識出了身分，且自己生的那病還不能宣之於口，自家的權勢還真的傷不到她什麼，因此史文正的胸口又是一陣劇烈的起伏。

隔著帷帽狠狠瞪了江月一眼，他才重重地哼了一聲，掉頭離開。

等走到門口，他忽然看到了那個立在櫃檯邊的女子，立刻站住了腳，氣勢洶洶地道：「江月，妳一口一個賤人，這女子一看就是妓子，難道不是妳口中的賤人？憑什麼妳給她治，不給我治？」

青樓女子都會受到特殊培訓，尤其是一些自小就被賣進去的，身形體態和良家子不同。

對於史文正這種浸淫風月場所多年的人來說，真的是再好辨認不過。
那女子被他戳穿身分，連忙捂住帷帽，而後將臉面對牆壁，塌著肩膀，縮成一團。
史文正見她這般心虛作態，自覺抓住了江月的疏漏，趾高氣揚地又哼了一聲。
「青樓女子又如何？女子流落風塵，大多是走投無路，甚至是被家人賣進去、被拍花子拐進去的，她們身如浮萍，過那樣的生活也不是她們能選擇的，談什麼『賤』？」江月說完，又嗤笑道：「至於你，你也是被別人強逼的？這倒是挺新鮮的！」
「你敢說我連妓子都不如？」史文正猛地往前跨了一步。
江月自認出他的身分後，就已經把銀針握到了手裡。
不過還未等江月動手，就聽見一聲破空輕響，接著史文正「哎喲」一聲，膝蓋一痛，直接跪在了江月跟前。
江月的臉上這才有了笑意，看向門口。
清瘦昳麗的少年逆著光，神情既有些不悅，也有些漫不經心，手掌舒展，正把玩著幾個小石子。「是我把你打一頓你再走，還是直接走？」
史文正立刻從地上爬起來，狼狽地走了出去。
這人無恥又下賤，但別說，還真是挺有眼力見兒的。
江月又對著聯玉笑了笑，接著去給那女子包藥。
沒多大會兒，江月就把藥包好，遞給女子的時候，她開口致歉。

同時響起的，也有女子清亮婉轉的嗓音。「對不住。」

「妳跟我致歉做甚？」江月奇怪道：「那廝前頭就跟我結了仇，我不想治他，他惱羞成怒，才會揪著妳說事。」

「確實是我的不是，被他拿來作筏子，還好妳夫君回來得及時，不然他可能真的要動手了。」

「他不回來也沒事，我不怕那廝。那廝也要臉，實在不成我就把他的帷帽摘了，保管他不敢在外面多留。真不怪妳，方才同他說的那番話，並不是違心之言。」

那女子沈默了半晌，才接著試探地問：「那我還能跟妳買藥膏嗎？」

「當然可以。」

江月請她去後院，還不忘叮囑聯玉道：「你歇著別出去了，幫我守一會兒。」

實在是她怕聯玉像上次似的，跟著史文正去報復回來。史文正死不足惜，身上的病症也預示著他沒多少活頭了，可他那病會傳染啊，沒得為了這種東西髒了手。

「嗯，知道了。」

江月這才放下心來，去了後院。

屋門關上之後，女子摘下帷帽，露出一張嬌豔的臉。

她對著江月笑了笑，唇邊一對梨渦若隱若現，少了幾分豔色，多了幾分甜美嬌憨。

她把帷帽放下後便開始寬衣解帶，衣襟半開，露出後背。

只見那光潔白皙的後背上，赫然有好幾道小指粗細、長短不一的細長疤痕。

江月辨認出是鞭痕，看過大小和疤痕的軟硬程度，便示意她可以把衣服穿上了。

「這個可以治，不過一盒不夠，得十盒左右才行。這樣吧，妳先買一盒回去，先用上幾日，若覺得好，那妳下次再——」

對方卻說不用。「我信得過妳，直接要十盒吧。」

江月便沒再說什麼。

兩人再回到鋪子裡，就看到聯玉已經拿了掃帚和抹布在清掃鋪子。

那史文正得的是楊梅瘡，主僕二人又是從外地風塵僕僕趕來的，一鞋底的塵土。

江月確實準備好要仔細清掃一遍的，不過用普通的水好像不太夠，得用點靈泉水才行。

加上聯玉才從外頭回來，江月也不想他累著，就搶了他手裡的傢伙，說：「我來吧！你去打包十盒祛疤膏，再結算一下藥錢，記個帳。」

算錢、記帳這方面，自己確實比她靈光不少，聯玉便也沒有同她爭搶，去了櫃檯邊。

女子從後院出來後，沒有第一時間把帷帽戴上，畢竟大熱天的，戴這麼個東西實在是憋得人難受。

聽著江月讓自家夫婿和自己接觸，女子便不動聲色地把帷帽給戴上了。

聯玉卻根本沒看她，一邊熟練地包好十盒藥膏，一邊帶著笑意看向江月道：「妳來妳來的，回頭可別又像前頭似的。」

當著外人的面，他也不具體說江月前頭搞過的烏龍——例如把地掃到一半，直接把掃帚擱在路當中；或是抹布只擦了半邊櫃檯，而後去寫東西，寫完回來接著擦那已經擦過的半邊，然後放下活計又去寫方子……來來回回的，半邊櫃檯都被她擦得快薄一層了，而另外半邊沾了一層塵土的卻是無人問津。

「不會！」江月嗔道。「我這次不一心二用了！」

聯玉不由得又彎了彎唇，收了女子十兩銀子並二百餘文的診金和藥錢。

五月底的時候，江月已經拿到了印刷好的五十本《生育指南》，放到了櫃檯上。

聯玉告訴她成本很低，一本只需要三十文錢，合計成本也就是一兩半，跟自己出紙張筆墨、請書生來抄書的價格都差不多了。

江月送了兩本給那兩個接生婆，其餘的一本只賣三十一文。

只是就這樣的定價，好幾日過去了，一本也沒賣出去，也無人關心，江月都覺得自己好像在做無用功了。

直到這天，醫館裡來了一對新婚不久的小夫妻。

男子是個文質彬彬的年輕秀才，特地帶妻子來看診。

江月診出他妻子是有孕了，那秀才樂得人都懵了，一個勁兒地讓江月多開些安胎的補藥給他妻子吃。

江月還是秉持著是藥三分毒，能不吃藥就不吃藥的宗旨，說：「您夫人身體康健，現下月分也淺，實在是沒有用藥的必要。我可以給您幾個食補的方子，回去照做，或者預付了銀錢，去我家藥膳坊吃就好。」

那秀才像有渾身力氣沒處使似的，先訂了好幾天的藥膳，轉眼又看到了櫃檯上的《生育指南》，立即爽快地付銀錢買了一本。

秀才娘子笑著捶他。「怎麼還花銀錢買這個啊？先不說我還要八、九個月才生，家裡還有娘呢，她生養你們兄弟那麼多個，能不知道這些？」

秀才笑道：「娘知道是娘知道，我知道是我知道。而且妳看這書上頭寫得可詳細了，說不定也有很多娘都不知道的東西呢！有句話不是叫『書到用時方恨少』嗎？我多學學總不會有錯的。」

「我看你就是書呆子，看到是書都想看！」

小夫妻說說笑笑地離開了。

江月笑著目送他們走遠，突然覺得花點小銀錢，做點這種「無用功」，其實還挺開心的。

時間轉眼到了六月。

那個在江月這兒一口氣買了十小盒祛疤膏的女子又來了一趟，說還要再買幾盒祛疤膏。

江月奇怪地問了句。「怎麼用得這樣快？」她還當是女子心急，想快點祛除疤痕，沒有照著自己說的，每日只搽一到兩次就好。

女子解釋了，江月才知道，是那藥膏她才用了兩、三天，疤痕就都淡下去好些，叫她其他姊妹知道了，便開始同她討要。

一來二去的，她第一盒還沒用完呢，其餘的卻已經分完了。

青樓女子迎來送往，什麼樣的客人都有，更有一些剛進花樓的時候不肯就範，挨過毒打的——雖說有經驗的鴇母會知道不在顯眼的地方留下傷痕，可不顯眼的地方就難說了。

「原是這樣。」江月起身去清點了一番，這祛疤膏她一共做了十五盒，還以為夠賣一年的，沒想到現下反而捉襟見肘起來。

「只有五盒了，我都給您包起來了。這幾日我會再製一些出來。」

聽說這藥膏的存貨居然這般緊俏，那女子直接多付了五兩，另外預訂了五盒。

江月收過銀錢，便給對方寫了收據。

那女子聽她一口一個「您」的，就笑道：「妳不用這麼客氣，叫我露凝就好。」

送走露凝之後，江月就越發忙碌了，不只是這五盒祛疤膏的事，主要是那熊峰來了信，說他月前買的那些藥已經都倒賣完了，讓江月別忘了給製下一批，六月中旬的時候，他就會來取了。

他還在信上寫明，江月能做多少就做多少，他照單全收。

「京城那地界這麼缺金瘡藥嗎？」看完信之後，江月嘀咕了一句，便忙碌起來。

聯玉這日從外頭回來，就看到江月趴在櫃檯上搗藥。

夏日靜謐的午後，蟬鳴聒噪，安靜陰涼的醫館內，雪膚花貌的少女一手托在下巴處，枕著腦袋，一手還搭在小碾子上。

聯玉好笑地彎了彎唇，伸手想挪出那小碾子，江月卻忽然睜開了眼。

一雙杏眼濕漉漉的，帶著水氣，迷茫又懵懂，像一隻迷路的幼獸，不似平常，她平日的眼神總是那麼平靜，彰顯著超脫年紀的穩重和成熟。

他也不知道為何，突然就感覺心口癢癢的，手掌也癢癢的，想揉揉她的腦袋。

他也確實伸手了，只是觸到實處之前，改為撩開散落在她眼前的髮絲。

「想睡就回家去睡，我來看鋪子。」

醫館裡頭沒有安置江月的鋪蓋，但醫館距離藥膳坊也就半刻鐘的路程，盛夏時分街上的行人稀少，兩邊都沒什麼生意，回家去睡個午覺，不會影響什麼。

江月懶懶地打了個呵欠，說不用。「五盒祛疤膏我已經做完了，現下在做金瘡藥。雖然熊峰讓我有多少做多少，但也不敢做太多，就按一百份的量來做。」

這次江月不準備再推銷什麼別的給熊峰了，不然每天光製藥就能把她整個人困住，再幹不了別的事。

說完，江月朝他討好地笑了笑，把帳簿往他眼前推了推，又拿起團扇給他搧風。「從外頭回來熱壞了吧？咱們該來盤盤四月和五月的帳了。」

說是「我們」，其實還是聯玉來弄。

他彎了彎唇，輕輕地應了一聲，一手翻開帳簿，一手拿過算盤。

這帳本就是他記的，他也不用細看，每翻過一頁，掃過一眼，算盤上便已經出現了精準的數字。

就這麼噼哩啪啦地過了一刻多鐘，聯玉便給出了具體數字——

眼下還沒製完的這筆金瘡藥尚未入帳，光是前頭那五十份金瘡藥和其他藥粉，就盈利了二十兩。

而那十五盒祛疤膏，則總共盈利了一兩多。

再加上店鋪裡的診金、藥錢，兩個月一共九兩銀子。

加在一起，恰好是三十兩多。

等到手頭這一百份的金瘡藥交付出去，則還有二、三十兩的進項。

「賺得挺多的，但是……」

「但是手頭感覺現銀卻並沒有變多，是不是？」

江月點頭。

他無奈地瞥了一眼身後牆上的藥箱子。

一開始江月只讓他屯了一百兩的常用藥材，後頭他幫著補了一次貨，花費了二十兩。

熊峰來信之後，江月把金瘡藥需要用到的藥材都掏空了，還得補貨。

他今日出去就是忙這個，收了三十兩的藥材，對方明日就會送貨上門。

一來一去的，可不是等於掙的錢都在藥材裡頭嗎？

江月會意了，拿著團扇的手不由得都搧快了幾分。

聯玉問道：「金瘡藥需要用到的藥材可以告訴旁人嗎？」

江月說可以啊！時下金瘡藥的配方都是大差不差的，具體配比是她自己琢磨的，而且最關鍵的是靈泉水。光是藥材的話，並不是什麼秘密。

聯玉說這就行。「我給熊峰寫封信，讓他自己收了所需要的藥材帶來，妳幫著製作。一份的話，額外收二百文的製藥費？」

本來金瘡藥也只能掙二、三百文，一份雖然少了幾十文至一百文的利潤，卻不用積壓本錢進藥材裡，因此江月忙不迭地點頭，但還是有些猶疑。「會不會麻煩了點？」畢竟沒聽說誰去哪家醫館買成藥，還要自帶藥材的。

「不會。」聯玉說著頓了頓，才又道：「熊峰他們南北倒賣的，也有藥材。他們自己提供藥材，算起來也比直接買成藥便宜一些呢！」

幾日之後，熊峰如期而至。

這次他不是一個人來的，另外還有兩個勁瘦的年輕人。
三人帶著一馬車的藥材進了城，到了江記醫館門口，便開始卸貨。
江月看著那一車的藥材傻了，無奈地道：「這……這麼多？這得做多少份？」
熊峰抹了一下臉上的汗水，笑道：「娘子不必著急，能做多少就做多少，左右我們且得留下一段時間。」
江月只當是金瘡藥真的為熊峰他們創造了豐厚的利潤，便也沒有多說什麼。
卸貨這種事情，這三人做得十分熟練，江月也不用上手，只幫著開開門，讓他們把藥材挪到後院的屋子裡。
後頭她乾脆也沒去前頭了，就在後院裡製藥。
等到了日頭西斜，江月才揉著發痛的脖頸出來。
那兩個面生的男子已經不在了，鋪子裡只熊峰和聯玉在。
江月問起來，熊峰回道：「那兩個弟兄白日裡還有旁的事忙，晚間才回來，不知道方不方便讓他們也同我一起宿在醫館裡？我們住一間就成。」
醫館還未收治病患，兩間屋子都空著，而且若只是夜間留宿的話，也不會影響白日裡醫館的經營，江月便點頭道：「你們要是不嫌擠，住就住吧。」
後頭江月將鋪門關了，和他們兩人一道回家用夕食。

等夕食用完，聯玉和熊峰還回鋪子裡。

江月就留在家裡，給許氏診診脈，而後回屋沐浴一番，就去芥子空間裡接靈泉水。

等這些事情都結束後，時辰便也不早了，她打著呵欠上了炕。

之前屋子裡一直掛的是她和聯玉成婚時大房送來的紅色喜帳，入夏之後，那嚴嚴實實的喜帳就過於厚重了，江月時常被熱醒。

今日她上炕，發現喜帳被換成了擋蚊蟲的紗帳。

紗帳遮擋視線的效果並不算好，但江月和聯玉也相處大半年了，知道他這方面守禮得很，便也不覺得有什麼不方便的。

她剛準備睡下，就聽到門「吱呀」一聲。

「你今日怎麼回來得這樣晚？」

「聯玉還沒回來？」

江月和許氏的聲音同時響起，母女倆不約而同笑起來。

江月立刻下炕攙扶許氏坐下。「母親怎麼還特地過來？」

「就幾步路的工夫，有什麼特地不特地的？就是看妳屋裡的燈還亮著，過來瞧瞧而已。」許氏說著，掃了床上的帳子一眼。「這帳子是晌午聯玉回來掛的，我當時就說拆了便拆了，怎麼還掛新的？他說妳睡習慣了……」說完，許氏目光柔軟地看了江月一眼，拿起炕上的團扇給她搧風，問道：「妳明白不？」

江月再愚鈍，也很快反應過來了，許氏這是在催著她同聯玉當真夫妻呢！

也是，去歲秋天兩人就成了親，當時江月說聯玉受重傷了，不適合圓房，許氏便沒說什麼。

現下都過了這麼久，聯玉身上的傷都治得差不多了，再也不見病懨懨的模樣。

江月耳際發燙，支支吾吾地說知道了。

許氏也不是要強逼她做不願意的事，只是怕這種沒有夫妻之實的生活久了，女兒和女婿會離了心，所以見提醒到了，許氏便也捧著肚子起了身。

也是湊巧，她前腳剛走，後腳聯玉就從外頭回來了。

江月看他額前的碎髮帶著些水氣，便拿著扇子要給他搧風。

聯玉說不用。「不是汗，是在醫館裡看時辰不早了，怕回來洗漱吵到家裡其他人，乾脆在那裡沖了個澡才回來。」

江月打著呵欠，含糊地應了一聲，躺回了紗帳裡。

影影綽綽的輕紗，並未徹底把裡外隔成兩個世界，他能看到少女背對著自己側躺，曲線起伏。

聯玉便飛快地熄了燈火，一邊脫外衣上炕，一邊隨便揀了個話題道：「方才看到母親從屋子裡出去，這麼晚了，可是有什麼事？」

這話題一問，江月臉上又開始有些發燙。「唔，沒什麼，母親就是看屋子裡燈亮著，問了聲你回來沒。」怕他聽出不對勁，江月說完又主動問道：「你呢，晚上忙什麼去了？」

聯玉除外衣的手一頓，說：「也沒什麼事，就是許久未見了，敘舊時沒有注意時辰。」

其實自然是有事的。

和熊峰同來的那兩人，都是軍中得力的副將。

不止他們三人，城外更還有數百人，一行人都是來接他的。

所以熊峰才說讓江月不拘數量，看著做那金瘡藥就成，因為他們此番的主要目的也不是為了買藥，而是為了接他離開。

——未完，待續，請看文創風1214《醫妻獨大》3（完）

2023年11月出版

國師的愛徒

文創風 1210～1211

她桃曉燕是誰？她可是集團總裁、是商界的女強人！
當初為了成為接班人，她鬥得你死我活，好不容易爬上總裁的位置，
卻沒想到一場意外，讓她一睜眼就來到古代！
這裡啥都沒有，她一個小女子還得想著先保命，
她想念她的房地產、股票和基金，還想念滑手機的日子啊嗚嗚～～

趣中藏情，歡喜解憂／莫顏

司徒青染身分高貴，乃大靖的國師，受世人膜拜景仰。
他氣度如仙，威儀冷傲，連皇帝也要敬他三分。
他法力高強，妖魔避他如神，唯獨一個女妖例外。
這女妖很奇怪，沒有半點法力，卻不受他的法術控制，
別的妖吃人吸血，她獨愛吃美食甜點，
別的妖見到他就繞道走，她是遇到麻煩盡往他身後躲，
還死皮賴臉喊他師父，逢人便稱想巴結的找她，要報仇的找她師父。
如此囂張厚顏，此妖不收還真不行。
「妳從哪裡來？」司徒青染問。
桃曉燕笑嘻嘻地回答。「我那兒跟你們這裡完全不一樣，高級多了。」
「何謂高級？」
「有網路，有飛機，還有各種科技產品。」
司徒青染冰冷地警告。「說人話。」
桃曉燕立即諂媚討好。「有千里傳音，有飛天祥雲，還有各種神通法寶。」
「那是仙界，妳身分低賤，不可能去。」
「……」誰低賤了，你個死宅男，這種跨界的代溝最討厭了！

豪門一入深似海，從此恩人是良人／踏枝

2021年6月出版

誤入豪門當後娘

第一任未婚夫在失去聯繫多年後被滿門抄斬，
第二任在退婚回去的路上遇到山匪全家死絕，
平白無故揹上剋夫的名聲，認真說起來她也很冤，
但嫁不出去她也沒辦法，反正自己過得舒服自在就好，
何況她爹直接表明了要養她一輩子，所以她更是樂得輕鬆啊！

文創風 964　1

穿成聲名遠播又有眾多學子慕名拜師的舉人之女，鄭繡一開始是有些怕的，
原因無他，就怕這個便宜爹是個思想古板老舊的酸腐書生，
幸好，鄭家爹爹極其重女輕男，對她這個女兒是好聲好氣、有求必應，
家世背景好，再加上她是十里八鄉出了名的美女，照理求娶之人應該不少，
可偏偏她如今都二八年華了，別說萬中挑一婿，根本就乏人問津啊！
只因她有個更響亮的名聲——剋夫！而且她訂了兩次親就死了兩個未婚夫！
所以說，儘管她的條件再怎麼好也沒用，畢竟相較之下，小命要緊嘛，
還好她不是會為此鬱鬱而終的原身，而是個不在意這種小事的現代人哪！

文創風 965　2

鄭繡在家門口撿了條通體烏黑、油光水滑的大黑狗，看著有些像現代的狼狗，
她想著爹爹在鎮上教書，隔幾日才回來一趟，家裡平時就她和弟弟兩人，
因此弟弟央著她養下，她也就順勢答應了，養條狗看家護院確實不錯，
可養了半個月後，一個跟弟弟差不多大的孩子卻找上門來，說這是他家的狗，
本以為這瘦弱的孩子是來要狗的，他卻說先放她家，過後再來要，
看了看男孩污黑的臉及身上看不出本來顏色的獸皮襖子，她猜想他是家境困難，
後來才得知，原來這孩子家中只有父親薛直一人，是個獵戶，剛搬來村裡，
而這薛直一個月前跟隔壁村的獵戶們上山打獵，遇到大雪封山，生死未卜……

文創風 966　3

居然有不怕死的人家想要求娶她？是命太硬了，還是有啥隱疾嗎？
確實，鎮上這位馮員外的家底非常豐厚，人也是出了名的樂善好施，
但他的獨子卻是個膀大腰圓、相撲選手型的大胖子啊！
胖也不打緊，可那馮公子看她時一臉猥瑣，眼珠子根本就黏在了她身上，
她隔夜飯都要吐出來了，傻子才會答應嫁！
偏偏這時候，她弟弟及薛直的兒子跟著其他師生出遊時失蹤了，
心急如焚的她與薛直上山尋找，孤男寡女在山裡待了一夜，她清譽盡毀，
正當族老們要她這個敗壞鄭家門風的丫頭給個交代時，薛直他上門來提親了！

文創風 967　4 完

婚後某日，家中來了個貴客，他輕描淡寫地說那是他大嫂，
可後來鄭繡才曉得這位大嫂身世驚人，是當今聖上寵愛到不行的親妹妹，
而且他哥哥是堂堂慶國公，他壓根兒不是什麼平凡的窮獵戶啊！
所以說，她現在不僅是當了人家的後娘，還誤打誤撞地嫁入豪門了？
那慶國公哥哥當了多年的植物人，至今仍昏迷不醒，對她當然談不上喜惡，
但長公主嫂嫂只對薛直好，對她跟繼子卻是再明顯不過的討厭及不屑！
不喜歡她還說得過去，誰讓自己出身不高，可對薛直的孩子不是該愛屋及烏嗎？
難道說……這當中有什麼不可告人的秘辛？看來這豪門的飯碗也不好捧呀！

1213

醫妻獨大 2

國家圖書館出版品預行編目資料

醫妻獨大 / 踏枝著. --
初版. -- 臺北市 : 狗屋出版社有限公司, 2023.12
冊 ; 公分. --（文創風 ; 1212-1214）
ISBN 978-986-509-474-4（第2冊 : 平裝）. --

857.7 112017983

著作者 踏枝
編輯 黃淑珍
校對 黃薇霓
發行所 狗屋出版社有限公司
地址 台北市104中山區龍江路71巷15號1樓
電話 02-2776-5889～0
發行字號 局版台業字845號
法律顧問 蕭雄淋律師
總經銷 知遠文化事業有限公司
電話 02-2664-8800
初版 2023年12月
國際書碼 ISBN-13 978-986-509-474-4

本著作物由北京晉江原創網絡科技有限公司授權出版

定價290元
狗屋劃撥帳號：19001626
網址：love.doghouse.com.tw E-mail：love@doghouse.com.tw